瞬間(とき)よ止まれ！

わが精神の行跡

Zum Augenblicke dürft ich sagen:
Verweile doch, du bist so schön!

中島公男
Nakajima Kimio

鳥影社

はじめに

本書のタイトル『瞬間（とき）よ止まれ！』について、少々釈明をお許し願いたい。言うまでもなく、ゲーテ畢生（ひっせい）の大著『ファウスト』の終幕場面で、臨終の時を迎えた主人公ファウストが語った有名なセリフ――「瞬間よ止まれ、お前はあまりにも美しい！」（Werd ich zum Augenblicke dürft ich sagen: Verweile doch, du bist so schön!）――から引用したものである。

筆者にとって、ドイツ文学はわが青春であり、とりわけゲーテ文学はわが精神のコアである。ゲーテは人間が大好きだった。

しかし、その人間は未熟にして未完の存在であることを、誰よりも熟知していたのも彼自身である。そのため、人間の形成、発展、教養をいかにして成就するか、彼は生涯にわたって自身の内面に迫り、それを求め、悩み、苦しみ、格闘し続けた。

ゲーテは自己形成の方法を、詩人としての中に求めた。ここでいう詩とは、単に文学形態のポエムではない。言葉による自己表現の概念である。それは時に戯曲として、小説として、詩集でもって、また自身の告白の自伝として書き表したのである。

彼は、教養小説の傑作『ヴィルヘルム・マイスターの修業時代』で、主人公ヴィルヘルムに

「現にいまあるがままの自分自身を完成しようというのが、おぼろげながらも僕の幼年時代からの願いであり意図であった」と語らせているのも、偽らざるゲーテ自身の告白であろう。

彼ほど全人的陶冶(とうや)を試みた人間はいない。自己完成への手段としての詩人、劇作家、小説家としてはもとより、自然科学者、政治家、法律家としても旺盛に学び、行動した。

中でも、自然科学の分野においては、なんと色彩論・形態学・生物学・地質学・自然哲学・汎神論までの広範な知識を習学し、また美術や音楽にも深い関心をよせた。

さらに政治家として、ヴァイマル公国の宰相まで務め、公務に専念した時期もあった。また、恋多き一人の男でもあった。

この万般にわたる彼の才知を、単に天分として片付けられるだろうか？　否それだけで決して片付けられない彼の強靭な精神力が、ゲーテという人間の人格形成を可能にしていったのではないか。その背景には、古典主義への憧憬と新たな文学運動への予兆がある。

それは、一七七〇年代のドイツに勃興したシュトゥルム・ウント・ドラング（疾風怒濤）という新しい文学運動である。

既存の倫理観や体制を否定し、個性の感性や直感を重視した文学運動の中心的担い手となったのが、若きゲーテでありシラーであった。その代表的な作品がゲーテの『若きヴェルテルの悩み』であり、シラーの『群盗』である。

やがて、この文学思潮はドイツ古典主義へと昇華していき、調和のとれた人間像、高貴な人間性や普遍性を謳いあげた作品が数多く生まれた。

その集大成ともいえるのが、長編戯曲『ファウスト』である。ここには、ゲーテの哲学的思索が込められた人間観が全編を貫いている。

すべての学問を修めたつくした主人公・ファウスト博士は、学問だけでは人生の充実は得られないことを知り、悪魔メフィストを呼び出だして、老齢の身を若齢の身と引き換えることで、死後の魂を悪魔に引き渡すことを約束した。

若さを取り戻したファウストは、人生におけるあらゆる享楽に身を委ね、悲哀も経験し、やがて臨終の時を迎えたとき、悪魔たちはファウストの魂を埋める墓穴を掘り始めた。

そのとき彼は叫んだ。「瞬間よ止まれ、お前はあまりにも美しい！」と。恋人グレートヒェンの天上での祈りによって、ファウストは悪魔の手から救済されたのである。

ファウストにとって、瞬間とは何を意味しているのか？　人間が真に幸せを感じる時は、知識でも富でもまた地位や名誉でもなければ、また快楽でもない。それら全てを超越したとき、はじめて生への無上の幸福感を感得できるというのである。その幸福の瞬間を永遠にとどめることで、人間の真の精神美としたかったのであろう。

さて本書は、筆者にとってはただの文集ではない。感興の赴くままにペンを執り、それが何十年前のものであっても、その時々の命の〝瞬間〟をとどめたもので、ゲーテの「瞬間よ止まれ！」の精神とも響き合う。したがって、作品のテーマや内容、時代や社会的背景は異にしても、ペンを握ったその時（瞬間）の魂においては、時代や時間の差異は問題ではない。半世紀に及ぶわが精神の行跡そのものである。

本書に収録した原稿の多くは、最近作のものもあれば、二十年、三十年以上も前に書いたものも多く、中には五十年前のものもある。

その折々の事象をテーマにして取り上げ、それをわが魂で精錬して、命の内奥から湧き上がった感情を、文学論としてまとめたり、随筆やコラムにして綴ったり、また論文形式で書き上げたり、インタビュー形式で表現したもので、これはそのアンソロジーといってよい。

随筆やコラムの中には、健康や医療のことを書いた原稿も多い。健康と医療については四十数年前から、編集・ライターの仕事を通して取材・執筆・研究を重ね、今日の日本の中心的医療である現代西洋医学の現実やその功過についても見聞きしてきた。こうした情報や知識の集積をもとに、予防医学や代替医療の観点から執筆した著書が二十冊ほどある。

真に人間のための医療とは何かを考えたとき、現代医学以外にもさまざまな医療・医学が世界にはある。これらを統合した形での未来志向の医療を早急に構築すべきではないか、と願う一人でもある。本稿が少しでも健康への参考になれば幸いである。

このほか、本書には紙面上掲載できなかったが、小説も五編ほど書いてきた。文芸同人誌を立ち上げ、主宰し、文芸仲間と切磋琢磨してきた。書きたいという自己表現への意欲には、書くことが好きな人間にしかわからない不文律がある。と同時に、書く人間しかわからない表現への苦渋もまた伴う。それは自己という人間的存在の未完成ゆえであろうか？

ここに掲載した作品は、各章ごとに年代の新しいものから古い順に並べた。各作品の末尾に執筆した年月を付しておいた。また文中において、部分的に同じ課題を取り上げているところもあるが、それはそれで関心の強さを物語るものである。

作品によっては、多少の放言のようなところもあろうと思われるが、読者諸氏のご意見やご感想をお聞かせいただければ幸いである。

喜寿を迎えたその日に

令和二年四月二十日

中島 公男

瞬間(とき)よ止まれ！　目次

はじめに

第一章〈文学編〉文学に人あり……19

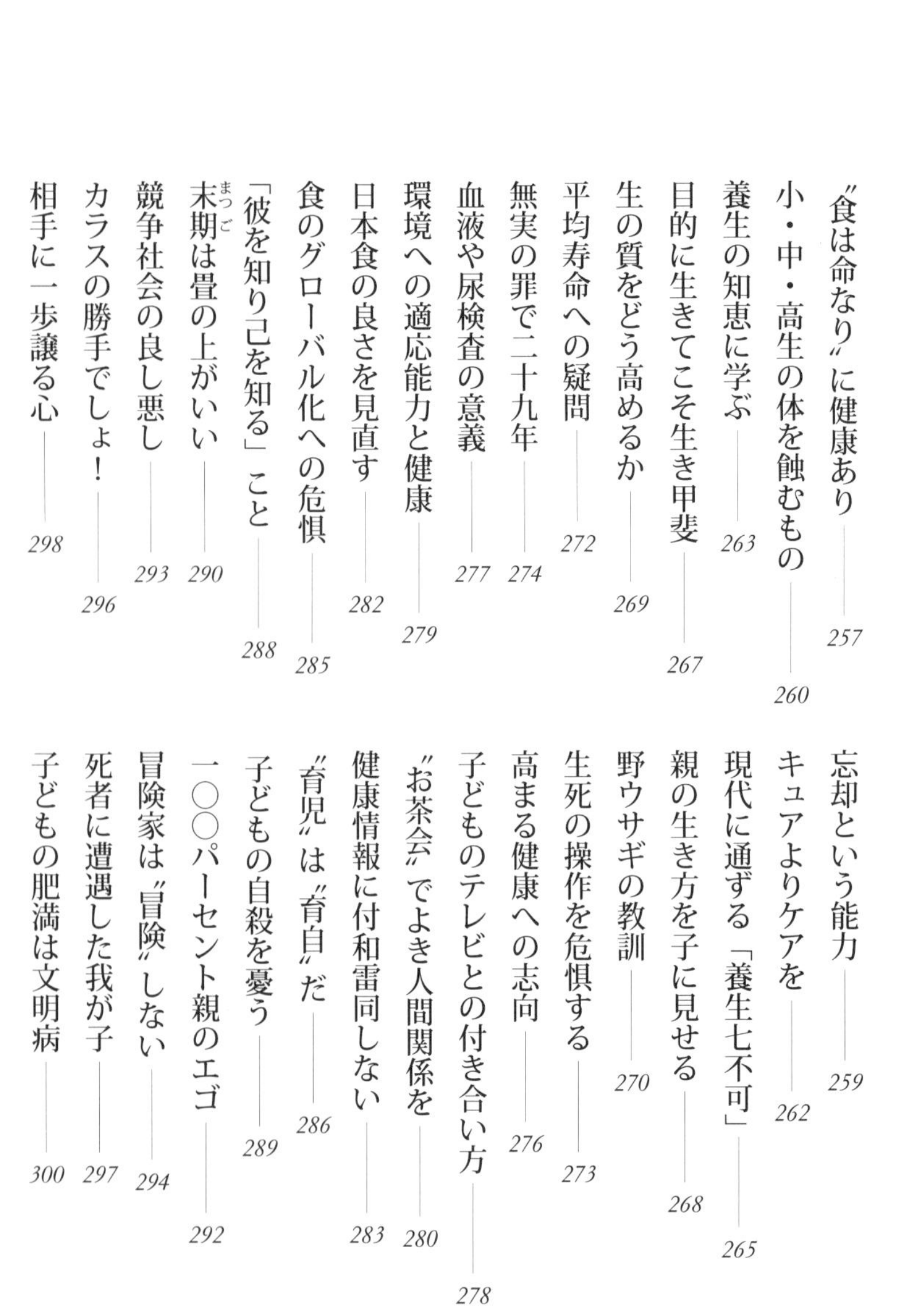

人間とは何かを探求し続けて——ヘルマン・カール・ヘッセ——

第一章〈文学編〉

文学に人あり

文豪たちのバックヤード

日本近代文学館が、二〇一七年十二月に同館で開催した冬季企画展〈小説は書き直される―創作のバックヤード〉を、同じ題名で昨年の暮れ書籍化した。展示された資料がカラー写真で再現されていて、臨場感あふれる編集内容となっている。小説家やモノを書くものにとって、なんとも興味深い一書だ。

本書の特徴は、日本文学の名作が生まれたバックヤードを、作家の直筆原稿で曝け出している点だ。その迫力には、ただただ圧倒される。一般の読者からすれば、出来上がった名作と出会い、「感動した」「心に残った」「生きる意味を教えられた」など、素直に文学を享受し堪能できるだけで十分であり、バックヤードなどはそれほど気にするところではない。

しかし、創作する側の人間からみれば、その舞台裏がどのようになっているのか、その事実をこの目で見たいのが本音だ。それは、モノ書きの心理でもある。これまで耳にしたことはあっても、その現実をビジュアルに提示してくれる機会に滅多に会えるわけではない。

その意味で、書籍『小説は書き直される――創作のバックヤード』は、ページをめくるだけで、居ながらにして近代文学館の展示室に身を置き、一つひとつの展示物に目を凝らしながら鑑賞できるのと同じ喜びを与えてくれる。

まず、そのバックヤードの一端を紹介しよう。「国境の長いトンネルを抜けると雪国であった」の一文は、言わずもがな川端康成の小説『雪国』の冒頭だ。彼はこの文で起筆し、あの名作を残しただろうと誰でも思う。ところが、この小説の初出時（昭和十年・文芸春秋十三巻）では、『夕景色の鏡』というタイトルで発表されていて、あの有名な「国境の長いトンネル……」の一文はどこにもない。

その後、雑誌に『白い朝の鏡』『物語』『徒労』『萱の花』『火の枕』『手毬唄』の題名でもって断続的に発表し、二年後の昭和十二年に、単行本として出版する際に、初めて「国境の長いトンネル……」という書き出しで改稿し、内容的にも大幅に手を入れている。それでも、今日われわれが知る『雪国』とは大きく異なっているという。

現在に近い形の『雪国』が刊行されたのは、それから十二年後の昭和二十三年である。その後も川端は本文の修正を繰り返し続け、死の直前の昭和四十六年まで、実に三十六年間にわたって改訂し続けたという。このようなバックヤードがあったことなど、われわれ読者が作品を一回や二回読んだぐらいで知る由もない。

こうした修正や改稿は、川端に限ったことではない。島崎藤村の『夜明け前』も初出誌、校正刷、書籍化のそれぞれの段階で、削除・修正・加筆の筆を生々しく入れている。志賀直哉の『暗夜行路』も起筆してから二十年を要して完結し、井伏鱒二の『山椒魚』も発表から半世紀以上にわたって、大幅に内容を書き換えているという。

さらに本書のページをめくると、そこに現れてくる写真の一枚一枚は、どれをとっても建築現場さながらの荒々しさと、激しい息遣いと、苦闘の汗を感じさせる創作現場を再現している。『氷壁』を著した井上靖の取材メモは、刑事の現場検証メモにも劣らぬ綿密な下調べには圧倒される。夏目漱石の『それから』の構想メモでも、小さな手帳の見開きに、細かな字でびっしり書き込んでいる。大作家が、いや大作家だからこそ、ここまで綿密に作品の構想を練り、取材し、プロットづくりを丹念におこなっている事実をみて、ただただ感服の至りである。

また、草稿原稿をみても生々しく凄まじい。遠藤周作の『沈黙』、樋口一葉の『たけくらべ』、二葉亭四迷の『平凡』、さらには泉鏡花の『義血侠血』の初稿や再稿、漱石の『ぼっちゃん』、芥川龍之介の『蜘蛛の糸』『歯車』、石川啄木の『雲は天才である』、織田作之助の『俗臭』、宮沢賢治の『銀河鉄道の夜』、中島敦『李陵・司馬遷』などには、幾度となく加筆・削除・修正を行っていたと思われる激しい筆遣いの痕跡があって、モノ書きにしか解らない精神の格闘現場そのものを垣間見る思いだ。

こうしたバックヤードがあって、初めてわれわれはあの名作に出会えるのだ。まさに小説とは生き物である。成長し発展し、変貌していくのが小説なのである。現代作家もまたペンからキーボードに変わっても、常に自身の作品に手を加え、新たな生気を吹き込み、苦闘しているに違いない。書くということは精神の格闘技そのものといえよう。

自らの作品に対して、それが小説であろうと、ドキュメンタリーや評論や随筆、また詩・短歌・俳句であろうと、生みの親としての責任は永遠に負う。作品は、わが精神の分身であり、自画像であり、投影図以外の何者でもない。文芸作品に完成はないのである。

（令和元年十一月記＊二〇一九年）

ことば、そして日本語

「ことば」というと、あまりにも日常的すぎて看過しがちだが、文学する者にとっては、必要不可欠にして最大関心事のひとつである。そこで「ことば」、つまり言語の原点について少し考えてみたい。

言語には、音声言語と文字言語がある。この中の音声言語の音声とは、その生物体が発する声のことで、われわれ人間でいえば話し言葉だ。人間を含めて、生物には動物・植物・菌類など数多くあるが、そこには人間社会の言葉にも似た、生物間同士の声によるコミュニケーションの方法があるものと考えられる。

鳥は鳥、馬は馬の鳴き声でもって、仲間に意思を伝え、相手の意思や存在を感じとっている。そうでなかったら、何のための発声だろうか？　専門的には、いろいろ捉え方はあろうが、すべての生き物は、その個体が発する声や音に相互に反応しながら生きているものと思う。

動物の鳴き声を、われわれ人間は音として聞きとることはできても、植物や菌類の声は聞けない。もちろん聞いたという事例もない。でも、植物間同士では何らかの信号を出し合っていて、われわれ人間にはわからないだけなのかもしれない。こんなことを考えることは、あまりにも空想的すぎるだろうか？　ともかく、人間を含めた生命体のすべては、相互にコミュニケーションを取り合って、この地球上に生息しているのである。

中でも高等動物としての人間は、声帯から発する音を言葉にした。その意味で、人類の誕生を猿人とすれば、今から四〇〇〜五〇〇万年前には、音声言語があったと考えられる。声による言葉で、自分の意思や感情を伝え、相互理解の手段として文明や文化を築いてきたのである。

では、世界にはいくつの言語が存在するのだろうか？　日本語、英語、フランス語、ドイツ語、スペイン語、中国語、韓国語……などなど、単純に一ヵ国に一言語としても、国連に加盟する一九三ヵ国数ぐらいはあるだろうと思う。しかし、調べたら意外や意外。三〇〇〇から五〇〇〇言語、一説には七〇〇〇言語が存在するだろうという。

あの小国ネパールには一二〇以上もの言語があり、オーストラリアには二七〇以上、パプア・ニューギニアには八四〇以上、インドにいたっては二〇〇〇以上もの言語があるというから驚きだ。

言語数が一定しないのは、ある言葉を「言語」とするか「方言」とするかの判断に基準がないためである。ユネスコ（国際連合教育科学文化機関）では「言語」と「方言」を区別せず、すべて「言語」で統一している。

一方、日本にはどれだけの言語があるかというと、全部で一五言語程度という。日本語のほかに、アイヌ語、宮古語、八重山語、与那国語、与論語、八丈語、奄美語……など多数ある。方言と言ってしまえばそれまでだが、言語は言語だ。しかし、日本語意外の言語を日常的に使っている人は極めて少なく、日本の場合はほぼ単一言語といってよい。地方に言語が存在しても、使う人が減ってきているのも事実だ。

現在、アイヌ語を始めとする八言語が消滅の危機にあるといわれ、世界でも二五〇〇以上の言語が消えるのではないかと報じている。また、世界の国々をみると、日本とは異なり、日常でも数ヵ国語を使って生活しているマルチリンガルの国が結構多い。日本のようにモノリンガルの国は世界でも少数派のようだ。

さて、日本語は一体いつ頃から使われだしたのだろうか？　答えは「いまだに分からない」というのが、言語学者の一致した見解だ。もちろん諸説はある。旧石器時代に始まった古い言語が今の日本語のルーツであるという説、二二〇〇年前日本列島に渡ってきた渡来人によって日本語が使われ始めたという説、まさに諸説紛々にして定説がない。

ある言語学者によると、おそらく弥生時代（紀元前一〇世紀～紀元後三世紀中頃）には現代のような日本語の原型が出来上がっていたのではないか、と推定している。というのも、七～八世紀の奈良時代には、日本に現存する最古の文献とされる『万葉集』や『古事記』などが確認されている。こうした文学的にも価値の高い作品が、日本語が使われだしてすぐに出来上がったとは到底考えられない。

それからもう一つ日本語には不可解な点がある。普通、世界の言語の多くは語族があって、そこから派生して生まれている場合が多い。ところが、日本語にはその近縁となる言語がなく、どの語族にも属さないということだ。

語族とは同一の起源から派生したと考えられる言語のことで、大きく分けて一二語族がある。その中で、もっとも世界の広範にわたって分布しているインド・ヨーロッパ語族というのがある。英語、ドイツ語、フランス語、オランダ語、イタリア語、スペイン語など、ヨーロッパやインドなどで使われている言語の多くはこの語族から派生している。

因みに中国語はシナ・チベット語族、タイ語はタイ・カダイ語族、北アフリカ諸国はアフロ・アジア語族といったように、世界の言語は何らかの語族に属している。日本語だけがその語族がない独立言語で、身寄りのない孤児のようなものだ。

さて音声は、人間や動物の個体から発する生理機能の一つだ。その声を記号化して表示するとなると、動物ではできない。唯一人間だけが、声の記号化に成功した。つまり、音声ということばの文字化だ。こうして人間は、音声言語以外に文字言語を手にしたのである。

文字にすることで、自分の意思や感情、また思想を表現し、伝達し、記録し、理解する方法である。この文字の創出こそ人知の産物と言ってもよい。

では、その文字の起源はいつなのか、資料を繙いてみた。諸説あるが、紀元前三五〇〇年頃に発達したメソポタミア文明時代に、シュメール人によって発明された「楔形文字」が人類史上最初の文字体系と言われる。人類の祖先（ホモ・サピエンス）が出現したのは四万年ほど前のことだから、人類が文字という表現手段を手に入れたのは、そう遠くない近事のことだ。この文字の発明によって、文明は急速に発達していったことは想像に難くない。

日本における「ことば」の成り立ちについて、語源辞典には次のようにある。「言葉」は「言」と「端」の複合語。一般的に、言語を表す場合は「言」を使い、「ことば」という語を使うことは少なかったようである。つまり「言」は「事（こと）」の意を持ち、事実という重い意味があったようだが、事実を伴わない「言」もあることから、「端」を加えて軽やかにし「ことば」になったという。

奈良時代の『万葉集』では「ことば」を表すのに「言葉」「言羽」「辞」の三種類の文字を使っている。平安時代の『古今和歌集』と『土佐日記』ではひらがなの「ことば」を使い、『枕草子』では「詞」が使われた。室町時代の『徒然草』では「言葉」が使われるようになった。その後「言葉」が言語を意味する一般的な語として定着したのである。

言葉の誕生からその後の成り立ちを見ると、決して「先に言葉ありき」ではなく、先に人間があって、人類の進歩や文明の発展とともに進化してきたのである。人間と言葉は表裏一体で、言葉は生き物だ。その言葉が生き物であるという現実を、昨今の言葉事情から見ておこう。

読者のあなた！　次の言葉の意味わかりますか？　「草・草生える・ww」「それな」「よき・よきよき」「好きピ」「マジ卍」「わかりみ」「すこ」「マ？　そマ？」「ふぁぼ」「エモい」「イケボ」「リアタイ」「とりま」「どちゃくそ」「小並感」「あーね」「エンカした」「ちな」「ありよりのあり」「じわる」「かまちょ」「あげみざわ」「微レ存」……。これはほんの一部。この中で三つでも意味がわかったら、あなたは毎日のように孫とSNSで繋がっている人である。

ここに挙げたのは、最新の若者言葉の使用率ランキングで上位を占めている言葉だ。どんな人が使っているかというと、JC（女子中学生）やJK（女子高校生）や二〇代前半の若者達だ。発祥は、一九九〇年代半ば以降、東京渋谷のコギャルを中心に話していた言葉で、一般にはギャル語とか流行語と言われているが、れっきとした日本語なのだ。

一瞬、他民族か多国籍の人の言葉かと耳を疑ったが、間違いなくこれからの日本を担う若者達が、日々コミュニケーションとして使っている言葉である。この言葉を目にした筆者は、いささか頭に血が上り始めたが、「待て待て、言葉は生き物だ。その時代の人間がその時代の言葉を作ってもいいのだ」と自身を宥（なだ）めた。しかしカタルシスには至っていない。時間がかかりそうだ。

先に挙げたギャル語を少し説明しておこう。「草・草生える・ww」を、「庭に草が生えること」と言ったら、間違いなくJKにバカにされよう。これは「笑」または「ウケる」という意味の言葉だ。

使い方は「その発言はさすがに草生えた（さすがにウケた）」「草生えるわwww（笑えるわ）」

「あの人の発言的確すぎ草（的確すぎて笑える、面白い）」など。では、なぜ「笑」を「草」にしたのかというと、「w」に由来していて、wは笑を意味し、連続でwwwwとすることで大きな笑を表現し、まるで草が生えているように見えるところから「草」となったという。これには、なんとコメントしてよいやら……、苦笑するしかない。

ついでに他の言葉の意味も添えておこう。「それな＝私もそう思う」、「よき・よきよき＝良いね」、「好きピ＝好きな人」「マジ卍＝ヤバイ」「わかりみ＝わかった」「すこ＝好き」「マ？＝マジ？　そマ？＝それマジ？」「ふぁぼ＝いいね」「エモい＝感動的」「イケボ＝イケメンボイス」「リアタイ＝リアルタイム」「とりま＝とりあえず、まぁ」「どちゃくそ＝すごく、めっちゃ」「小並感＝小学生並の感想」「あーね＝あー、なるほどね」「エンカした＝遭遇した」「ちな＝因みに」「ありよりのあり＝有り・無しの場合に全面的に有り」「じわる＝じわじわ笑えてくる」「かまちょ＝かまってちょうだい」「あげみざわ＝テンションが上がる」「微レ存＝微粒子レベルで存在している」という意味だそうだ。

こうした若者言葉が創成された背景には、世界的な規模で構築されたコンピューター・ネットワークがある。パソコンやスマホや携帯電話があれば、誰でもどこでも交信ができ、情報交換ができて、声や文字で繋がることができる。その機能にSNSがある。ソーシャル・ネットワーキング・サービスと言って、社会的な繋がりを提供するサービスだ。

このサービスを使えば、誰でも自由に文書を公開し、閲覧し、文字や画像や動画を配信でき、それを入手することもできる。ＳＮＳの代表的な機能にツイッター、フェイスブック、ライン、インスタグラムなどがあるが、今の若者達はこのＳＮＳで世界と繋がっていると言っても過言ではない。若者言葉の多くは、こうした繋がりの中で生まれ、普及し、伝播していった言葉といってよい。

若者言葉の特徴の一つに、単語や語彙の短縮化がある。「リアルタイム」を縮めて「リアタイ」に、「小学生並の感想」を略にして「小並感」、「じわじわ笑えてくる」を短縮して「じわる」にした言葉は典型的な例である。

なぜ、言葉を短縮するのか？　確かに、スマホでショートメールを送ろうとすれば、七〇文字程度以内で文章を纏めなくてはならないこともあり、言葉の短縮は都合がいい。そうしたシステム上の制約もあろうが、やはり時代が要求するスピード化、単純化の波の中で、言葉までが粗雑に扱われているように思えて心苦しい。

われわれ一文字一文字を、丁寧に鉛筆でノートに書いてきた〝古き人間〟にとって、言葉は命であり、人格の表現だった。評論家の渡部昇一氏が「人間を人間たらしめているものが言語だと私は考えています」と語った謂が、いま心奥に蘇ってくる。

時代の変遷とともに、死語となって消える言葉、また新たに生まれる言葉が多少あっても、これまで営々として日本民族が築き、受け継いできた「日本語」を、もう少し大事に扱い、後世に伝えられないものだろうか？　言葉は、その時代に生きる人間の生き方と価値観の表れでもあると筆者は思うが故である。

国語辞典といえば「日国」で有名な『日本国語大辞典』がある。ここには約五〇万項目が収録され、用例数も一〇〇万例に達する日本最大規模の国語辞典だ。それに次ぐのが、昨年刊行された『広辞苑』第七版で、約二五万項目の言葉が収められている。また、一般家庭によくある軽便な手のひらサイズの国語辞典でも、主要言語が四〜五万語ほど収録されている。

この膨大な数の言葉を、一般の大人の場合、どれくらいの数を習得し、日常使っているだろうか？ かつて、作家の井上ひさし氏はこう述べていたことがある。

普通の大人の場合、六〇〇〇〜七〇〇〇語程度は知っているだろうと。小説家ならば一万から二万語ぐらいだろうが、一万二〇〇〇語もあれば十分ではないかとも語っていた。正確な統計データはないが、モノを書く人間にとっては、できるだけ多くの言葉を身につけておいた方が、表現力が豊かになる。あとは、言葉をどう選択し、どう紡いで表現するかという語彙力の問題だろう。

ことに、日本語は他言語に比べて同義語が非常に多い。それはある意味で表現方法に幅と深みを持たせることにもなる。例えば、「私」という一人称を言う場合、英語では「I」（アイ）の一文字だけでほとんどよい。ところが日本語の場合、ざっと数えただけで二三語もある。

「わたくし」「わたし」「わし」「わて」「わい」「あたくし」「あたし」「あたい」「あっし」「あて」「ぼく」「じぶん」「おれ」「おら」「おいら」「うち」「こっち」「こちら」「てまえ（手前）」

「せっしゃ（拙者）」「わがはい（我輩）」「ちん（朕）」「まろ（麻呂）」などがある。外国人からすれば、どういう時にどの言葉を使えば良いか、皆目見当がつくまい。

モノを書くわれわれにとっては、最適な言葉をどう選ぶかで、小説なり詩なり、また一般の文章においても、微妙に感覚的ニュアンスが行間に滲み出て、文章に豊かさを増す。

これは何も「私」という言葉に限ったことではない。その他にたくさんの同義語、また類語が日本語には多い。「かわいい」の意味でも、他に「可愛らしい」「愛くるしい」チャーミング」「甘美」「奇麗」「可憐」などなどがあり、さらに形容詞を使って表現すれば、作者の心中で描いている「かわいい」を表現できるのである。その意味で、日本語は世界言語の中でも豊かな言語の一つといえよう。

語彙、つまりボキャブラリーというのは、言葉や単語の総体のことで、語彙力というのは、その人が言葉や単語をどれだけ知っていて、どれだけ使えるかという能力のことだ。

日本語の場合、語彙は非常に豊かなので、一つの決まった表現だけでなく、意味や趣旨を変えずに言い替えて、別の表現ができる。言い替えは、ものを書く人間にとっては必須の能力だ。この「言い替え能力」を身につけることが肝要である。

言うまでもなく、語彙力をアップするポイントには、①読書を多くする、②メディアや人に多く接する、③新たな言葉や表現を、その都度メモしておく、④常に言い替えの習慣をつけておく、などである。

小説でも評論でも詩でも、また週刊誌や月刊誌や実用書などに目を通していても、必ずそこには一語や二語、ワンフレーズぐらいは、初めて出会う言葉があるものだ。そんな時は何か得をしたような気分になる。そんな時、筆者はすぐにメモを取り、後でノートに整理しておく。この習慣は、もう二〇～三〇年以上も続いている。

そして、文章を書くとき何か使える言葉はないかノートをひっくり返し、よしこの言葉を使ってみようと思って使ったときは、何か新しい世界が開けたような気がして、爽快な気分になる。言葉は、閉ざした人の心を開き、未来に清新な希望を与え、今に生きる力を与えてくれる不思議な力をもっている。

それは、「私は〝ことば〟とは人間の営みの中から生まれてきたものなので、〝ことば〟とかかわることは、人間とかかわることに他ならないと考えている」（『日本国語大辞典』の編集に三十七年間携わってきた神永暁氏）と語っているように、言葉と人間は相即の関係にあるからであろう。

一方、「文章は確かに自分のものであり乍ら、又自分のものではないのである」（『歴史と文学』小林秀雄著）ということに、モノ書きのわれわれはどれほど苦しまされたことか。書く自由を与えられながらも、書いてしまったモノ（文章）が自分の自由にならないという現実。この試練こそ、ある種モノ書きの醍醐味なのかもしれない。

（平成三十一年四月記＊二〇一九年）

言は意を尽くさず

小説を書きたい、文章を書きたい。だが、なかなか思うように書けない。だったら書くのを止めればよいのだが……でも書きたい。このジレンマはいったいどこからくるのだろうか？　それは、単に文章がうまい・下手という問題とは違う。

このジレンマは、散文であっても韻文であっても同じことだ。それは、言葉を使って自己表現しようとする時に起こる精神的な苦痛であり、内的葛藤の痛みとも言える。特に活字言語において多いが、音声言語においても、同じことが言える。

小説を書くのに、理屈や義務、また精緻な論理性などは全く必要としない。ただ書きたい、納得できる文章を綴ってみたい、そして一つの作品を仕上げてみたいという欲望は、書き手の心奥から吹き出る命の発露そのものだ。

しかし、いざペンを取ると、はたとペン先が止まり、そこから先の言葉が出てこない。沈思黙考したのち、無理して語彙を連ねると、不本意な文章になってしまう。一気に全部消し去って、再思三考するも、意にそぐわない文章になる。書きたい、だけど思う文章が書けない。書くうえで何の制約もなければ規制もないのに、なぜこれほど文章を書くのに苦痛を伴うのか？

中国古代の『易経』に「書は言を尽くさず、言は意を尽くさず」とある。言いたいこと、書きたいことを文字で書き尽くすことは不可能であり、言葉は書き手の気持ちを十分に言い尽くすことは出来ない、と説いた名言だ。言葉の可能性の限界がここにある。思う通りの文章が書けない苦しみとは、この言葉の限界に阻まれた時の苦痛といってよい。

人間は、ある種自己表現をもって己を知ろうとする動物である。言葉で表現するか、音や描写や動作で表現するか、表現手段はさまざまあるが、己の心の有り様をなんらかの手段でもって表出してみたい欲望が常にある。

書きたいが書けない、という苦悩の本質は、単に日常的な文章が書けないこととは違い、己という存在を、言葉でもって表出できないことへの苦悩である。「言は意を尽くさず」の真意はここにあろう。

この二律背反の世界で生きているのが作家という群像だ。命を削るような思いで綴った作品でも、意を尽くしきれない部分は永遠に残る。ところが、尽くしきれなかった真実を、真実に変えてくれるのが、実は読み手としての読者であったりする。書き手のマインドは、読者によって昇華され、未完の作品は読者によって完成されていく。文学とは、そういうものだろう。

文豪、アーネスト・ヘミングウェイは語った。「書くということに特別なことは何もない。ただ、タイプライターの前に座って、血を流すだけだ」と。タイプライターの前で血を流すような努力と忍耐と執念があるかどうかが、作家やモノ書きに問われている資質の第一要件であることを、彼はわれわれに問うているのではないか。

ヘミングウェイは『武器よさらば』のエンディングで、満足するまで三十九回書き直したと言う。理由は「言葉を正しく修正したためだ」と答えた。血を流すということは、こういうことを言うのである。

血を流したが故に、彼は『老人と海』でノーベル文学賞を受賞した。『日はまた昇る』『誰がために鐘は鳴る』『武器よさらば』は、いわば彼が流した血の結晶なのである。簡潔でシンプルな文体、情緒たっぷりで人間臭さが漂う行間に、血の痕跡がある。作家は、苦悩して書いてこそ作家なのである。


（平成三十年十一月記＊二〇一八年）

文学は人を励ますもの

「私は、小説というものは、読者に〝生きる勇気と喜び〟を与えるものでなければならないと思っています。私の小説を読んでくれた人が〝ああ、いいものを読んだ。よーし、明日からまた頑張ろう！〟そう思ってくれるものを目指して書いています」とは、作家・百田尚樹氏の言葉だ。

百田氏の小説への向き合い方は、どこまでも読者への奉仕精神に徹している。それは、氏の小説の中で他人のために尽くす人物が多く登場していることとも通じている。

　社会で一生懸命働いて、そのお金で本を買ってくれて、時間を惜しんで小説を読んでくれる読者に、生きる勇気や喜び、感動を与えることができたら、少しでも読者への恩返しになるのではないかというのが、百田氏の熱き心である。

　ノーベル文学賞を受賞したあの大江健三郎氏も、文学は人を励ますものでなければならない、と語っていた。やはり、小説というものは、人生を肯定した内容のものの方が、読者にとって生きる上で大いなる味方となり理解者になるからであろう。

　これは、文学とは何か、文学の有益性とは何か、といった議論にもなるが、いい小説かどうかの価値を決めるのは、所詮、読者なのである。どれほど、書き手が、自らの作品に高い評価を与え、自讃しても、読者にそっぽを向かれたら、メッキのはがれた安い置物と同じで、すぐに飽きられ、色あせて見捨てられてしまう。

　だからと言って、故意に読者におもねたり、こびたり、奇をてらったりして書いても、これもまた読者に唾棄されるだろう。要するにリアリティーの問題なのである。ではどうしたら、読者に生きる勇気と喜びを与え、明日また頑張ろうという励ましを送れる小説を書けるのか。そう簡単に書けたら、作家という職業はいらない。

　小説家で中国文学者の高橋和巳氏は、かつて著書『文学の責任』の中でこう述べている。「文学者は絶対に受身でありえない文学の基本的性質ゆえに、いわば精神の危険物をあつかう職務ゆえに、全面的に己の発言に責任を負う必要がある。新聞に伝達される、強姦、殺人、大量殺戮は、新聞社に責任はない。しかし、作家は自己の構成した意味に責任がある」と。これは小説というものが、本来的に書き手の思想であることを意味しているのである。

どのような人間がいかなる小説を書こうとも、それが思想である以上、出来上がった小説のすべては、書き手の全人格のすべてなのだ。生きる勇気と喜びを与え、励ましを送り、また人情の機微に触れた笑いや涙のある感動的な文章は、書き手の命の発露そのものだ。小手先の文章テクニックで成就できるものではない。

それゆえに、小説を書こうとする人間は、誰よりも真摯に人生と向き合う必要がある。今という時を真剣に生き、他人の心を我が心として、すべての苦楽をも厭わない生き方が自ずと求められよう。リアリティーの根源はここにある。

一行の文章を書くにしても、一つの語彙を選ぶにしても、命を削る作業だ。それが、読み手の心に感情移入して増幅し、人の心を激しく揺さぶるのである。そうすれば、百田氏の言う「ああ、いい小説を読んだ。よーし、明日もまた頑張ろう！」という醍醐味を、読者はきっと手にするだろう。小説を書く者の責任とは、そういうものだろう。

（平成二十九年十一月記＊二〇一七年）

文芸同人誌という文化

もう、十年ほど前の話になるが、全国の文芸同人誌に掲載されている小説を取りあげて批評してきた『文学界』(文藝春秋) の「同人雑誌評」が、平成二十年の十二月号をもって打ち切りとなった。文学愛好家の一人として、寂しい感はある。

「同人雑誌評」は、昭和二十六年に始まったというから、実に半世紀以上にわたって掲載してきたことになる。『文学界』は、毎月全国から寄せられた同人誌に掲載されている小説や評論を評し、その中の優秀作品を本誌に転載してきた。こうして、無名の新人や地方作家の作品を紹介することで、実力のある作家を同人誌から発掘し、日本の文壇におしあげてきた。

その代表的なものといえば、昭和二十九年に学内同人誌『一橋文芸』に発表した石原慎太郎氏の処女作「灰色の教室」が雑誌評で取り上げられ、今月一番の力作であると激賞された。石原氏はその翌年に発表した「太陽の季節」で第三十四回芥川賞を受けている。

昭和三十五年には、柴田翔氏が同人誌『像』に発表した小説「ロクタル管の話」がおなじく雑誌評で高く評価され、芥川賞候補となった。近年に入っては、玄月氏が平成十年に自ら発行した同人誌『白鴉』に「舞台役者の孤独」を発表し、それが同人雑誌評で優秀作に選ばれて、二年後に「蔭の棲みか」で第百二十二回芥川賞を受賞している。

この「同人雑誌評」は、文芸評論家である大河内昭爾氏、勝又浩氏、松本徹氏、松本道介氏の四氏が担当し、交代で同人誌批評の筆をとり、年に二回優秀作品を選んで『文学界』に掲載してきたのである。

同人誌は、最盛期で毎月二百誌以上が寄せられていたというから、これらに目を通すだけでも大変な作業である。こうした評者や編集スタッフの地道な努力があってこそ、新進気鋭の作家を発掘し、日本の文壇に新風を送り込んできたのである。

もとより作家を志すものは、昭和の中期ころまでは同人誌という場で修練を積むのが常道だった。先輩作家のもとで小説の書き方を身につけ、同人仲間と切磋琢磨しながら、腕を磨いていったのである。

例えば、丹羽文雄氏が主宰した文学同人誌『文学者』からは、吉村昭氏、河野多恵子氏、津村節子氏、瀬戸内寂聴氏、新田次郎氏らが育っていった。保高徳蔵氏が主宰した『文藝首都』からは、半田義之氏、大原富枝氏、芝木好子氏、金史良氏、北杜夫氏、田辺聖子氏、なだいなだ氏、佐藤愛子氏、林京子氏、勝目梓氏、中上健次氏、津島佑子氏などを輩出している。

そして昭和三十五年以降は、同人誌から芥川賞受賞者が相次いだ。三十八年に『山形文学』から後藤紀一氏の「少年の橋」が、『航路』からは田辺聖子氏の「感傷旅行（センチメンタル・ジャーニイ）」が、三十九年には『像』から柴田翔氏の「されど、われらが日々」が、四十年には『犀』から高井有一氏の「北の河」が、四十二年には大城立裕氏が『新沖縄文学』に発表した「カクテル・パーティー」が、それぞれ芥川賞を受賞している。

このように、作家志望の人達は、同人誌の場で小説を修行し、その作品が文芸誌の同人雑誌評や主要新聞の文芸欄で注目されると、芥川賞や直木賞の候補作品としてとりあげられたのである。いわば同人誌は、作家を志す者の予備校的存在だった。

ところが、その後次第に同人誌評にページをさく雑誌や新聞が少なくなり、唯一『文学界』だけがその孤塁をまもってきた。その『文学界』が今回同人雑誌評をうちきったのである。

全国に数百以上もあるとされている文芸同人誌は、一様に、大学や職場、地域で文学好きが集まって、自腹を切って同人誌を発行している。それを論評し評価する紙誌があって、それを励みに創作修行をし、いずれは芥川賞・直木賞をめざして精を出してきた同人たちである。その道が断たれたのであるから、作家志望者にとっては落胆を隠せない。

これは、何も『文学界』が悪いのではない。時代の流れで、その潮時が大きく変わり始めたのが、昭和五十年代に入ってからだ。その象徴的なできごとが、昭和五十一年に村上龍氏が「限りなく透明に近いブルー」で、また五十四年には村上春樹氏が「風の歌を聴け」で群像新人文学賞を受け、一躍人気作家になった頃である。

この時機を境に、作家を志す者の多くは、同人誌から離れて、文芸雑誌が設けた新人賞に直接応募するようになったのである。文芸誌側も、多数ある同人誌の中から才能を発掘するよりも、直接新人賞に応募してくる作品の中から見出した方が手っ取り早いというものだ。

こうして、作家を志望するものと文芸雑誌を発行する出版社の思惑が一致したことによって、文芸同人誌はプロ作家をめざす書き手から敬遠されていったのである。

こうした潮流に素早く反応したのが若者世代で、それに取り残されたのが中高年の同人メンバーだった。やがて高齢化が進み、同人誌は存続しても、文学活動への覇気は以前とはかなり停滞した感がある。

『文学界』の船山編集長は、同人雑誌評の打ち切りにあたって「同人誌の作風が固定化し、新人賞応募作と比べて活気が薄い。同人雑誌評は歴史的役割を終えた」というコメントを残した。血気盛んな若者世代の作風と、老境にはいった人間の作風はおのずと差が出てくるのは当然といえば当然かもしれない。また、長年評者をつとめてきた文芸評論家の大河内昭爾氏は、「かつての同人には身銭を切ってでもやる熱意があったが、若い世代にはその心意気が継承されておらず、ざびしいが仕方がない」と述懐する。

現在、芥川賞を対象にした文芸誌といえば、『文学界』（文芸春秋社）、『新潮』（新潮社）、『群像』（講談社）、『すばる』（集英社）、『文藝』（河出書房新社）の五大文芸誌で、ここに掲載された短編や中編の作品が受賞対象になる。この他に、書き下ろしの単行本や『早稲田文学』『三田文学』といった少部数の雑誌もある。

いずれの雑誌も、文芸新人賞を公募しているため、書き手が直接応募する。文芸誌によっても違うが、応募総数も数百から千編を超えることもある。一次選考、二次選考を経て、最終的に新人賞が決定すると、その文芸誌に掲載され、それが芥川賞の対象作品となっていく。

純文学系のプロ作家として、文壇にデビューするには、登竜門としての芥川賞を受賞する必要がある。もちろん、芥川賞を取らなくても文壇で活躍するベストセラー作家も少なくないが、そういう人達は、その他あまたある文学賞を必ず受賞している。

プロ作家をめざす者にとって、文学賞は必須条件だ。それは、弁護士の司法試験、公認会計士や医師の国家試験などと同じように、文学賞をとってこそ作家としての実力が認められたということになる。

今、純文学をはじめ、歴史小説、推理小説、経済小説、医療小説、児童文学など、あらゆるジャンルの文学賞を総合すれば、百から二百近い文学賞がある。その主催者も多岐にわたり、大手の出版社や新聞社をはじめ、さらには地方自治体や地方新聞社、各種文学団体や企業やグループなどが公募している。

ただ、文学賞をとりさえすれば、あとは華々しく文壇で活躍できるかというと、決してそんな甘いものではない。特に、若い書き手のなかには、一発応募主義で新人賞をねらい、幸運にも受賞できたとしても、二の矢三の矢が射られずに、多くは二〜三年もしないうちに消えていく。そして次の新人に追い落とされていくという、厳しい世界なのである。

ましてや、プロ作家として単行本が発行され、書店の店先に並べられるのは、一握りの人間だ。そして最後の勝負は、その本がどれだけ売れたか、つまり金をだして買ってくれる読者がどれほど多くいたかによって、作品への評価が決まり、作家への評価も決まってくる。

本が一冊でも多く売れれば、印税として、つまり原稿料として書き手に入る。作家はこの印税を手にして、はじめてプロ作家となる。しかし、印税の額によっては、生活ができない作家も多い。逆に、人気があって多く売れれば、それなりの大金を手にすることも確かだ。

仮に、一冊の定価が千円として、十万部売れれば、印税を一〇パーセントとみても、一千万が印税だ。これがミリオンセラーにでもなったら、ざっと一億円以上が著者の懐に入る計算になる。売れるか売れないか、プロ作家にとっては、それがすべてだ。

しかし、中には芥川賞をとりながら、その後作家として大成せずに消えていった人もいる。その点、弁護士や医師の場合、その資格があって、普通に仕事をしていけば、それなりの所得は保障される。作家には、国家試験のような公的な資格はないのだ。

さて、同人誌の話にもどるが、『文学界』の「同人雑誌評」がなくなったからといって、全国の同人誌が消えてしまったわけではない。発行の時期が遅くなったり、休刊や廃刊に追い込まれたりする例も多い。中には五十年以上も連綿とつづけている健在な同人誌もある。あらたに創刊した同人誌もある。

確かに同人誌は、かつてのように仲間が真剣に文学論を闘わせたり、切磋琢磨して厳しい小説修行をしたり、先輩作家が新人を鍛えるといった場ではなくなったが、もともと文学が好きで、ものを書くのが好きな連中が集まってできた会だけに、頻繁に集散することはない。

むしろ、文学愛好者のサロン的な場として、同人誌は同人たちの心と心を固くむすびつけている。同人誌という場は、唯一自分を受け入れてくれる安息の場なのだ。文学賞などはどうでもよい。書くことによって精神のカタルシスとし、仲間と駄弁(だべ)ることで、生への確かさを実感し合う場なのである。それが、本来の同人誌文化なのかもしれない。

同人誌に集まる同人たちには、いろいろな人間群像がある。年齢の違いもあれば、男女の違いもあり、職業をもった人もいれば、定年退職して無職の人もいる。

同人のほとんどは、ただモノを書きたいという理由だけで集まってきた人達だ。自分なりの知識や経験、ものの見方や考え方、人生へのさまざまな思いを、小説にしたり詩に詠んだりしている。中には、昨今にして初めてペンをもったビギナーもいる。時間をみつけて、ただ黙々と書いている人たちである。

「同人誌の文化を大切にしたい。かつては鍛錬の場として実力ある作家を育てたし、昔ほどではないにせよ、今も地方に良質の作品が残っていると思う」と話すのは、『三田文学』の加藤編集長だ。

いま、文芸誌に見放された同人誌は、本当にその使命を終えたのだろうか？　同人誌に発表されている文学作品の中にも、良質な作品があるのではないか？　出版業界の思わく（売れるものという価値基準）で、作品の善し悪しが左右されていないだろうか？　本当にいい文学作品とは、どういう作品のことをいうのだろうか？　文学って、いったい何？……。

（平成二十九年四月記＊二〇一七年）

立原正秋の『冬の花』

立原正秋が没したその年に、遺稿エッセイ集『冬の花』が出版された。二十年も前のことである。学生時代から捨てきれずに溜めていた蔵書を、昨年思いきって半分以上処分したが、立原のこのエッセイ集だけは残しておいた。今でも、この本は書棚に鎮座している。

立原は、昭和五十四年『朝日ジャーナル』の八月号に、「日本語あれこれ」というエッセイを載せており、それがこの『冬の花』に納められたものだ。物書きにとって、思いのままに文章が書けないのが常の悩みだ。書けても、気になりながらの出稿。どうしたらいい文章を書けるのだろうかと、文章読本なるものを紐解いたりする。そんな時、立原のエッセイ集に出会うことができたのである。

エッセイ集の「日本語あれこれ」には、「私は小説を書くのをなりわいにしているので、如何に文章を削るか、如何に簡潔にするか、を考えるのが毎日の仕事である」と書き出し、「だいたい頭のなかで削ってから原稿用紙に移すが、削ったつもりでいても、読みかえすと余分な言葉が目につくことがある。ここまで書いてきて早くも余分な言葉が目についた」と述べている。

その余分な言葉とは「如何に文章を削るか、如何に簡潔にするか、を考えるのが毎日の仕事である」という文節で、「如何に」という強調の副詞が二つもあるのは悪文の見本であるといい、一つの「如何に」を削って「如何に文章を削るか、簡潔にするか、を考えるのが毎日の仕事である」にしたのである。

しかし、もっと削れないかと推敲した結果、「る」を「り」に換え、「か」と句読点の「、」を二つ取ってつなげ「如何に文章を削り簡潔にするかを考えるのが毎日の仕事である」に変えたのである。さらに氏は、読み返しているうちにもっと削れることに気づき、「削り」を取って「如何に文章を簡潔にするかを考えるのが毎日の仕事である」にしたのである。

これで良いはずであるが、これでも何か気になると言い、結局「如何に」を「どのように」という言葉に置き換えて柔らかさをだし、「どのように文章を簡潔にするかを考えるのが毎日の仕事である」にしたのである。しかし、氏はまだ満足しなかった。最終的には「毎日」を「日日」に変えて、文章全体に柔らかさをだし、「どのように文章を簡潔にするかを考えるのが日日の仕事である」にしたのである。

こうして、都合五回文章を書き換えることによって、最終的に出来あがった文章が「私は小説を書くのをなりわいにしているので、どのように文章を簡潔にするかを考えるのが日日の仕事である」にしたのである。

当初の「私は小説を書くのをなりわいにしているので、如何に文章を削るか、如何に簡潔にするか、を考えるのが毎日の仕事である」という文章を書き換えた理由について、立原は次のように説明している。

「初めの文章には説得力があるが、やがてあきてくる。後の文章は最初は読みすごしてしまうが、日が経ってから思いかえされる文章である。小説の文章の場合、私は後者をとる」と述べた。つまり、「如何に」と言った強調の副詞は、政治家が演説などで使うと説得力があって良いかもしれないが、小説などの文章の場合はそぐわないという。読者の心奥に沁みこみ、いつまでも思いかえしてくれる文章というのは、一つの単語で強調するのではなく、文章全体に作者の心象が醸しだされるような語彙の選択が必要であることを言いたかったのであろう。

その意味で、自分が書いた文章は何度も読み返してみて、納得に近いものに練り上げることの大切さを、立原のエッセイから学んだ。刀鍛冶が、高熱で焼かれた鉄を何度も打ちかえし、不純物を取り除いて名刀を作りあげるように、文章も鍛冶のように推敲に推敲を重ね、不純物を取り除いてこそ、名文は生まれよう。名文とは、思いかえし、読み返してみたくなるような文章のことを言うのである。

立原の作品に、研ぎ澄まされた表現美を感じるのは、そのためであろう。『冬の花』は、私の文章術を変えた一書である。


（平成十二年八月記＊二〇〇〇年）

ダンテスの不撓不屈の信念

『モンテ・クリスト伯』は、フランスの作家アレクサンドル・デュマ・ペールが、一八四四〜四五年に著した作品で、『三銃士』『鉄仮面』などと並び、世界中の人々に愛読された一書だ。日本に紹介されたのは明治の後期で、黒岩涙香によって『巌窟王』の名で知られ、広く国民の間で読まれるようになった。

筆者も学生のころ一度手にした本であるが、最近改めて全編を読んだ。行間に満ちあふれる躍動感や、千変万化するストーリーに興趣が増し、読者の心を惹きつけて離さない不思議な物語性がこの本にはある。

主人公のエドモン・ダンテスは、人生の希望に燃え、晴れの結婚式に臨んだとき、三人の友人らの陰謀によって不当にも捕縛される。彼は裁判にもかけられずに、そのまま孤島の堅牢に十四年間も幽閉される身になったのである。

そこで老司祭と知りあい、豊かな知識と教養を授けられながら、陰謀を仕組んだ輩を知るにいたる。真実を知って慄然とした彼は、その時から復讐の鬼と化した。司祭の死を利用して脱獄に成功し、司祭から教えられた財宝を手に入れて、復讐の旅に出る。やがて、モンテ・クリスト伯と名乗って、パリの社交界へ登場していった。

ダンテスを無実の罪に陥れた三悪人は、今や社会の一流人物として出世していた。その彼らに対し、ダンテスは緻密な計画と不屈の忍耐力でもって、次々と復讐を成し遂げていった。

三人のうちの一人は恋敵フェルナンであるが、彼は拳銃自殺した。ダンテスの昇進をねたんで謀反を企てた二人目のダングラールは、かつてダンテスが苦しんだように牢獄に閉じ込めて極限の飢えを味わわせた。そして、三人目のビルフォールは、野心家の検事だったがその社会的地位が失われ、妻は服毒自殺をはかった。

しかし、ダンテスは復讐で犯した罪を知ったとき、自身を罰しようとしたが、友と神の深い愛情に包まれて罪を免れ、新たな人生の旅に出るのである。「まて、そして希望を持て！」の言葉で終わるこの作品は、当時のフランスの暗い時代背景をそのまま反映している。

十九世紀初頭のフランスといえば、ナポレオンの興亡の激しき時代であり、国情はまさに動乱期の絶頂にあった。民族の精神的支柱をなしていたキリスト教は、次第にその力を失い、既成の権威の体制も崩壊していくなかで、人心の不安と動揺は想像に難くない。

この偸安(とうあん)無為となった国民が、デュマの作品を拍手喝采でもって迎えたのも、至極当然なのかもしれない。初め、この作品がパリの「デバ新聞」に掲載されると、たちまち大好評となり、連載が一日でも休むと、パリ市民はもとよりフランス全土が暗く沈んだという。

こうした時代様相を考えると、どこか現代の〝しらけ〟と〝多様〟と〝混乱〟で象徴される不確実性の時代と酷似しているといっても過言ではないだろう。

時代が不透明になるのは、決まって思想の乱れからくることが多い。思想が乱れれば、民族の精神に墜落と腐敗が生ずる。フランスの動乱は、表面では政情の急変であったにしても、底流にはキリスト教の衰退が要因のひとつであったようである。

精神的支柱が失われると、時に人間はその存在に取って代わろうとする傾向があるが、これは極めて危険なことといわねばならない。主人公ダンテスの生き方にも見られるように〝神に代わって悪を裁くのだ〟といった思想が、この作品を貫いている。

作者デュマは、生気あふれる青年の純粋性を謳いあげるかに見せながらも、結末においては主人公をして懺悔に追い込み、かろうじてキリスト教的愛をもって幕とした。デュマの心境如何にというところであるが、その矛盾そのものがデュマという人間の本心そのものかもしれない。

ベーコンのいう「復讐は一種の野蛮な正義である」ということと、エピクテトスのいう「容赦は復讐に勝る」とする箴言をもって読んだとき、この作品の正体を垣間見る思いだ。

少年少女向けの児童文学としてこの作品を読む限り、「正義は必ず勝つ」とする倫理性は決して誤りではない。明確な信念と人生観をもって、人間愛に生きようとする限り、この作品に読まれることはないだろう。

「書を読め、書に読まれるな」という箴言があるが、いかなる文芸作品を読む場合においても心得ておくべきことである。

しかし、この一書から学ぶことは多かった。知識、雄弁、知恵、風貌、慎重さ、人を見抜く力、知性的行動等々……。中でも、ダンテスの不撓不屈の信念は、逆境に生きる人間の鏡でもある。今の不確実の時代だからこそ、強き信念と確信と執念でもって、自身の生を光り輝かせていきたいものである。

（昭和五十四年十月記＊一九七九年）

幸福はいつも自分の心の中にあるの！

『アンネの日記』を世にだして、世界の人々を感動させた十五歳の少女、アンネ・フランクが、その後、日記やまた日ごろの思いをエッセーや物語や詩などにまとめた『アンネの青春ノート』が発刊された。これには、学園生活のころの思い出や将来の夢、忘れ得ぬ人たちとの出会い、また未完の小説となった『キャディの生活』などが載っている。

『アンネの日記』もそうであったが、内容は実に簡明直截で、文章それ自体に透明感が漂う。とても十五歳の少女が書いたとは思えない高潔性に富んだ内容だ。情熱、勇気と正義、豊かな情操と鋭い感受性、そして機知と英知と洞察力にも富み、直情径行で自意識も強く、その利発な様には心うたれる。

「私がこれに気がついたのは、アンネが死んでからのことである」と、父オットー・フランクが回想しているように、隠れ家で生活していたころは、アンネも父には日記を見せていない。
父が日記のすべてを読んだのは、アウシュビッツの強制収容所から辛うじて救出され、再び隠れ家のアムステルダムに一人帰ってきてからのことである。娘の生き方を、心底から理解したのは、この日記を読んでからのことだ。

日記には、アンネの心の内のすべてが綴られていた。戦争という最悪の非人間的な行為の真っ只中にあって、真実を叫ぶことは、きわめて勇気のいることであった。

生と死、破壊と恐怖を不断につきつけられていても、なおかつ生きて生き抜こうとする一個の人間の生命的自我が、あの日記やエッセー、詩の行間に凝縮されていてあまりある。

われわれは、三十数年前に生きたアンネ・フランクの心のうちをどこまで理解できるだろうか。受難の歴史を重く背負って生まれてきた悲運なユダヤ民族。ユダヤ人であるということだけで、虫けら同然に虐殺される宿命。暗黒のナチス・ドイツに追われて、不安と恐怖におののく隠れ家生活の日々……。第二次世界大戦という極限の時代性に震撼するのは決して私だけではあるまい。

アンネの日々は、死刑囚のように、明日の命は保証されていなかった。いつ死が訪れるか、今日か明日か、そんな狂気と異常な環境の中にあって、アンネは決して絶望することはなかった。逆境にあればあるほど、もちまえの快活さと強靭な意志力で、他者をも慈しむほどの余裕さえもっていた。

アンネは、命の底から叫んだ。『アンネの青春ノート』には次の言葉が綴られている。

「わたし、生まれてはじめて、自分の心の中に幸福を発見したんだなあと、はっきりわかったの。時代や環境がどうあろうとも、幸福はいつも自分の心の中にあるということを」

「もしあなたが自分の心の中に幸福を見つけだしたかったら、すてきな青い空いっぱいに太陽が輝いている日に、外へ出てごらんなさい」

「ほんとの悲しみって、自分で自分を悲しみの底に沈めてしまうことが原因だし、逆に、ほんとの幸福って、喜びから生まれるってことが、わかってきたからだと思うの」

「みんな同じように生まれて、みんな公平に死んでいかなければなりません。どんな偉人だって、永遠につづく栄光は残せません。権力も名声も、ほんのつかの間しか続きません！」

「人の真の偉大さは、富や権力にあるのではなく、人格や善良さにあるのです。みんな人間です」「与えてください、あなたのできうるかぎりを！　与えすぎて貧乏になった人なんていません！」

そして、アンネは祈り、願った。「ああ、世界じゅうの人たちが、人間はみな平等で、他のことはすべてが一時的なものだと解ってくれたら……」

アンネにとって、生への歓喜は戦争も環境もいっさい関係なかった。ただ、人間であるという喜びと誇りを、日々、青春の命の中に昇華させていったのである。

この『アンネの青春ノート』は、『キャディの生活』という小説の書き掛けで筆が途絶えている。その数日後、恐れていた秘密警察が隠れ家に踏み込み、荒々しくアンネを引き立てていった。

そして、一九四五年の三月のある日、アンネ・フランクは母と姉の後を追うようにして、収容所の暗いかたすみで、十五歳という命の蕾を花と散らした。不滅の光芒を放ちながら……。

（昭和五十三年九月記＊一九七八年）

対立と相克、そして調和

ノルウェーが生んだ世界的な劇作家、ヘンリック・イプセン（一八二八～一九〇六）といえば、近代劇創成の父として知られている。その足跡は世界的に評価され、演劇の領域にとどまらず、近代文学思潮にも大きな影響を与えた。

日本へ紹介されたのは、明治の中期だ。高安月郊、坪内逍遙、森鷗外、島村抱月、小山薫らによって、新劇運動の勃興を促す機縁となり、さらに自然主義文学の興隆にもつながった。

北欧文学へのなじみが一般に薄い中で、なぜかイプセンの『人形の家』だけは、記憶に残している人が多い。それはイプセンという人間のきわだった思想的立場の独自性によるものであろう。世に問う一作一作が、つねに問題作として、当時の全ヨーロッパに驚きと衝撃を与え、議論の旋風を巻き起こしていったのである。

その戯曲のもつ特異性というのは、弁証法的発想からなる問題を、写実的な表現においてとらえ、しかも急進的な方法でもって有機的に関連性をもたせている点である。
作品の一つひとつは、イプセンという一人の人間が直面するさまざまな問題のいわば断片でもある。断片は時によって奇異であったり、不合理であったり、固定であったり妥協であったりする。

例えば、『人形の家』に出てくるノラ夫人の考えと行動は、一方においては女性の自由な立場と権利を求める女性解放論であり、他方においては家庭を破壊する行為として非難の対象となる女性である。

この非難に応えようとした作品が『幽霊』である。ノラとは対照的に、家を飛び出さなかったことにおいて、悲劇的な運命をたどる夫人アルヴィングを仕立てることで、ノラのとった行為を反証しようとした。しかし、それはまたより厳しい批判をあびる結果となった。イプセンは、引くことなくこの非難に対して『民衆の敵』をもって応えている。

その後発表した『海の夫人』においては、恋人だった男が現れたら家を飛び出そうとひそかに心に決めていた妻が、いざその男が現れてみればかえって今の夫の深い愛情に目覚める結果となり、家庭に思いとどまるという内容の作品を世に問うことで、一連の帰結としたのである。

このように、一つの作品のもつ結論が次の作品を生む契機となり、また新たな問題に直面しては別の結論へと誘引していく。ひとつの問題提起に対立関係をもたせ、やがて相克し調和へと発展していくリズムが、イプセン戯曲の特徴ともいえよう。

またイプセンの戯曲は、その構成と表現においてはきわだっている。緻密な場面構成、徹底した写実性に基づく対話表現が構築されていて、当時の演劇界に清新な魅力として享受されていった。

にもかかわらず、時には痛烈な批判と攻撃を受けたのは、やはりリアリティーの問題であろう。ノラのせりふに「社会が正しいか、私が正しいか、つきとめなければ気がすみません」とあるが、これなどは作者イプセンの思想的急進性を端的に物語っている。

イプセンは、ヘーゲルやキルケゴールの哲学の影響を強く受けている。自らの二重人格的側面に悩み相克した。このことはそのまま作品においても表出している。

テーゼとしての『人形の家』の後に、アンチテーゼとしての『幽霊』が創成され、同じくテーゼとして発表した『ブランド』の後に、アンチテーゼとしての『ペール・ギュント』を作品化した。そして、いくつかの作品を総合化したジンテーゼとしての作品も試みているのである。

これは、ヘーゲル哲学の「正」（テーゼ）「反」（アンチテーゼ）「合」（ジンテーゼ）の弁証法が、イプセンの人生基盤にあったことはいうまでもない。激しく対立し、厳しく相克し、次の新たなる局面を提示していくという手法をもって、自己の精神変革を追求していった劇詩人こそ、イプセンその人であった。

（昭和五十三年七月記＊一九七八年）

私は幸福を求めない、私自身が幸福だから
――ホイットマンの詩と人生――

気を落ち着けておいで。
私に対して気兼ねはいらない。
私は〝自然〟のように自由で活発旺盛なウォルト・ホイットマンだ。
太陽がお前をのけ者にしないうちは、
私はお前をのけ者にしない。

高らかに人間愛を謳うのは、言わずもがなホイットマンだ。なんと悠々たる境涯を思わせる詩であろうか。『賤しい一娼婦に』と題して謳ったこの詩は、おそらく苦しみの人生を訴える娼婦に対し、どこまでも温かく迎え、大きく包み込もうとしている心の広さが伝わってくる。

太陽がすべてに等しく照り輝くように、それが賤しい身であれ、貧しい身であれ、また悩みであれ苦しみであれ、どんなことをも厭わず受け入れようとする広大無辺の境地が、詩の行間に溢れでている。

それにしても、彼の育った環境や生い立ちは、決して恵まれてはいなかった。長兄は白痴、次

女は変わり者、三男はアル中患者のうえ喉頭結核を患って早世した。五男も精神薄弱者のうえ足が不自由だったという。

不運な家族をもったにもかかわらず、彼の生活に陰鬱さや翳りは少しもなかった。それは、超越主義を廃して写実主義に身をおいたからであろう。現実を直視し、事実を受け入れ、そこから決して逃げない。現実主義に徹してこそ、自身の生が輝き、幸福を実感することができる、というのが彼の確信だ。彼は謳う。

私は現実を受け入れる。そこに疑問を挟まない。
あなたはあなたとして生きればいい。それで十分だ。
人生の悩みをくぐった者ほど、生命の尊さを知る。
私は幸福を求めない。私自身が幸福だからだ。

彼自身、苦労人だった。若いころは病院や法律事務所の給仕をしたり、新聞社や雑誌社の工場などで印刷工の技術見習いをしたり、小学校の教師もした。また、自ら週刊誌を発行して、記者から植字工、配達、集金までを一人でやり、各新聞や雑誌に社説や書評なども書いた。

こうした波瀾の人生の中で、彼を大きく変えていった要素のひとつに、アメリカ大陸の大旅行があった。五大湖がおりなす自然美、ナイアガラ瀑布の雄大さ、ハドソン川の悠久な流れにふれたことで、さらに彼のこころは光り輝いていった。

足にまかせ、心も軽く、僕は大道を行く。
健康で、自由で、世界は眼の前にある。
褐色の長い道が、僕の前にある。
それは、どこへでも僕の望むところへ僕をつれていってくれる。

ホイットマンは、どこまでも自然を愛した。人生大道も、いわばこの自然との触れ合いによって確立したといっても過言ではない。大自然との対峙が『草の葉』という素朴な言葉で象徴されるように、自ら雑草のごとく、果敢にして不撓不屈の精神を養っていったのである。

彼は人間の可能性を、己の生の中にしっかと見つめていた。自然のもつインパクトが、一人の人間の内面世界に大いなる変革をもたらし、成長発展の契機となっていったのである。

ホイットマンは、詩の創造において、詩的な比喩、装飾や形式などはいっさい不要だった。生命の内奥から噴き出してくる感情を、直截簡明に謳いあげるだけだった。「わが詩は、単純で健康で自然である」と、覚書に記していることからもうかがえる。

彼の詩に対して、世間から悪評や酷評がいっせいに向けられても、彼は「仲間よ、これはただの本ではない。これに触れるものは一個の人間に触れるのだ」と、悠然としていたという。

彼の詩篇のどこをめくっても、人間愛に溢れている。ヒューマニズムの権化とは、ホイットマンその人なのである。

（昭和五十三年三月記＊一九七八年）

問われる文学の精神性

文学の衰退は人間の堕落

現代文学が、ことに戦後文学がのっぴきならぬ状況に陥っていることについて、文学に無関心の人間から見れば、そんなことはどうでもいいだろうと揶揄嘲弄されるかもしれない。

もちろん、彼等に文学の危機を救ってもらおうとは、毛頭ないのだが……。しかし、かりに政治家に、文学の危機を訴えたら「国家の平和や豊な社会をつくることが、最も優先して大事なんだよ」と訓示されるかもしれない。経営者や科学者に問うても、「文学がどうあろうと、われわれにとっては重要なファクターではない。君も、食うためにどう生きるかを考えた方が得だね」と、シニカルな言葉を浴びせられるかもしれない。

それにしても、文学をわが精神としようとしている人間にとって、彼らが何と言おうと、政治的な動向や経済の変動、科学や文化や教育の在り方、さらに社会不安や戦争に至るまで、まったく無関心ではいられないのはいったい何故だろうか？

政治や経済、文化や教育が人間の営みのうえで必要不可欠なことは十分に得心している。それゆえに、彼等の思考と行動、生き方に執拗に関心をもたらざるを得ないのが、文学する人間の運命であり宿命なのかもしれない。

功利主義的な人間がわれわれを見て笑っても、ぼくらは彼等を笑って見過ごすことができないアポリアに、文学がもつ運命的な、またある種の哲学性が濃縮されているようにも思う。

もちろん、文学が彼等の日常生活を直接に左右するベクトルとなることはないだろう。しかし、これまで文学は、文学をする人間にとっても、またそれを享受する人間にとっても、厳然とその価値をその生に刻印してきたのだ。

良質の文学であればあるほど、文学に内在する不変的価値が、その人の生に強烈なインパクトを与えてきた。技術社会や情報管理化社会がどんなに進歩したからといって、文学は無用の長物と化してしまうなどと、微塵も信じたくない。

文学はこれまで、実存の深みから湧き出ずる生の鼓動を、ありのままに謳いあげてきた。広津和郎氏は〈散文芸術の本質は、人間の生にもっとも近いところにある〉と言ったが、人間が人間社会の中で人間らしい場を見出そうとするならば、人間の一番近くに位置する文学に求めるのも有効な手段であろう。

それほどに、文学が人の生と表裏一体をなすもので、政治や経済や技術といったプラクティカルで客観的な存在とは違い、より高次で、内面的で主観的な次元で、無形の価値をわれわれに供与してくれる。

文学が今、その危うさを迎えているといって、即物的な思考に捉われ、非生産的なものを顧みなくなった人間に、その責任を問うつもりはない。どこまでも、文学に手を染める人間の、傲慢な文学創造の姿勢にこそ、大きな責務があると言えよう。

ゲーテは、『格言と反省』の中で、「文学は、人間が堕落する度合だけ堕落する」と警告した。このアフォリズムがいま鮮烈に甦ってくる。人間の堕落とは、文学するものに拘らず、一般現代人においても、通じる概念だ。人間の堕落が社会の堕落を招く。それはある種の思想の衰微であり哲学の不在でもある。

作家も現代人の一人である。文学を自ら負うべく手中の仕事としている以上、ゲーテのいう人間の堕落とは、そのまま作家の堕落にも通じる。この辛辣なまでのゲーテの言葉に誤りがなければ、今日の文学の危機はそのまま文学する人間の生の危機をも暗示しているのである。

『文学界』の対談「〝衰弱の文学〟を排す」の中で、江藤淳氏は「文芸編集者が一般の世の中の人たちとは違って、作家を守ってくれるのは、作家のナイーヴさに、外の風を当てないようにしてないと、純文学が成立しないような事情が続いているからだと思う。それに冷酷に外の風をまともに当てると、純文学が枯れて死んでしまう」恐れのあることを指摘している。作家のナイーヴさとは、作家の精神性のひ弱さであり、思想・哲学の貧困さと言ってもよい。

戦後、特に昭和中期以降の作家たちは、不幸にも温室の中で育った。経済的な豊かさに恵まれ、表現の自由や出版の自由が保証され、誰でも作家になれる環境の中で、食うためなら何でも書くことができる環境に身をおいた。豊穣な物質社会が蔓延した時代でもある。

物質的な豊かさを否定するつもりはさらさらない。だが、精神の自由の獲得は、人間らしさを感得するうえで、きわめて重要なことである。しかし、時代というものは意地悪なもので、豊かさと自由を与えることで、人間の精神を薄弱化する傾向を持つ。戦後作家のナイーヴさがそこにあるとするならば、戦後という時代は罪深き時代と言ってよい。

時代を超えた不朽の名作は、しばしば過酷な時代背景の中から生まれてくることが多い。戦争や革命、社会の動乱の中で生死を突きつけられたとき、なぜか作家のペンは鋭角に立つ。「如何に生きるか？」「平和とは何か？」「自由とは？」「生とは？」「死とは？」そして「幸福とは何か？」といったテーゼを宿命的に負わされる中で、止むに止まれぬ命の迸り（ほとばし）りが原稿の行間に叩き込まれてくるのである。

こうした内奥からの叫びが、作品を通して読者の心を激しく揺さぶるのである。作家の強靱な命が文字化して原稿という紙面に拡散し、やがて読者の網膜から視神経に伝播して脳細胞へと届く。そこから先は作者でも入れない、読者だけのダイナミックな想像世界へと変貌するのである。読書の醍醐味はここで生まれるのだ。

しかし、時代が豊かになると、若手作家たちのペンは商業主義に走る出版社の手先となり、娯楽性だけを求める読者に迎合して、奇抜で低俗なものが世に出るようになった。売れれば出版社は儲かり、作者も一時的な名声を得る。彼らは、こうして出版社の温室のなかで「○○文学賞」を与えられ育てられ、一世を風靡するのである。それらの作品は、やがて時が経つにつれ、読者から敬遠され忌避され、そっぽを向かれる結果となった。

何故か？　それは小説が読者を裏切ったからである。「近ごろの雑誌にのる小説を読んで、腹立たしくなることすら稀ではない」と嘆くのは、文藝評論家の桑原武夫氏だ。氏の嘆きは、昭和初期の話だ。全ての作家の作品がそうだとは言わないまでも、そうした作家の精神の脆弱性が、昭和中期以降になって、いっそう蔓延してきたように思う。

文学の低迷化を、時代の変化や環境に押し付けてしまうことは簡単だが、それにしても物質的豊かさは時に人間の精神を堕落させる。ある程度厳しい環境におかれたほうが、人間の精神は鍛えられ、逞しく、強く自律していくものだ。

「どう生きるか」という強靭な生命力が培われてこそ、文学は息を吹き返してくる。そのとき、読者は水を得た魚のように命の蘇生を実感するのである。「共感」「感動」「同調」「共振」なくして、文学の存在意義はない。

小説の〝面白い〟という価値

人は、なぜ小説を読むのか？　それは「面白い」から読むのである。文学の価値は、この「面白さ」にあるといってもよい。もちろん、教養を身につけるためなど、人によって多少の目的は異なっても、真に文学を愛好するものにとっては、やはり「面白い」から読むのである。

読者は、率直に「面白かった」で評価し、その面白さを期待してまた次の作品を手にする。小説を読んで「面白くなかった」「つまらなかった」ときは、読者はためらわず、その作品を嫌い、読みかけの途中でも平気でページを閉じる。それは、読者に与えられた最大の自由と権利だ。

さて、文学にとってこの「面白い」とはいったいどんな価値をいうのだろうか？　それは、単に「こっけいな」「面白おかしい」「おろかしくて笑いたくなる」といったコミカルの意味や、エンターテイメントといった娯楽的な意味とは本質的に異なる。

文学の真の「面白さ」は、「生きることの面白さ」であり、「生への価値」そのものをいうのである。俗にいう「人生、面白い」にも通じる。この「面白い」が、読者にとって文学の価値であり、より良い人生を生きるための価値といっても過言ではない。

何故、文学だけが「面白い」と評価をするのか。これが絵画を鑑賞して「面白かった」とは評価はしないだろう。名曲を聞いて「面白かった」と言う人もいないだろう。この文学の「面白い」という表現こそ、文学が他の芸術と異なる特異な価値とも言える。

この「面白さ」を、桑原武夫氏は〝文学のインタレスト（interest）〟と呼んだ。「インタレストとは、〝興味〟であると同時に〝関心〟であり、さらに〝利害感〟でさえあって、それは行動そのものでは決してないが、何ものかに働きかけようとする心の動きであって、必然的に行動をはらんでいる」とし、「すぐれた文学で、そこに表現された人生によって、読者を動かし、読者にひとごとではなくわが身にしみる思いをさせ、つまり人生に強いインタレストを感じさせるものがあるだろうか？　もしそれを感じさせぬものなら、その作品は失敗なのである」と明言した。「面白さ」という実感は、文学を享受する者にとって、堪らないインタレストなのである。その「面白さ」の内容は、読む人によって異なるが、「面白さ」の向こうに透けて見える実像がある。その実像こそ、桑原氏の言うインタレストであろう。

　小説が創り出すストーリー、プロット、シチュエーション、主人公、登場人物などが、絶妙に織りなす虚構の世界に読み手の心が同化し、やがて虚構の世界が虚構でなくなって、読み手の人生そのものとなり、実像へと変貌する。この一連の読み手の心への作用こそがインタレストで、その後の読み手の人生と緊密に結びついて分ち難いものとなる。こうした文学のもつポテンシャルこそ、文学の精神性と言わずして何であろう。

　文学は読み手なくして成立しない。だからといって、作者は単に「面白さ」を求める読者に迎合して、「こういうストーリーならば」「こういう主人公なら」、また「こう表現をすれば」読者はきっと喜んで読んでくれるだろう、と読者に媚びたものを作ると、必ずといっていいほど反感を買う。読者心理が受け付けないのだ。それは、うそを見抜く鋭い慧眼を読者はもっているからだ。読者に作者心理を読まれたとき、フィクション（小説）はフィクション（作り話・うそ）で終わるのである。

読者を面白がらせようという下心で書くと、ほとんどは失敗作だ。読者の単に「面白さ」だけを考えて作品化しようとする縛りが、作者自身のインタレストを縛ることになる。それが、自身の生に対するインタレストをゆがめ、虚飾の作意となり、書き手の創造性がさもしくなる。そこにリアリティーが生まれるわけがない。

心にビビッドに響く作品というのは、どこまでも作者自身の誠実な生との向き合いのなかから生み出されてくるもので、機嫌取りのような文学作品に真実性は生まれない。ポピュリズム文学の再現になろう。

これは、まさしく作家自身の精神性の問題だ。人間は等しく、生きるために生まれたのである。年齢も性別も異なり、さまざまな環境の中で、価値観・思考力・行動や生活形態も違う中で、人は一生懸命に生きている。幸福を求め、健康を願い、平和を希求し、和楽構築のために獅子奮迅するのだが、なかなか思う通りの人生にはならない。挫折があり、苦悩があり、葛藤がある。逃れられない老・病・死と対峙しなければならない。

満足の人生が一〇〇パーセントとすれば、二〇～三〇パーセントぐらいの確率しか生きられない人もいれば、四〇～五〇パーセントぐらいの人もいるし、中には七〇～八〇パーセントの確率で人生を謳歌する人もいる。同じ人間でありながら、こうした差異や格差といった多様性はどこからくるものなのだろうか？　その赤裸な人間群像の偏差に最も相性が合うのが、文学というもう一つの人間性なのである。人間性という普遍的な価値を創造してこそ、作家の本分があり、責務があり、使命があるのである。

オーダー・メード作家

残念ながら現代文学はこれに応えていない。読者から文学が遊離した背景の一つに、特に新人作家に与える文学賞の選考過程に懐疑的にならざるを得ない。そう思いたくはないが、文芸雑誌編集者や選考委員の思惑のどこかに、出版社の商業主義的な意識が働いてはいないと言い切れるだろうか？「売れる小説」を第一義に考えてはいないだろうか？　いわば、若手作家の商品化という臭気が漂ってくる。

まず賞を与えて売名し、つぎは売れるための作家養成である。つまりは、出版社のオーダー・メード作家であり作品なのだ。文章がうまい職人に、設計図どおりの作品を書かせているようなものだ。双方にとってウィンウィンだ。若手作家にとれば、自分の才藻（さいそう）を買ってくれる出版社がいて、プロとして収入を得ることができる。出版社にとっても作家という商品を世に売ることで大きな利潤を手にする。

しかし、本が売れるということと、作品の真の「面白さ」とは、価値においては全く違う。「面白さ」という文学の価値は、先にも述べたように、文学作品としてきわめて質の高いものをいうのである。単に売れる本というのは、往々にして低俗な傾向にある。

この低俗性とは、興味本位の内容のもの、奇抜なもの、奇天烈な構想のもの、時に扇情的で怪奇なものが多い。もちろん、そうした作品を求める読者側の心理にも問題がある。

エンターテイメント作品が、一概に無価値とは言わないが、文学の価値創出という意味ではきわめて臂力（ひりょく）の弱い文学と言わざるをえない。単に売れるということと、内容が優れていることとは本質的に違うのである。

本を書く人がいて、その本を買って読む人がいる、という宿命的な関係のなかで、そこに出版社や流通業者の介在も、これまた避けられない構図だ。どんなに優れた文学作品であっても、買って読んでくれる人がいなかったら、文学の価値は価値でなくなる。どんなに売れても、通俗的で娯楽性だけで終わる週刊誌的なものだったら、もはや文学ではなくなる。

文学の危機が叫ばれる今日、作家とその作品に問題があるのか、作品と読者をつなぐ仕組みに問題があるのか、それとも享受する読者自身に問題があるのか、答えはそう容易ではない。まず作品が最初にあってすべてがあることを思うと、作品を提示する作家にその責務が問われてもしかたない。その意味で、文学の衰退は作家自身の精神の衰退といっても過言ではない。

いまこそ、現代作家、ことに若手作家たちはこの現実を痛感し、自己陶酔の夢から目覚めなければならない。小説解体、文学解体の声が巷に囁かれている。その声は、文学を愛する真の読者たちの肉声なのだ。これに作家たちはどう答えるのか。悠久の文学の価値を絶やさないためにも、文学的価値の継承と、さらなる文学の発展に心血を注がなければならない時である。

人間の生存の深みを照射

ここでもう一度、書き手・作品・読者の立ち位置を確認しておこう。まず書き手としての作者は、どこまでも人間の生を取り巻く諸課題を自身の生の中に問うなかで、人生の価値創造を如何に成し得るかをフィクション構造の中で追究することである。

ストーリー性を工夫したり、登場人物にさまざまな生き様を持たせたり、あらゆる社会や環境の不条理を描いたり、また一人物の心奥に迫ったりする。そのために、より適切な語彙を多く用いながら、巧みに表現する技術も高度に要求されよう。小説が散文芸術である以上、出来上がった作品のすべては、書き手自身の投影図だからである。他人ではない、自身の生み出した心の産物が、そのまま小説になるのである。

小説作品は、ひとたび活字となり本となって世に出ると、その時点から作品は作者の手許を離れて一人歩きする。手塩にかけて育てた可愛いいわが子が、二十歳を境に親元を離れ、未知の社会に羽ばたいていく姿を、不安と希望と期待をもって見送る親の気持ちにも似ている。わが子を受け入れ、評価してくれるのは、親ではなく社会なのだ。

作品も同様である。自らの作品を自ら評価する必要はない。すべては読者の胸三寸に納まっていく。「ああ、面白かった」「感動した！」「希望をもって生きよう」「人間の可能生は無限だ」「生きることって、素晴らしい」「幸せも不幸も、表裏一体なのだ」、そして最後には「人間、万歳！」と、読者をして叫ばせることだ。

もちろん、同じ作品でも、読者の生き方や価値観、老若や性別の違いによっても作品への評価は異なろう。そうであっても、秀逸な小説作品は、最大公約数的価値を有するものだ。良い作品に出会えたときは、読後もその本を宝物のようにして、本棚の一隅に押し込んでおく。そして二十代に読んだ本を、再び四十代、六十代、七十代になって繙いても、それぞれ違った心象風景として提示してくれる。ダイヤモンドが、どこにあっても光り輝くそれにも似ている。このように、作品は読者の心の有り様によって千変万化するのである。

しかし、マスコミの籠児となっている作家たちの作品の中には、一見文学らしさを装いながら、中身は非文学であったりする。心に響いてくるものがない。これは、作者の自慰的行為の結果からくるもので、独善に陥った結果だろう。作品はどこまでも、作者と読者の心をつなぐ媒質でなければならない。媒質の劣化は、読者の責任ではなく、書き手の責任だ。マスコミに持ち上げられ、ベストセラーになっても、その擬装した作家の仮面は歴史が剝がすだろう。

読者は、作品が自分の生と同次元に存在していることを期待している。それが、文学への限りない愛情であり期待である。文藝評論家の秋山駿氏は憂慮した。「一人の普通の人間の、その生存の根を深く照明してほしい、という要求をいだくと、現代の、というより現在盛んに生産されている小説は、みるみる距離が遠くなる」と洩らし、「たとえば、第一次戦後派の初期の作品、野間宏の『暗い絵』、大岡昇平の『俘虜記』、植谷雄高『死霊』のような小説は、普通の人間が自分の生を考えるその場所と、〝同列〟のところに身を置いて、生存の問題を考察」し、「われわれが自分の問題を考えるように同じ歩調で読むことを可能にした」と評した。さらに「現在の小説の傾向は、普通の人間をして、その生の深さに測鉛をおろすものであるよりも、むしろ、単なる小説読者にしてしまう」と。

〝文学もくるところまで来た〟〝このままだと文学はどうなる〟と心の底から憂える文学愛好家や批評家たちの声に、真摯に耳を傾けるべき時であろう。この現代的風潮ともいえるアルチザン的現代作家への警告と喚起は、作家の蘇生と、文学回帰につながる最もラジカルな問題だ。

では、ごく普通の人間の生と同次元において、人間の生存の深みを剔り出し、さらに普遍的な次元まで高めるにはどうすれば可能か？……となると、それは作家自身の今を生きる生の問題である。要するに、作家自身の思想的・哲学的な生存にある。

これはトルストイのいう「文学の道徳性」とも深く響き合うもので、文学創造の根幹をなすものだ。だからといって、思想や哲学をそのまま作品に盛れといっているのではない。言葉を使った文藝の形態をとるなかで行われなければならない。

これまで、文学はともすると感性の世界だけに押し込めてきた。そして理性や悟性の世界とは区別してきた傾向があるが、これは不自然な話である。人は、日常において感性だけを区別して生きている人は誰もいない。全人的に生きているのだ。知・情・意をもって実践的に生活しているのだ。「文学が学問的著作などより、はるかに強く人を動かすのは、文学が理知と感情を全く一つになったものとして表現し、つまり人間の全人生をもって端的に迫るからである」と明言した評論家がいたが、けだし至言だ。

〈パン〉と〈紙〉の価値

現代文学の退潮を余儀なくしている元凶のひとつに、濃厚なニヒリズムがある。無意識のうちに、虚無と厭世と諦観が作家の精神を蝕んでいるように思う。これは作家に限らず、抑圧された現代文明下にあって、等しく一般の人々に言えることでもある。

作家は〈生きること〉を扱って仕事をしている職務であるが故に、まずその泥沼から自力で這出ることだ。小説を書いている自分とは何なのか、その疑問を容赦なく自己に問い続けるべきであろう。作家という存在以前の一人のごく普通の人間としてである。

おおむね、時代の谷間というのは、貧困な精神で覆われることが多い。この暗黒時代だからこそ、作家は自力甦生しなければならない。顕著なる自由の精神をもって、時代に屈するのでなく、抗することである。時代の変遷と作家の生は、時に運命的な出会いをしたり、悲劇的な離反をなしたりする場合がある。作家の自殺はその象徴的なものだ。

時代精神の興亡は文学の盛衰と符合することが多く、世界文学、ことにヨーロッパ文学の歴史がこれを証明している。日本文学が世界文学に肩を並べることができなかった要因として、世界的な歴史のうねりに洗われることがなかったためであろうか？　かろうじてその体験をしたのは、明治維新以後で、封建的な江戸時代の悪夢を打ち破って流れ込んできた西欧思潮が、日本を吹き荒らした時代だ。

これによって政治的な緊張感と社会的な不安が迫る中で、日本の文壇は著しく思潮的な変化をきたしている。この波のうねりから出てきたのが、森鷗外や島崎藤村や夏目漱石等を始めとする、いわゆる明治・大正・昭和初期の作家たちであろう。

日本近代文学の成立が、こうした動乱の時代を背景に練成されたことから考えると、今日国内はもちろん、世界的な時代思潮の変化があまりない。淀んだ川からは腐敗の沫(あわ)しか生まれないように、時代の淀みにはニヒリズム思想しか発酵しないのである。そこに芽生えるのはデカダンスだけで、文学もやがて汚染されるのである。

最近の作家たちが〝文学者とは恥ずかしい存在だ〟とか、〝うしろめたい気持ちは、文学にとって当然〟とか、〝文学とは、もともと含羞のこころなしには成立しない〟などと、嘯くことがあるが、これは明らかに頽廃思潮への兆候だ。なぜ、恥かしさやうしろめたさを感じながら小説を書かなければならないのだろうか。

あのグァム島から帰ってきた横井正一氏の言うような「恥かしながら二十七年ぶりに帰ってきました」と言う、いじらしい程の愛国心にも似た忠誠の精神を、文学は負わされているなどと思っているのだろうか。それとも、国家が文学に国の変革を託しているとでもいうのか。

となると、あの〈恥かしさ〉や〈うしろめたさ〉というのは、文学の本来的な価値と責任を果すに足りうるアビリティそのものに対する無力感、もどかしさを表現しているのかもしれない。また、自身のヌエ的な生への自己嫌悪なのかもしれない。作家は、決して自己から逃げてはいけない。決して社会に反り身してはいけないのだ。

企業家たちは、自身の経営能力を振り絞って、利潤を追求し、業績を拡大し、社会に貢献しようとしている。政治家もまた、自らの信念に基づき、主義主張を訴えながら、国の平和と発展や社会の安寧のために心血を注いでいる。一般のサラリーマンもしかり。一労働者として、会社のために仕事の鬼となってモーレツに働き、その対価としての給料で妻子を養うことに生き甲斐を感じている。

されば、われら小説家たちは、何をもって国や社会や地域や家庭に対して報い、胸を張ればよいのだろうか?……となると、たちまち羞恥の念にかられて、恥ずかしくうしろめたい気持ちになって、背中を丸め、穴があったら入りたくなる気持ちになる。

確かに文学は、飢えた人間の胃袋を満たし、政治や経済を安定させ、災害や公害から国民を救ったという事実は、これまで一度もなかった。そういう意味での、文学の社会的、物質的な有益性を信じている人は一人もいないだろう。飢えに苦しんでいる子どもに、秀逸な文学作品を与えるよりも、コッペパン一切れ与えた方がどれほど有益性の高いものかは、文学に手を染めている人ならば、だれでも自明な理だ。

ならば、なぜ文学をするのか？　なぜ小説を書き続けるのか？　〈コッペパン〉も大事だが〈原稿用紙〉はそれ以上に大事だ、とする人間ならば〈恥かしさ〉や〈うしろめたさ〉は全く必要としないだろう。〈パン〉と〈紙〉の価値の両立に、作家の孤独と苦悩が付きまとうことは、もとより作家の宿命なのである。

かつて、朝日新聞の文化欄で、大江健三郎氏が、いま日本の作家にとってなにが必要か、について触れていた。要旨はこうである。

――あの大戦の始まりにおいて、日本の作家や評論家たちはオダをあげていた。それが、あの悲惨を招く結果となった。今、また国益という強権の言葉にあわせて、またもやオダをあげつつあるのが作家であり評論家である。いまこそ、日本の作家は、自分自身の生き方と作品について自己検討を迫り、夜郎自大的な気風を廃して、現実の日本に自己をつきあわせ、あの見すてられていた〈戦争責任〉という言葉を甦らせる責任がある。新しい現実、新しい人間への想像力を発揮することを仕事とする作家は、言葉を軽蔑する権力の座の人間どもに、異議を申し立てる時である。これが、いまの作家のなすべき仕事だ――と。そこには、作家・大江健三郎氏の強烈な作家魂が脈打っている思いがする。

〈パン〉と〈紙〉の論理からすれば、パンがどれほどあっても、命がなかったら食べることすらままならない。〝命あっての物種〟だ。その命を脅かす最大の敵が、戦争である。そして戦争をくい止める最大の武器こそ、〈パン〉ではなく〈紙＝言論〉なのである。言葉を武器としている作家には、人類にとって最も悲惨で残酷な戦争をくい止める責務があるのだ。ペンを持ち続け、言論の力で尊い命をまもらなければならない。

大江健三郎氏の戦争に抗する強い思いが、『遅れてきた青年』や『ヒロシマ・ノート』、その他多くの小説やエッセイのモティーフになっており、同時代のわれわれにドラスティックにかかわってきている。あの苦悩的な文藻と氏独特のマニエールが、われわれ読者に迫ってくるのだ。

時代と自己のかかわりにおいて、きわめて鋭角的にひとつの事象を捉え、それを自己の社会的責任の立場で問いつめていった作家に、高橋和巳氏がいた。「文学者は絶対に受身でありえない文学の基本的性質ゆえに、いわば精神の危険物をあつかう職務ゆえに、全面的に己れの発言に責任を負う必要がある。新聞に伝達される、強姦、殺人、大量殺戮は、新聞社には責任はない。しかし、作家は自己の構成した意味に責任がある」とする確執は、作家としての責任と反省を生み、ついに『わが解体』までのぼりつめたのである。

昭和四十六年の五月、氏は結腸癌で亡くなった。その二ヵ月前に刊行した『わが解体』は死を暗示しているようにも思える。作家の文学的責任の極限を死として考えるとき、高橋氏の死は芥川竜之介や川端康成の自殺とは対照的な意味をもつ死であったように思える。高橋氏のいう作家の責任をもって、昨今の文学作品をみると、遠く霞んでしか見えない。

ともあれ、大江氏の作品にみる濃密な文体や、高橋氏のあの精緻な文体には、一貫して自己への厳しい問いつめがある。それは、ア・ポステリオリというよりア・プリオリな才知なのかもしれない。

文学の責任は、どこまでも作家個人の生の在り方を問い続け、そして現実世界とどうかかわっていくか、その中にこそ真のリアリティがある。世界各地で起こっている戦争や紛争、差別や貧困や排除、また日常の社会生活で起こっている殺人や暴力、災害、性、病気、不和などのすべての事象を、自身の想像の世界で濾過するのだ。そして真実だけを、原稿用紙の上に沈殿させていくことだろう。

徒労の産物化してしまった今日の文学を、作家の責任でもって人間の領域へ引き戻さなければならない。文学する本質は、作家自身の真摯な生き方の中に内在する。

ゆえに真剣に自己と向き合い、時代と突き合わせることだ。高橋和巳氏の「私を支えるものは文学であり、その同じ文学が自己を告発する」ことで、実存的な生の深みを読者とともに感得できるのである。文学の精髄は、文学する人間の精神性にある。


（昭和四十八年七月記＊一九七三年）

心楽しい一冊が欲しい

先日、ある新聞のコラムを読んでいて思わず苦笑した。それは、先に発表された芥川賞・直木賞の作品を読んだときの、記者評の一文に「読むのにひどく手間どったのは、老眼鏡の度があわなかったためだろう」とあった。どう読んでも、このくだりは受賞作品への皮肉たっぷりの批評である。

さらに氏は、一歩ひいて「ことによると文学の不毛とか危機とかは、がんこなわからずやの妄想にすぎないのかもしれない」と述べ、最後にこう結んだ。年間新刊本が二万点も発刊される中から「ほんとうに心楽しい一冊の本を見つけ出すのは、なんとまた難しいことだろう」と。

この某記者の発言には、まったく同感だ。これがコンテンポラリーの文学だと言われればそれまでだが、しかしそれだけで片付けられない何かがある。現代文学、ことに小説の低迷はどこにあるのか？　一般読者が、現代小説を読まない、読もうとしない、魅力を感じない。読者の心が小説から離れてしまっているのである。

いい小説というのは、読者を素直に受容してくれる。そして許容し共感してくれる。励ましも希望も送ってくれる。読者に心地よい刺激を与え、時にはインスパイアする鮮烈さもある。読み終わると、何か得をした気分にもなる。この力こそが小説だろう。

「文学は、人間が堕落する渡合だけ堕落する」とは、文豪ゲーテの言葉だ。このアフォリズムに狂いがなければ、今日的小説への魅力喪失は、同時に作家の人間的堕落を意味するものと言ってもよい。どこまでも作家と作品は表裏一体である。

こうした文学への危機感からか、最近、ある出版社から『文学講座』全十二巻なるものがでた。これは、文学とは何かを時代精神のなかで新たに捉えなおし、真に文学復興への方途をさぐろうとするユニークな企画ともいえよう。それはそれで、意味をもち有用性もあろうが、決定的な文学蘇生の妙手にはなりえまい。根源にあるものは、作家自身の生き方であり、人間への真摯なアプローチである。生とは？　死とは？　愛とは？　勇気とは？　苦しみとは？　喜びとは……などを、自らの人生の中に求め抜く努力でもある。決して、ペン先のテクニックでできる話ではない。命の内奥からの叫びが、ペンに伝わってくるかこないかである。

ニヒリスティックな生からは、何も生まれない。人がいて読者がいてこそ、文学である。他を感応させてこそ文学の価値がある。故に、作家にとって、虚無も厭世も諦観も、すべては無縁のものだ。生への激しい躍動感が、行間に漲ってこそ小説の本道といえよう。

そのためには、作家は同時代に対して、決して反り身してはならない。正面から挑み、時には抗し、時には先導し、苦渋の真っ只中に身を投じてこそ、真の灯りが見えくる。文学が時代精神を創るのだ。そういう作家自身の内省があってこそ、現代文学の蘇生が始まろう。そうなったとき、はじめて読者の〝老眼鏡の度〟があうのである。

（昭和五十一年二月記＊一九七六年）

体制に抗して生きた女・キヲ

女（おなご）の歴史というものは、おおかた世の体制に抑圧された被害者の歴史でもある。そのなかで、敢然と支配体制に真っ向から反り身して生きた女の歴史があった。中村きい子著の『女と刀』の主人公・キヲがその人である。

島津権力直属の城下士族にふれることも許されず、といって平民の座に安易に身を落とすこともできない薩摩外城士族。この特殊な階級の子として生まれたキヲは、幼少のころから藩独特の士族意識と厳しい男女差別の中で育てられた。

父直左衛門からは、徹して「郷士の娘として血を汚すな」と教えられ、洗濯のたらいは男と女は別に、干し場も別々に、風呂も男が先に入ってから女が後で入る、といったように、生活のすべては男と一線を画し、威厳に満ちたものだった。

キヲが、この厳しい男女差別を知ったのは娘時代であった。やがて、キヲは歳十八にして、世のしきたりに従い、決められた男と無理矢理に結婚の承諾をさせられた。これが、そもそも女キヲを反体制へと駆りたてていったひとつの要因である。

己の意思に背いて嫁いだところで、長続きはせず、やがてキヲは出戻りの身となった。しかし、その後キヲは仮屋兵衛門と、血の固めとしての再婚を余儀なくさせられた。
キヲは悟った。血の精粋とは、血の憎悪に徹することだと。「女とは、与えられた運命をたどって、そして死んでいく。それが女に課せられた唯一の生き方」からの脱却を目論んだのである。「もはやこれ以上、私は私の意志を殺して、侵されのひといろに塗りつぶされる女の歴史を己のものとしてはならぬ。この肌がさらに新たな炎を生み、新たな私の歴史をつくるために……、これからは他人の思惑など意識せず、私の意に叶った生き方をしよう」と心に決めたのである。キヲは地に伏して働き、生計をたてた。夫兵衛門との間に八人の子どもをつくったとはいえ、もはや、キヲと兵衛門の間に精神も肉体も満たされるものはなにひとつなかった。

女が女であるという印が、子を産むことだけにあるならば、それは女の現し身であり、女のしがらみにすぎない。「私を真の女と立たしめ、情を燃えたたせるもの」として向きあえるものは、男としての父でもなければ夫でもない。

しかし、こうしたキヲの生き方に、里の人、血族の人からよく言われるはずがなかった。明治、大正、昭和と時代が移れども、キヲはまわりから「非国民」「鬼ばば」などと悪口をたたかれていた。

しかし、どれほど罵られようと、キヲは余風に屈することはなかった。強靱な生命力でもって、一人の女というよりも、一人の人間として自律の時を拓いていったのである。

やがて、七十にして離婚を決意し、人生の新たな出発とした。兵衛門との五十年間で失った人間的尊厳を取り戻そうと、生への執念を燃やす日々だった。齢八十にして、尚もキヲの血は燃え滾(たぎ)っていた。

千の槍をも通さぬ女のしなやかな精神力でもって、敢然と権力や体制に逆らって生きた一人の女の世界がここにあった。いつの時代も、人間の精神の自由を獲得するということは、旧弊との闘いの歴史でもある。

（昭和四十七年九月記＊一九七二年）

芥川賞選考に新鮮な審査眼を

注目の芥川賞が、一月二十日に発表される。今回から選考委員の二人が入れ替わって、これまで十一人であったのが十人となった。新しく委員に選ばれたのは、戦後の〝第三の新人〟と言われた安岡章太郎氏と吉行淳之介氏の二氏だ。安岡氏は昭和二十八年上期の、吉行氏は翌二十九年の上期の芥川賞受賞作家である。

この二人は戦後の受賞作家で、作家歴の古い先輩格を飛び越えて選考委員に抜擢された。今回、はじめてあたる新人選びに、どう新風を送り込むかが期待される。

そもそも芥川賞は、昭和十年、文藝春秋が芥川龍之介を記念して創設した文学賞である。以来、毎年二回の選考を重ねて今回で六十六回目となる。この間、昭和十九年下期から約五年間は太平洋戦争のため中断していたが、二十四年の下期から復活している。

一方、主催者もこれまで文藝春秋だったのが、昭和十四年の九回目からは日本文学振興会の手に移り、一回に一作または二作が選ばれて、これまでに六十二人の芥川賞作家を文壇に送り出してきた。

受賞の対象も、新聞や雑誌に発表された無名の作家や新進の小説家の作品で、今後の文壇での活躍が期待される人である。受賞作品は『文藝春秋』に再掲載され、社会的な反響も大きいだけに、文壇への登竜門として今日最も権威ある文学賞の一つとして知られている。

芥川賞というと、一般には芸術性や形式を重視した純文学作品がその対象となる。この芥川賞と並んで与えられる文学賞に直木賞があるが、これは大衆小説作品が対象で、芸術性よりも娯楽性や商業性を重んじた作品が賞の特徴となっている。

現在文学賞には、この芥川賞や直木賞のほかに、各種文芸雑誌や文化団体、また行政や企業の企画、同人雑誌グループ等が募集する文学賞が数多くある。純文学をはじめ大衆小説、ノンフィクション、評論、児童文学、推理小説、歴史小説、短歌、俳句、詩など各分野を総合すると、ざっと七十余にも及ぶ文学賞がある。

多くは昭和に入って創設されていて、昭和一桁ではわずか二つしかなかった賞が、十年代には十八賞、二十年代には十七賞、三十年代にはなんと二十七賞もが創設されている。ただ、四十年代に入ってはわずか六～七賞にとどまっているのもおもしろい現象である。こうした数多い文学賞の中で、芥川賞は最も古い歴史をもつ文学賞の一つで、今日の日本文学の振興発展に大きく貢献していることは事実であろう。

日本における広範な現代文学の勃興は、こうした褒賞制を設けたことがその要因の一つだ。また、賞の設置が、昭和二十～三十年代にかけて急激に増えているが、これも戦後における言論・出版の自由が憲法で保障されたこととも符合しているように思う。書く自由、表現の自由、出版の自由は、言論人にとって生命線であり、人間が自由に生きることにもつながる根幹だ。

しかし、当時はまだ文学への関心が一般的に低かった。芥川賞選考委員になった吉行氏が、芥川賞の受賞を知ったのは、入院先の病院のベッドの上だった。「病院の消灯時刻がすぎてから看護婦がやってきて、〝いま電話があってナントカ賞とかいっていたわ〟というんだな。当時はそのくらい芥川賞は知られていなかった。それが今はあまり皆に知られすぎて、選ぶのも大変……」と、新聞紙上で語っていたのが印象的である。

大正から昭和中期にかけて、作家を目ざしていた人はごく少数で、読者も限られた人達であった。今では、作家を目ざして原稿の一枚や二枚を書いている人は、全国で相当数いるだろう。さらに、読者層も学生や主婦やサラリーマンなど、広範にわたっている。

この二十年間ぐらいで文学熱が急速に高まり、誰もが気楽に文学創造に取り組めることは、それなりに意義があるが、量が多ければ優秀作が生まれるというものではない。駄作も多ければ、傑作が埋もれる率も高くなる。芥川賞作品の一作が選ばれる背後には、何百、何千もの無名の作家の労作が消えていることにもなる。

こうした量的なものからくる選考の難しさや、また選考委員同士の作品に対する評価の違いなどが当然うまれてくる。賞を創設して三十数年もたてば、様々な時代的条件も加わってくる。つまり、選考方法に基準があってないようなものが文学賞といってよい。

入学試験のように、決まった答えが在るわけではない。百人の作品があれば、百人の文学があるように。もちろん、文学作品としてのテーマ性、表現力、プロットなどの構成要因は問われる。芥川賞は、過去の評価ではなく、作家としての将来性に対する評価なだけに、選考委員の間の評価が分かれることもいたしかたない。

昨年、受賞作がなかった七月の選考時において、石川達三氏は「意味のわからない〝モーロー小説〟のハンラン」と評し、さらに文学雑誌に「近ごろの新人作家の書く小説はとらえどころがなく、どこがどういいのかちっともわからん」と言って疑問を投げかけ、ついに委員を辞した。

一方、ただ一人の若手選考委員だった三島由紀夫氏も、自刃による死をもって作家としてのあり方を世に問うた。あと一人は、健康上の理由でここ数年間ほど顔を出さなかった石川淳氏の退任もあった。石川淳氏は別にしても、石川達三氏の辞任、三島由紀夫氏の自決は、ある種現代文学に内在する文学の本質論を世に問うているようにも思える。

芥川賞は、あくまでも賞のための文学ではない、文学のための文学でもない、どこまでもわれわれ人間の真実に迫る文学であって欲しい、と願うのは私一人だけではあるまい。そのためには、旧来の文学を乗り越え、新たな文学志向を可能にする文学作品が選考されてこそ、芥川賞にふさわしい作品ではないだろうか。

その意味で、今回の選考委員の若返りは大いに歓迎したい。故三島氏を除き、川端康成氏をはじめ全員が明治の生まれの選考委員だった。平均年齢も六十七歳で、大正・昭和初期に活躍した戦前作家である。ことに現代文学は大正から昭和にかけて、大きな転機期だった。

戦争を知らない戦後世代の若い書き手が、これから陸続と台頭してくるであろう。戦争を体験したかしないかで、その価値観には根本的な乖離がある。時代状況が人を変え、人を作り、考え方や生き方を変えていくのが、歴史の趨勢だ。新鮮な審査眼が今こそ求められている。

ひとつの試みとして、予備選考の過程で、一般読者の評価も導入してみたらどうか。文学観とは、人間観でもある。できるだけ多くの人の眼を作品に投影させることで、今後の日本文学の方向性を可能にする新人作家が生まれることを期待したい。

（昭和四十七年一月記＊一九七二年）

古書の温もり

今日も書架の前に佇みて
気儘にページを捲る

充実の瞬間（とき）が暫し流れる
真新しい本よりも
煤けて汚れて擦り切れて
隅の奥に押しやられている古書
手にとると旧交を温める友のように
安堵して語りかけてくる古書
変色した誌面に並ぶ活字の素顔
いつもと変わらぬ親しみを醸し
古書には父母の温もりがある
憂えをほぐし生気をくれる

時にゲーテの詩集を捲る
「失われた初恋」の頁の余白に
誰が記したか恋文の走り書き
ゲーテも彼も我も
初めての恋慕に心を躍らせ
やがて夢のごとく失せていったあの日々
帰らぬ過去と知りつつも
もう一度呼び戻したい恋心

古書は心の恋人
滅入って儘ならぬ時でも
真実の言葉で勇気づけてくれる
いつの時でも雄弁に情熱をもって
かつて周りの友が
これほどに語りかけてくれたことがあるだろうか
色褪せた紙が分厚く綴じられ
今日も書架の片隅に隠然と

我は今宵も心許して眠れる
明日もまた
書架の前に佇みて
我は気儘にページを捲る

（昭和五十六年六月記＊一九八一年）

父が逝った

国防色の軍服に身をかため
眉毛と口許を凛々しく引き締め
直立不動で胸を張り
戦友と記念写真におさまっている
父がいた

人の言葉に耳をかさない
自分に儘ならぬと

機嫌を損ねて八つ当たりする
それでいてどこか小心で
時には人が変わったように人がよい
一刻者の
父がいた

野良仕事をしながら
無骨な掌に
キセルの残り火を叩き出し
髭面に笑みを浮かべながら
刻み煙草を吹かしている
父がいた

馬と犬と鶏と猫を
ことのほか慈しんで飼い慕い
頬擦りしながら言葉をかけている
優しい

父がいた

甘いものは誰よりも好き
テレビ見ながらごろ寝するのが好き
怒るときは額に青筋をたてて
猫背でガニ股で
六十八年歩き続けてきた
父がいた

その父が
後姿を再び見ることのない
久遠の彼方へ
歩きだしていった
父がいた

さようなら

（昭和五十五年十二月記＊一九八〇年）

南風

ああ暁天に陰雲垂れて
晴らす南風寂として至らず
寒風ただ蕭々(しょう)として地を這う

外套に身を固め
凍てつく道を厳と歩み
茫漠の彼方に眼を凝らさば
天地混淆に閃光あり
なおこの道を歩む

曇天の雲割れて
暫し天日が足下を射れば
われ愈々(いよ)大地を踏む
草木鳥獣いき吐けど

人心荒んで荒涼地に蠢く
されど南風未だ来たらん
天地広漠に閃光あれど
なおも先後光を手探りて
ただこの道を行く

（昭和五十七年二月記＊一九八二年）

第二章〈随筆編〉

われ思う故に

リビング・ウィル、どうする？

一九七六年、アメリカでカレン裁判が起きた。カレン・アン・クインランという二十一歳の女性が、友人のパーティで酒を飲んだ後に精神安定剤を服用し、直後に昏睡状態に陥った。呼吸が停止したため人工呼吸器を付け、チューブで流動食を送り込む治療をしたことで、カレンの命は辛うじて保たれた。

その三ヵ月後、両親は哀れな娘を見兼ねて、医師に「機械の力で惨めに生かされるよりも、厳かに死なせてやりたい」と懇願したが拒否された。両親は、ニュージャージー州の高等裁判所に「美と尊厳をもって死ぬ権利を認めてほしい」と提訴。しかし、裁判所は「呼吸器を外すかどうかは主治医に任せるべきで、患者が自分の意思で決定できない場合は、患者は生き続けることを望むのが社会通念であり、親を後見人とすることは出来ない」として、尊厳死を認めなかった。

両親は、州最高裁判所に上告した。最高裁は「人間尊重の大原則よりも、死を選ぶ個人の権利が優先されるべきで、治療を続けても回復の見込みがない場合には、人工呼吸器を止めてよい」と逆転判決を下した。こうして裁判所は、父親を後見人とし、人工呼吸器を外すことに同意する医師を選べる権利を両親に与えたのである。

それまで、アメリカではカトリック教の教えから「積極的な安楽死は神の意思に反する」として反対の声が根強くあった。しかし延命治療の中止を望んだ場合、医師と家族との間で合意し、密かに尊厳死が行われていたと言う。ところが、今回のカレン裁判で、尊厳死を法律が認める初めての判例となったのである。

一方、日本においては、これまで安楽死や尊厳死を考える必要がなかった。それは、人が死を迎えるとき、病院よりも自宅で最期を迎えることが多かったからである。それが逆転したのは、昭和五十年ごろで、多くの人は病院で臨終を迎えるようになった。

救命医療が進歩したことによって、呼吸ができなくても、意識がなくても、口から食事が摂れなくても、心臓を動かすことが可能となった。いわゆる「死の四点セット」と言われる①心臓マッサージ　②気管内挿管　③除細動　④強心剤でもって、死が確実である患者に対して行うことで、機械的に生かすことが可能となったのである。

この救命処置は結果的に延命治療となり、いたずらに死期を延ばすことになり、それが人間の尊厳を奪う結果となった。つまり、植物状態でも、脳死状態でも生命を維持することが出来る医学になったのである。

こうして医学が進歩したことで、医師にとっては「死は医療の敗北」という立場から積極的に延命治療を行い、また延命治療できるのにしないことへの精神的な苦痛から逃れるために、医師は死を目前にした患者に対して「死の四点セット」を行っていたのである。

一方、患者の家族の立場からしても、それが不治の病と知りつつも、微かな期待を込めて「出来るだけのことをお願いします」と医師に伝えることが多い。無駄な治療とわかっていても、治療の中止についてはなかなか言えない。治療の中止は、ある意味で身内を見殺しにすることにもなり、殺人行為にもつながる意味合いがあって、どうしても医師任せになってしまう。

ここに、医師や家族の意向はあっても、一番大事な患者本人の意思、思い、気持ちについては欠落している。もちろん、その時点で患者本人の意思確認は不可能である。医学的に確実に死を迎えている患者の立場を第一に考えれば、科学的、機械的、物理的、植物的に生かしておくことが、果たして人間の尊厳に叶うものかという大問題がある。

命は、医師が決めるものでもなければ、家族が決めるものでもなく、患者本人が決めるものである。治療に対する自己決定権や、命に対する自己決定権は患者本人のものだ。しかし、自己決定権が与えられていても、日本においては生前にその意思を示している人は極めて少ない。この「人間としての尊厳ある死」という新たな概念について、多くの人は同意しても、国民的な合意には至っていないのが現状だ。

昭和五十年(一九七五年)六月に日本安楽死協会が発足したが、昭和五十八年に日本尊厳死協会に名称を変え、尊厳死の選択を提唱した。それが「リビング・ウィル」(生前の意思)と言われるものだ。事前に延命治療の拒否を文書で意思表示しておくことで、自身の尊厳を守ろうというものである。

日本尊厳死協会のウエブサイトにあるリビング・ウィルを開くと、要約次のようにある。回復の見込みがなく、すぐにでも命の灯が消え去ろうとしているときでも、現代医療はあなたを生かし続けることができる。人工呼吸器をつけ、酸素を送り込み、胃に穴を開けて栄養を送り込めば、命は永らえる。しかし、ひとたびこの延命措置を始めたら、外すことは容易でない。外せば直ちに死に至ることが明らかなので、医師は外すことをしない。

回復の見込みがないのに、なおもチューブや機械につながれ、辛い闘病を強いられるなら「安らかにその時を迎えたい」と思っている人が多い。そういう「平穏死」「自然死」を望む人が、元気なうちに自分の意思を明記しておきたいというのが、リビング・ウィルである。いわば、命の遺言状だ。もちろん、中にはあらゆる手段を使ってでも生きたい、と考えている人もおり、その意思も尊重されるべきであることは言うまでもない。

終末期医療における事前指示書であるリビング・ウィルには、「自分の命が不治かつ末期であれば、延命措置を施さないでほしい」「延命措置を控えて、苦痛を取り除く緩和に重点を置いた医療に最善を尽くしてほしい」などといった文言を文書にして意思表示し、身近な親族に残しておけば、それが尊重され、医療側にも伝えられ、自分らしい最期を閉じることができるのである。

ここで、「安楽死」と「尊厳死」の言葉の意義、また定義について少し触れておこう。歴史的に見れば、尊厳死という言葉が日本で最初に登場したのは、冒頭で述べた「カレン裁判」を報じた朝日新聞の報道で、アメリカの「死ぬ権利」運動だった。それから約二十年後の一九九七年に、アメリカのオレゴン州で「オレゴン州尊厳死法」が成立し、合法化したのである。このオレゴン州尊厳死法は、医師幇助自殺のことである。

では日本の場合はどうかというと、当初、「日本安楽死協会」が医師の終末期の患者に致死薬を投与する安楽死や、自殺幇助の合法化を目指していたが、一九八三年に「日本尊厳死協会」に名称を変えることで方針も変更し、延命治療を手控えたり中止したりする「尊厳死」として合法化を目指した。アメリカの尊厳死と日本の尊厳死の言葉の意味合いが大きく違う。現在、日本における尊厳死は「消極的安楽死」として、安楽死の含まれる定義のひとつである。

それは、一九九五年の横浜地方裁判所の判例に基づいて、安楽死を次の三つに分類している。①不作為型の「消極的安楽死」（患者の苦痛を長引かせないという目的のため、行われていた延命治療を中止して死期を早める）②治療型の「間接的安楽死」（とりあえず苦痛の除去・緩和するための措置をとるが、同時に死期を早める可能性が存在する。最近では、終末期鎮静という医療行為として広まる）③「積極的安楽死」（苦痛から免れさせるため意図的かつ積極的に死を招く措置をとる）。

「積極的安楽死」は、日本では違法であり殺人罪になる。たとえ患者が望んでいたとしても、医師が自殺を手助けする自殺幇助にあたり、刑法の同意殺人とみなされる。ヨーロッパのベルギー、オランダ・ルクセンブルクでは、これが合法化されている。

いつ自分の命が、回復の見込みがない末期の状態に置かれるかもしれないとき、延命治療をするかしないかの決断を、今のうちに意思表示しておいた方が、自分も苦しまないし、家族にも迷惑をかけないことになる。命の遺言状とも言えるリビング・ウィル、あなたはどうしますか？

（平成二十九年三月記＊二〇一七年）

コレステロール値は少し高めの方がいい！

どんな学問にも、異説、新説、逆説はつきものだが、特に医学の分野でしばしば常識をくつがえすような説が飛び出す。それだけ、医学の研究が進んでいる裏付けとも言えるが、ことわれわれの健康に直接かかわる問題だけに、至極困惑する。

例えばコレステロールの話だ。われわれは「コレステロール」と聞いただけで「体に良くないもの」というイメージが強い。卵もダメ、肉もダメ、イカもエビも良くない、揚げ物はいっさい控えろ……といったように、日常の食生活にはかなり制限がかかってくる。

それは、コレステロールが動脈硬化の原因となり、心筋梗塞や脳卒中を引き起こす最大のリスク要因として、これまで恐れられてきた常識だ。

ところが、最近の調査研究によると「コレステロール値を下げても、心筋梗塞のリスクには関係しない」「コレステロール値が低い方が、がんになりやすい」「コレステロール値は高めの方が、長生きできる」といった報告がされている。

このような情報を耳にすると、では今までの医学常識はいったい何だったのか？……と詰問したくもなる。真逆とまでは言わなくても、常識が非常識になったのだから、誰もが戸惑いを感じるのは当然だ。

この種の調査にはいくつかあって、その中の一つに「総コレステロール値が少し高めの人のほうが、死亡率は低い」という。現在の総コレステロールの基準値は、一二〇～二一九 mg/dl（日本動脈硬化学会）とされている。

これが、ある調査によると、一八〇～二五九 mg/dl の範囲になると、死亡率では大きな差はないが、二四〇～二五九 mg/dl になると、もっとも死亡率が低くなったという。この数値は、従来の基準値からするときわめて高い数値で、通常の医療機関にかかれば、早急に治療を要する。ただし、二八〇 mg/dl を超えると、死亡率は高くなるという。

また、高齢の男性や更年期以降の女性の場合は、総コレステロール値がもっと高くても、心筋梗塞や脳卒中のリスクは少ないという。

こうした調査結果からみるかぎり、実際は少し高めのほうが健康的であるという結論だ。ただしこの場合、高血圧や糖尿病などの疾患を持っていない人という条件がついている。

さらに注目できるのは、これまでの「総コレステロール値は低い方がいい」という常識を覆していることだ。報告では、低すぎると「がんや心筋梗塞などによる死亡率がかえって高まる」という。低いとなぜ良くないのかという理由は、まだ解明されていないようであるが、次のような推測をしている。

コレステロールは脂質のひとつで、体内では細胞膜を作り、すべての細胞を保護したり機能を高めたりする働きをしているほか、ホルモンの分泌にも関与している重要な物質だ。コレステロール値が低下すれば、それだけ免疫細胞の働きが弱くなって免疫力が低下する。

免疫力が低下すれば、がんの発生を抑えられなくなったり、血管壁の細胞も弱くなったりして、動脈硬化を起こしやすくする可能生がある。こうした理由から、総コレステロール値は少し高めでも心配はなく、むしろ低い方が、重大な疾患を招く可能性があると指摘している。

さて、コレステロールには大きく二つのタイプがあり、それぞれ役割が違う。ひとつはＨＤＬ（善玉）コレステロール、もうひとつはＬＤＬ（悪玉）コレステロールだ。ＨＤＬコレステロールは、血管壁にある余分なコレステロールを減らし、ＬＤＬコレステロールは逆に増やす働きをしている。

最近の研究で注目されているのが、悪玉のＬＤＬコレステロールでも特に小さいタイプの小型ＬＤＬコレステロールだ。この小型ＬＤＬコレステロールは、小さいだけに血管壁に入りやすく、酸化されやすい。動脈硬化は、血管壁に入ったコレステロールが酸化されることによって起こるため、動脈硬化の直接的な原因と考えられている。この小型ＬＤＬコレステロールこそ、超悪玉コレステロールというわけだ。

小型ＬＤＬコレステロールは、一般に「血糖値や血圧が高い人」「中性脂肪値が高い人」それに「ＨＤＬコレステロール値が低い人」に多いといわれる。肥満・糖尿病・高血圧の人は要注意ということだ。

それにしても、検査基準値というものは何を算定基準に出したものだろうか？　二十代の若者も七十代の高齢者も、同じ基準値でもって診断することが適正なのか、はなはだ疑問だ。基準値は確かにあった方が目安にはなるが、あるがために基準値より一〜二ほど数値が増減しただけで、薬が処方され、その日から病人にされてしまう。

医学において、エビデンスは確かに重要かもしれない。エビデンスは、総じて科学的な裏付けを意味する。科学的な可能性は尊重しても、そこに科学における絶対性はない。ゆえにコレステロールも、人体にとって絶対悪でもなければ絶対善でもない。

これはコレステロールに限らず、他の物質においても同様である。人によっても異なり、性別や生活環境、また心のありようの違いによっても異なる。健康というのは、その人個人の総合的なバランスと調和のうえにこそ成り立つものではないだろうか。

（平成二十八年八月記＊二〇一六年）

医療現場で使う「基準値」とは

二〇一四年四月、日本人間ドック学会と健康保険組合連合会は、血圧やコレステロール値、また肥満度などについて、これまで正常とされてきた基準値（または正常値）を、大幅に緩めるべきだとする調査結果を発表した。

同学会は、二〇一一年に国内で人間ドックを受けた約一五〇万人のうち、たばこを吸わず、また持病がない人約三四万人を健康な人とし、その中から五万人を抽出し、二七項目について検査を行った。その結果、驚くべき結果が報告された。

例えば、血圧の場合、これまで収縮期血圧が一三〇mmHg未満であれば「異常なし」としていたのが、今回の検査では一四七mmHgであっても「異常なし」としたのである。また肥満度においても、これまでＢＭＩが二五以上だと肥満とされていたのが、今回の検査では男性で二七・七、女性で二六・一まであっても健康としている。

さらにＬＤＬコレステロール値についても、従来は男女共通で六〇～一一九mg/dlを正常としていたが、今回の検査では性別で分けた。男性ならば七二～一七八mg/dlまでを正常とし、女性はさらに年齢別に分けて、三〇～四四歳で六一～一五二mg/dl、四五～六四歳で七三～一八三mg/dl、六五～八〇歳で八四～一九〇mg/dlまでであれば正常としている。

まさに画期的な指標が出たのである。われわれ患者側にしてみれば、基準値が緩和されたことは大変に有り難いことであるが、では今までの基準値はいったい何だったのか、と反問したくもなる。

コレステロールの場合、今までは濃度が基準値を超えていると、動脈硬化のリスクが高まるため、食事や運動などの生活習慣に注意するよう、医師からアドバイスがあった。

日本動脈硬化学会が発表している最新のガイドラインでは、血中のＬＤＬコレステロール値が一四〇 mg/dl までを基準値とし、それ以上の数値になってはじめて、高ＬＤＬコレステロール血症（高脂血症）としている。この基準値は、循環器内科医をはじめ多くの医師が参考にしている値と言われる。

しかし、同じ医師でも、新潟大学名誉教授の岡田正彦医師に言わせると、学会が出しているガイドラインや基準値は、基本的には信用していないと言う。基準値に対して、それが果たして適正なのか、厳格に守らなければならないものなのか、非常に疑問だというのである。

では、現在広く使われているＬＤＬコレステロール値の一四〇 mg/dl という基準値は、いったいどのようにして決められたものなのか？　岡田医師に言わせると、血中のＬＤＬコレステロール濃度は高ければ高いほど、心筋梗塞による死亡率が高いという研究結果に基づいたものであるが、基準値を一四〇 mg/dl にしていることについては、明確な根拠はないと言う。

国際的な取り決めで、とりあえず「エイ、ヤッ！」で決めたのが一四〇 mg/dl の基準値で、それをそのまま日本でも使っているというのである。もしそうだとすれば、基準値なるものの数値は、患者にとっていったい何の意味があるのか？　あっても悩みなくても悩むのが患者だ。コレステロールに限らず、他の疾病の基準値もすべて同じことが言える。血圧しかり、血糖値しかりで、基準値の検査項目を挙げれば、一〇〇を優に超えるだろう。これが健康のための基準値だ、正常値だと言われれば、その数値が絶対化されて、患者の心にインプットされる。「数値が少し高めですので、気をつけましょう」と医師に言われれば、その時から、患者は病的な人間としてのストレスを感じる。

それにしても、基準値というものは罪深いものだ。血圧で言えば、基準値が上の場合一三〇までならば健康で、一三一になれば高血圧症として病気扱いされる。非情といえば非情な話だ。

本来、人間の体というのは、数値が一つや二つ上がったり下がったりしたからといって、直ちに壊れるような柔な作りではないと思う。もっと柔軟性に富み、抵抗力があって、適応性にも優れているのが人間の体ではないだろうか。

そもそも基準値なるものは、さまざまな研究データから割り出した平均値であり、多人数から得た量や数の平均値であって、患者個々人のデータではない。

現代西洋医学というのは、人間という固体を均一化し、同質化して見る傾向があり、数値で管理してしまうという傾向が強い。健康か病気かというボーダーラインを、「エイ、ヤッ！」で決められたら、患者はたまったものではない。

いずれにせよ、医療について無抵抗の患者側からすれば、医師のひと言は非常に重い。「少し高いですね。薬を出しておきましょうか」と言われれば、誰でも病気を敬遠したいから「お願いします」というしかない。反論するだけの専門的知識もなければ、自身の詳しいデータも持ち合わせているわけでもない。ただ、まな板の鯉でしかないのである。

問題は、基準値がどうして学会によってこんなに違うのかという疑問だ。血圧でいえば、現行の上の血圧が一三〇未満で「異常なし」が、今回の日本人間ドック学会が出した新基準値では、なんと八八～一四七までは「異常なし」とした。なんと上の数値だけでも一七も緩めたのである。一方、日本高血圧学会では、依然として従来の一三〇未満を正常としている。

このように、各専門別の学会によって診断基準がばらばらである。片方の医療機関にかかれば「血圧が高いですよ」と診断され、別の医療機関にかかれば「問題ありません」と診断されることにもなる。この矛盾は、あまりにも患者を愚弄した話ではないだろうか。

かかった医療機関によって、同じ人が健康と診断されたり、病人と診断されたりすることになる。正常な検査結果を異常値として判定されたときから、病気にさせられ、必要のない治療や投薬を受けることになる。

問題はそれだけではない。高血圧と診断された人には降圧剤が処方される。場合によっては、その副作用で苦しむことにもなる。それが、免疫力や自然治癒力の低下にもつながりかねない。言ってみれば、健康な人を、病人にしてしまうという危険性が今の医療にはあるということだ。

さらに穿った見方をすれば、健康人を病人に仕立てることによって、治療費や薬代が嵩み、結果的に病院と製薬会社が儲かる仕組みにもなっている。また伝聞するところによると、製薬会社が薬を沢山売りたいがために、会社が研究費という名目で賄賂を贈っている御用学者と結託し、新薬等に手心を加えてもらっているという。決して、火のない所に煙は立たぬ話だ。

現在、日本の年間の医療費は、四〇兆円に迫ろうとしている。もちろん高齢化という要因もあろうが、単純に考えて、医療費が増える要因は患者数が増えているということだ。その患者の数を増やしているのは、皮肉にも医療機関であると言われてもしかたない。

先に挙げた血圧の基準値でも、日本人間ドック学会が発表した新基準値にしたら、全国でどれほど多くの患者の数が減り、治療費や薬代が削減され、税金や保険料による負担が軽減されることか、それは自明の理だ。

どうか、基準値だけでその人の健康を直ちに判断しないで欲しい。血圧が日常的に多少は高くても、健康な人はいっぱいいる。正常値であっても、病弱な人もいる。コレステロールの基準値が高くても、健康な人はいくらでもいる。また少し肥満体であっても、健康な人はいる。

人の健康状態は千差万別なのだから、患者個々人のホリスティックな観点に立って、診断や治療は慎重に行って欲しい。これが患者の偽らざる心境だ。

今、日本の医療現場で行われている治療は、基本的には現代西洋医学である。西洋医学というのは、ひとことで言えば、現代科学の唯物史観によって成立し、発展してきた医学なので、どうしても科学的な数値で管理しようという傾向がある。分析したり検査したりする側面においては、確かに西洋医学は優れている。

われわれが、医療機関を受診すると、たいていは血液検査が行われる。場合によっては、尿や便も対象となる。では、なぜ検査するのかというと、決められている基準値があって、その数値に当てはめ、多いか少ないかによって病気か健康かを診断するのである。

要するに、医師にとっては、この検査数値は病気診断のうえで、極めて便利なものだ。このほか、画像診断や問診、触診、打診、聴診なども用いる。そこで、病気が心配されると、患者に検査入院を求める。数日から一週間ほど入院し、毎日が検査、検査の連続である。患者にとって、これほど過酷なことはない。病気が治れば、という思いで検査に耐えるのだが、これほど体力や気力が消耗し、心身に負担をかけるものはない。

今回の日本人間ドック学会が発表した新基準値の正誤は別にして、医療全体としての統一した見解を出して欲しい。そして、検査の基準値はどこまでも標準であり、目安であり、よりどころであるのだから、あまり数値、数値で患者を追いつめないで欲しい。

最後に、医療の理想像を述べるならば、統合医療の導入と、合わせてオーダーメイドの医療（その人に合わせた治療方法）の実施だろう。

医学は西洋医学だけではない。世界三大伝統医学といわれる中国医学、アーユルヴェーダ医学（インド）、ユナニ医学（インド、パキスタン）などもある。また各国の文化や歴史に根ざした固有の民族医学や伝承医学、さらには非体系的かつ経験的な民間療法まで含めると、世界にはさまさまな形態の医学や治療方法がたくさんある。

特に、三大伝統医学を包摂した東洋医学は、西洋医学とは対峙する関係にある。一般に、西洋医学は対症療法には優れているが、根本的な治療法には弱い。現代西洋医学だけでは、健康の維持・増進は難しくなってきている今日、病気や健康を人間の生命全体から体系的に説いたアーユルヴェーダ医学には卓越したものがある。

また、健康から病気までのスペクトルを見た場合、西洋医学は「健康」か「病気」かのカテゴリーしかない。これはあまりにも粗雑な捉え方だ。

その点、漢方医学では、「健康」「未病」「病気（已病）」の三つに分けて捉える。未病とは「未だ病にならざる」という意で、健康でもないけど病気でもないという中間に位置する状態だ。これを半健康という。この半健康の状態の人を半健康人といい、この人達が今一番多いにもかかわらず、現代医学では病名もつかなければ、治療も出来ていない。まったく放置された状態だ。

さらにアーユルヴェーダ医学においては、細かく七段階に分類している。「健康」「蓄積」「憎悪」「拡散」「前駆症状」「発症」「慢性化」に分け、病気になる前の機能的な変化の段階から病気として捉え、対処していくことによって、健康の維持増進をはかっていく医学である。

もし健康診断のときから、こうした考え方で治療できたら、日本におけるがんや糖尿病や心臓病などの生活習慣病は、もっと未然に予防でき、手術や投薬の苦しさから解放されるかもしれない。健康や病気にたいする医学的なアプローチが、世界にはさまざまあるのに、どうしてそれが統合できないのか。

その意味で、世界の医学を統合し、組み合わせ、融合していけば、日本の医療の未来はもっと明るいものになるだろう。残念ながら、現在の日本の医療政策や医学教育に問題があるように思えてならない。世界の医学や、伝承および民間療法を取り入れようとする度量が欲しい。

われわれ医療を受ける患者にとっては、代替医療としての選択肢がたくさん欲しい。西洋医学とアーユルヴェーダ医学の組み合わせや、中国医学や鍼灸を含む漢方や、また欧州で用いられているホメオパシー・アロマテラピー・自然療法などを自由に選択できて、自由に治療が受けられないものだろうか？　その日が、いったいいつ来るのだろうか。

いずれにしても、患者個々人に合わせた最適な治療を受けられるのが理想だ。予防・治療・予後までを包括したオーダーメイドの医療を期待したい。

（平成二十七年十二月記＊二〇一五年）

セルフメディケーション

セルフメディケーション（Self-medication）について、新聞や雑誌などでときどき取り上げられている。これは典型的な外来カタカナ語であるが、適当な日本語訳がないためか、正しく意味

な指摘している人は少ないようだ

セルフ（self）は自分とか自己を意味し、メディケーション（medication）は薬物治療というのが言葉の意味であるが、一般には病気を治す医療という意味で使われる。両方の言葉をつなげると「自分で病気を治す」ということになる。

世界保健機関（ＷＨＯ）では、セルフメディケーションを「自分自身の健康に責任をもち、軽度な身体の不調は自分で手当をすること」と定義している。

狭義では、市販されている一般用医薬品を使って、自己治療することである。医師の診療を受けなくても治療ができる軽度の病気についてである。かぜや頭痛、便秘、下痢、筋肉痛、打ち身、目の疲れ、胃の痛み、もたれ、虫さされなどが該当しよう。

一方広義では、健康の維持増進や生活習慣病などの予防であり、食事、運動、休養などにも広げて「自分で自分の体の健康管理を行う」ことである。いずれにしても、自分の健康には自分で最終責任をもつことが、セルフメディケーションの本義である。

しかし、この言葉はなかなか日本人には馴染めない。日本では、もともと病気になったら医者にかかって治してもらう、という考え方が古くから定着している。特に、戦後の社会保障の一環として創設された国民皆保険が制度化されたことによって、病気したら「保険で診てもらう」という考え方が深く浸透しているからだ。

これが欧米の国々になると、状況は全く違う。欧米では、個人主義や自由主義の考え方が背景にある。つまり、自由という権利を手に入れた以上は、その責任もその個人においてとらねばならないのだ。これは医療においても同じで、自分の健康は自分が責任をもって管理しなければならない、という考え方が最初から欧米人にはある。セルフメディケーションはこうした発想のもとにうまれた言葉であろう。

自分の病気について、すべて医療に丸投げするか、それとも自分が責任をもって管理し、そのうえで医療を使うかの違いである。それにしても、日本人の「病気したら医者まかせ」の考えは、そう簡単には変わるまい。国民皆保険制度というのは、自分の病気を医師や医療機関にゆだねることによって健康が保障されるという依存型の医療制度であるからだ。

ただ、最近の傾向として、現代医療は本当に健康を約束してくれるかとなると、決してそうではないことも分かってきた。現代医学への過大な期待が、時として裏切られることが多い。

現代医学が万能ではないということを知りつつも、ちょっと体調がおかしいと、すぐに病院に駆け込み、注射をうって薬を大量にもらって帰る。薬をもらっただけで、患者は一時的にも安心感につつまれる。

これだけ高度に医療技術が進歩し、大量の新薬が開発されても、なおかつ日本人全体の罹患率は減るどころか、増える一方だ。手術し、薬を飲んで治療を続ければ、一定の病状の進行は阻止できたり、改善したり、時には寛解することはあっても、完全治癒することはほとんどない。それが現代病（生活習慣病）の特質である。

そこで、今こそ見直されるべきは、やはりセルフメディケーションなのかもしれない。自分の健康は自分で守るという意識をしっかりもって、積極的に健康管理にかかわることだろう。かつて、ある生理学者は「健康自衛時代」という言葉をさかんに吹聴したが、これはセルフメディケーションにも通ずるものだ。

三大死因のがん、心臓病、脳卒中などを初めとする生活習慣病は、経年的に悪化していく特徴があるので、できれば発症する前からの予防措置が絶対に必要になってくる。病気になってから治療を開始する現代治療医学では、完全に手遅れになるのが生活習慣病だ。

そこで、病気になる前から病気にならないための手だてをする予防医学が急務となってくる。セルフメディケーションは、この予防医学という方向性のなかで極めて重要な役割を担うことになる。本当に病気で苦しまないことを望むなら、自分の健康については責任もって、毎日の生活の中で日々管理し実行していくことが求められよう。

セルフメディケーションのメリットには、①毎日の健康管理の習慣が身につく、②医療や医薬品の正しい知識が身につく、③軽度な病気の場合、医療機関を受診する手間と費用が省ける、④保険の医療費が抑制できる、などが挙げられる。

予防医学とは、このセルフメディケーションを包括したものである。ひと言でいえば、病気を未然に防ぐ学問のことである。食生活の問題や生活習慣の問題、さらには傷害を防止し、寿命を延ばし、病や心身の不調を整える身体づくりのことである。

予防医学は、三つの予防策からなっている。第一次予防は「健康増進」と「疾病予防」である。これは平時から、栄養、心理、運動、休養など生活習慣や生活環境の改善をはかり、人間が本来もっている自然治癒力（免疫力）を増幅させることが病気予防の第一要件となっている。

第二次予防は、「早期発見」と「適切な治療」である。不幸にして病気が発生した場合の早期の発見と、それにともなう適切な治療や保健指導などで、疾病や傷害の重症化を防ぐ。そして第三次予防は「リハビリテーション」である。後遺症の予防や再発予防策、社会復帰対策を講じるとなっている。

こうした予防医学の実践といっても、所詮は自らの健康は自ら守るという強い意志が求められる。そのための知識と技術の習得が必要になり、それを生活のなかで行動し実践していくことが重要である。健康問題は、決して他人任せにしない、医療に丸投げしない、という自律した生き方にこそ、現代人に求められている健康観といえよう。

（平成二十七年十二月記＊二〇一五年）

求められる統合医療の考え方

医療の世界では、治療の方法を療法という。現在、日本で主流となっている西洋医学の療法は

「対症療法」（または姑息的療法）といわれ、この療法は、主に病気の症状に対して行われる治療のことである。これに対し、病気の原因に対して行われる治療法のことを「根本療法」、または原因療法、根治療法ともいわれている。

では、その具体的な違いは何か。文字の意味が示すように、対症療法というのは、あくまでもその病気によって起きている症状に対して、薬などによって一時的に症状を和らげたり、軽減したり、改善したりする治療のことである。どこまでも、治療の目的は症状の緩和である。したがって病気そのものを治癒する療法ではない。現在、日本の医療機関で行われているほとんどの治療は、この対症療法であり、近代西洋医学そのものだ。

例えば糖尿病になると、血糖値が上がったり、ヘモグロビン・エイワン・シー（HbA1c）の数値が悪くなったりする。そこで糖尿病の薬を飲むと、血糖値やHbA1cの数値が改善されて、正常値になることもある。しかし薬をやめると、再び血糖値やHbA1cの数値は悪化する。症状は抑えられても、糖尿病そのものが治ったわけではない。

また、薬で糖尿病がうまくコントロールされていても、目や末梢神経、腎臓、脳血管などに合併症が出ることがある。これも糖尿病そのものが治っていないことを意味する。

このように、対症療法というのは、その病気で起きている痛み・発熱・咳の症状を和らげたり無くしたりはしてくれるが、中には、診断を妨げたり病気を悪化させたりするケースもある。

発熱や下痢といった症状は、ウイルスや細菌が体内に侵入したとき、それを排除しようとする防衛反応のことだ。それを改善しようとして解熱剤や下痢止めを服用すると、かえって病気の回復を妨げることにもある。

風邪がいい例だ。風邪を引くと熱や咳などの諸症状がでるが、風邪薬を飲むとある程度症状が抑えられる。しかし、風邪そのものが治った訳では決してない。では、なぜ風邪がその後に治るのかというと、ウイルスを撃退し自己防衛しようとする力が、数日ないし一～二週間で次第に体内に回復してきて、ウイルスをやっつけ、その結果風邪が治るのである。風邪薬が治したのではなく、体内に秘めた自然治癒力が風邪を撃退したことによって治るのである。

こうしてみると、対症療法は確かに一時しのぎの治療法ではあるが、一方において、QOL(生活の質＝その人がそれでいいと思えるような生活)の側面からみると、辛い痛みや熱を和らげてくれる意味では、有効な治療法の一つであることは間違いない。

がんの場合でも、苦痛となっている症状を対症療法で和らげることにより、日々の生活が普通にできて、充実した時間を過ごすことができれば、それはそれでQOLの維持となる。病気によっては、この対症療法と根本療法を併用して行われる場合もある。

では、根本療法とは何か？　病気には必ず原因がある。その原因が何か探って、それを除去することだ。人の体は、さまざまな外部環境に晒されているため、異物が体内に侵入してくる可能性が高い。そうした外部要因(時には内部要因もある)が、人体のバランスを狂わせ、病気の原因となっていることが多いので、まずその原因を取り除くことが先決だ。

この原因を取り除くには、もちろん体に良くない環境下に身を置かないことであるが、同時にまた、体に良くない原因を排除し撃退する体力をつけることである。

人間は、生まれながらに自分で自分を守り、治す力を持っている。自然治癒力がそれで、ケガでも病気でも、自らを治す生体機能が備わっている。それが、免疫システムというものだ。この免疫システムは、外から侵入してくる細菌やウイルスなどの異物はもちろんのこと、体内で発生したがん細胞なども撃退する強力な自己防衛機能だ。

根本療法は、原因療法・根治療法ともいわれるように、単独の医学としてではない。これらの概念を包括する医学として、中国医学であったりインド伝統のアーユルベェーダ医学であったり、また古来より伝わるさまざまな伝承医学だったりする。総じて東洋医学がそれだ。

世界の医療には、大きく分けて二つあり、西洋医学と東洋医学だ。その考え方や治療方法には大きな違いがあり、それぞれにメリットやデメリットがある。西洋医学は部分的・理論的・実験的・検査的・攻撃的な医療であるのに対し、東洋医学は総合的・経験的・体質的・予防的・調和的な医療が特徴だ。

その治療方法も際立って異なる。西洋医学は徹底的に検査をし、数値化し、細分化し、病原に対しては薬で攻撃し、手術でもって切除する方法が基本だ。一方、東洋医学は、患者の体質改善や予防の視点から総合的に判断し、自覚症状や病状を十分に観察してから治療に臨む。

最近では、近代西洋医学を前提に、これに補完・代替療法や伝統医学などさまざまな医療を融合し統合して、患者中心の医療を行うことによってQOLを向上させようとする「統合医療」という考え方が台頭してきた。これも時代の要請だろう。

また、ホリスティック医学という考え方もある。これは、人間の体を常にまるごと全体的とらえる医学で、肉体・精神・心・霊魂を含めた総体である。したがって、病気だけに限定するのではなく、健康も含め、人生の生老病死という視点で考えようとする医学だ。こうした医療への考え方や取り組みができてきたことは、生命尊厳の医療の視点から大いに歓迎したい。

しかし、統合医療やホリスティック医学の実践は、現行の健康保険制度の中で、自由に選択し受けられる医療にはまだなっていない。国や行政、教育面での抜本的な改革が求められよう。

そうした観点から、もう一度私たちは、健康とは何か？　病気とは何か？　幸福とは何か？　人生とは？……について、個々に再考すべき時が来ているのではないか。

（平成二十七年九月記＊二〇一五年）

散歩、その効用は

春うらら……。爽やかな春の陽光に誘われて、そぞろ歩きしてみたくなるこの季節。普段、時間に追われて運動不足になっている人は、この機会に体力の維持と健康増進のためにも体を動かしてみてはどうか。

運動といっても、難しいことをする必要はない。まず散歩から始めることだ。歩くことは、身体への効果にとどまらず、脳やメンタルに対してもポジティブな効果をもたらすことが、科学的にも証明されている。

はじめに、散歩の身体への効果から見てみよう。その一つ目は「体力がつく」ことだ。散歩は歩くこと、つまりは体の全体を動かすことだから、人間の基礎体力をつける基本でもある。

二つ目は「血行がよくなる」ことだ。歩くことは下半身の全体を動かす運動で、特にふくらはぎの血行が良くなる。ふくらはぎは、第二の心臓とも呼ばれ、血液をスムーズに心臓方向へ流すポンプの役目をしている重要な部分だ。

この血行の改善による身体全体への効果は大きい。冷え性の改善、老廃物を排出するデトックス効果、肩こりや腰痛の改善、脳の活性化などがあげられる。

三つ目は「ダイエット効果」だ。歩行は、下半身を中心にした全身の筋肉運動である。他の強度な運動と比べると、消費カロリーは低いが、これを続けることでダイエット効果を得ることができる。

四つ目は「免疫力アップ」だ。運動と免疫力の関係については、これまでも科学的な研究報告がされている。それは、適度な運動が免疫力を向上させ、過度な運動は免疫力を著しく下げてしまうというもの。適度な運動とは、一日二十分から六十分程度の運動を週三回以上、長期にわたって続けることが肝要である。

五つ目は「寿命が延びる」ことだ。これについても、さまざまな報告がされている。運動は一時間すると長生きできるという報告もあれば、十五分でも効果があるという報告もある。

アメリカの医学誌に報告されたものでは、日常的にウォーキングやジョギングなど、中程度の運動をする人は、運動をしない人に比べて病気による死亡リスクは減少するという。十五分の運動だと死亡リスクが十四パーセント減少し、平均寿命も三年長かったという。

さらに、運動時間が九十分の人は、運動しない人に比べて死亡リスクが三十五パーセントも減少したという報告もある。

これまで、散歩の身体的な側面での効用を見てきたが、脳やメンタル面ではどのようなメリットがあるのか、というデータも報告されている。それによると、最も多かったのが「息抜き」で約三十パーセントの人が、二番目に「ストレス発散」が約二十七パーセントの人。また散歩中にしていることを聞いたら、一位が「風景を眺めている」、二位に「季節を感じている」、三位は「一緒に歩く人と話している」と答えている。

これらはいずれもメンタル面での効用を感じながら、散歩を楽しんでいる側面だ。散歩をする場所も、半分以上の人が「公園」を散歩しているといい、次に多いのが「川沿い」、三番目が「見知らぬ街」と答えている。こうした自然との接点が、メンタル面に大きく作用していることは言うまでもない。

散歩も、できれば屋内のスポーツジムや家庭でできるルームランナーのような器具を使った運動をするよりも、屋外に出て、自然の中に身を晒しながら、散歩を楽しむことの方が、健康づくりには一番である。さあ、春だ。外に飛び出そう！

（平成二十七年四月記＊二〇一五年）

「延命治療」する？　しない？

高齢者の救急搬送が、年々増えてきている。同居する六十三歳の長女から「八十六歳の母親が倒れて、息をしていないんです。至急、救急車をお願いします！」と、一一九番に通報があった。救急車が到着したときは、すでに母親は心肺停止の状態だったという。こういう看取りに近い救急搬送は、これからますます増えていくだろう。

問題は、救急搬送時の家族の対応だ。到着した救急隊員から「あらゆる救命処置に同意いただけますか？」と、最初に聞かれる。緊張し動揺している状態の中で、いきなり聞かれても家族はどう答えてよいかわからない。

救命という言葉からすれば、命を救ってくれる処置だと考え、「よろしくお願いします」と、その場では頭を下げてしまう。こうした場合の救命処置というのはいったい何を意味しているのか、理解している人は意外と少ない。

今回のような〈あらゆる救命処置〉とは、いうまでもなく延命治療を含めた全ての治療を指している。一般に、八十歳半ばを過ぎていて心肺停止状態になった場合、救命処置を施しても、なかなか元の状態に回復することは、極めて困難だとされている。しかし、回復の可能性がまったくゼロではない限り、現代医療はあらゆる手段をもって治療を施し、最終的には延命治療までが視野に入ってくるのである。

先の八十六歳の女性の場合でも、まず救急隊員による心臓マッサージが続けられ、搬送された病院で強心剤を三本打たれ、電気ショック（ＡＥＤ＝自動体外式除細動器）を二度行われたが、結果的に搬送された病院で、四十三分後に死亡が確認された。

二十代や三十代の若者ならいざ知らず、八十歳を超えた高齢者に心臓マッサージや強心剤や電気ショックの治療は、極めて過酷な治療だ。現実に、あばら骨が何本も折れたり、口にはたくさんのチューブを入れられたりする。そんな状態を家族にはとても見せられない、と救急隊員は口をそろえて言う。

はたして、このように心肺停止状態にある高齢者に対して、そこまで心肺蘇生処置を行う必要が本当にあるのだろうか？　望んでいたにしても過酷な治療だ。その場の雰囲気でつい「よろしくお願いします」と家族が言ってしまったために、思わぬ事態を招いてしまうのである。

もちろん、高齢者でもケース・バイ・ケースがある。高齢者をかかえた身内や家族は、日ごろから本人の病体を把握しておく必要がある。この八十六歳の高齢女性の場合も、数年前から老衰で心臓が弱り、医者からは「倒れたら覚悟してください」と言われていたという。

つまり、倒れた時が最期の看取りのサインであることを示唆していたのである。そのことを念頭に置いて、普段から家族内で話し合っておき、本人の意思を確認しておけば、倒れたときに誤った対応はしなくて済む。

八十六歳の母親も、数日前から微熱があり、食欲がなくなるなどの異変が見られ、全身状態が悪化していることを長女は感じとっていた。

また、あらかじめ母親から延命治療を含めた治療について「私は望みません」という意思を確認しておけば、救急隊員に「母はそれを望んでいません」ときっぱり断ることができたはずだ。「母に、最後につらい思いをさせてしまった」と、後悔することもなかったのである。

ある救急救命士は指摘する。「救急車を呼ぶということは、あらゆる手段を使って救命してください、というスイッチを押すことを意味する」と。家族がその意味を理解せず、動揺したまま「お願いします」と言ってしまったために、チューブだらけになった母親の哀れな姿を見せられて「こんな状態は望んでいなかった」と後悔する。しかし、時遅しである。

救急を預かる隊員側にも、家族に対して冷静な対応が必要になってくる。動揺している家族が、少し気持ちが落ち着くまで待って、状況説明を丁寧にした上で、意思の確認をすることが求められよう。

家族が、本人と会話することが不可能であることを確認すれば、穏やかに最期を過ごさせてあげたいという意思を医師に伝えることができ、救命処置を断ることもできたのである。

救命に当たる医療側にも「回復の見込みが少ない高齢者に、苦しい治療をすることにためらいがある」と感じている医師も少なくないという。何が家族や本人にとって一番良い選択なのかを考えてもらえるような対応を、医療側はすべきだろう。

延命治療とは何かというと、一般的に根治や回復の見込みがなく、死期が迫っている終末期の患者に対する生命維持のための医療行為をいう。具体的には、人工呼吸器などの生命維持装置を使ったり、胃瘻（いろう）（胃に穴を開けて、栄養液を入れる）による栄養補給をしたり、心臓マッサージや昇圧剤投与、さらに水分や栄養の点滴などの行為のことである。

この延命治療には、是非論がある。「無駄な延命治療はしたくない」という声が多くある一方、「何かやれることがあるのではないか？」ということで、最後まで延命治療を行う医療現場も少なくない。確かに、延命治療は「無駄な治療だ」「苦痛を増すだけだ」ということで、否定的に語られていることも多い。しかし、人によっては、病気の完治は難しくても、命を延ばす治療だから絶対悪ではない、という人もいる。

つまり、延命治療を受けるか受けないかは、最期をどういう形で死を受け入れるかという、その人の価値観にある。まだ、若い末期がんの女性患者が「この体は親からもらった体。最後の最後まで治療を続けて、一分一秒でも長生きすることが、親への恩返しである」と考え、治療の苦しみを覚悟したうえで、人工呼吸器などをつけ、命の長さの方を選んだとすれば、延命治療は本人にとっては価値あることでもある。

他方、食道がんの末期患者である八十代の男性は、「私はもう十分生きた。食道がんで喉が詰まり食べられなくなったら、そのまま逝きたい。延命治療によって、これ以上苦痛を受けたくない」と考えたとすれば、それはこの男性にとっては価値ある選択なのである。

普通、がんの場合は、余命が数週間と診断された場合、そこから延命治療を行っても、そう長くは生きられない。しかし、家族は延命治療を望むケースが多く、本人にとって望まぬ治療となると、つらい思いを強いるだけである。あらかじめ意思を確認しておくことが大事だ。

ところが、認知症の場合は少し異なる。認知症の終末期では、老衰や肺炎などで亡くなるケースが多い。こうなると、自分で食事を摂ることができなくなり、点滴や胃瘻を使うため、延命治療で数年間は生きられるという。ただ、本人が認知症のために、そうした処置を望むかどうかの判断が出来ないため、家族に治療法の判断を委ねるしかない。

できるだけ事前の意思表示を確認しておくことが大切だ。延命治療を受ける、受けないは、その人の最期の迎え方なので、自分の意思を家族などに事前に伝えておくことが、看取ってくれる家族への礼儀でもある。

（平成二十七年三月記＊二〇一五年）

桜には、見て欲しい時期がある

文芸評論家・小林秀雄の桜好きは有名である。信州高遠の「血染めの桜」を見に行ったときの感想を、エッセイ『花見』に次のように記している。

「行った時は、盛りを過ぎていた。それでも、花は、まことに優しい、なまめかしい色合であった。血染めと聞いてすさまじい色と思ったのも、未だ花を見ぬ時の心だったようだ。来て眺めれば、自然に、素直に生まれて来た名とも思える。人々は、戦の残酷を忘れたい希いを、毎年の花に託し、桜の世話をして来たであろう。桜は、黙って希いを聞き入れて来たと思える」と、その胸中を記している。

今年の4月中旬、故里の友に久しぶりに電話を入れたら、「今、高遠城址の桜は満開だ。花見に帰って来ないか」と誘ってくれたが、諸用があって行けなかった。高遠で生まれ、育ち、高遠桜を飽きるほど見てきた私は、東京の大学進学のため、十九歳の春を最後に、高遠の桜とは縁遠くなってしまった。

田舎育ちの私にとって、桜といえば、高遠桜（正しくは〝タカトオコヒガンザクラ〟という）しかこの世にはないと思っていた。ところが、初めて東京で見た桜には驚いた。花片が少し大ぶりで、純白で、一段と華やかで、高遠桜のような淡い赤みがない。日本を代表するソメイヨシノ

（染井吉野）と言う桜で、全国の桜の約八割を占めているという。確かに、全国各地で咲く桜のほとんどは、このソメイヨシノだ。気象庁の開花宣言もこの桜が対象である。

私が故郷を離れたのは一九六二年だ。この年に小林秀雄は高遠城址の「血染めの桜」を見に来ている。氏が六十歳の時である。公園全体が、薄紅色にそまる桜を見るなり、その美術品のようなタカトウコヒガンザクラに魅了され、見事な咲きぶりに驚いたという。

小林は毎年のように、日本の桜の名所を訪れ、弘前城址や甲州山高実相寺、盛岡の石割り桜などにも足を伸ばしている。「桜には、桜を見て欲しい時期がある」といい、そのタイミングを待って見に行く。その思いは、人間同士の付き合いと同じで、こころ配りが必要だという。文芸評論家・小林秀雄の繊細な心の一面を伺わせている。

桜の種類には、四百種、または六百種とも言われているが、小林秀雄が本当に好きだった桜は「山桜」だったようだ。ソメイヨシノは、明治になって植木屋と文部省が結託し、全国の小学校の庭に植えて広まった桜で、「あれは、桜でも一番低級な桜なのです。――ああいう俗悪な花が桜だと教えられて了うわけだ」と、『学生との対話（文学の雑感）』で述べている。

私も、幼少のころは山間僻地で育って、山桜をこよなく愛した一人でもある。花と葉が一緒に咲く風情は、自然の造形美そのものだ。

（平成二十六年八月記＊二〇一四年）

〝生きて行こうよ、希望に燃えて〟

戦後まもない片田舎の生活は貧しかった。白いご飯は滅多に食べられない。ひき割り麦の入ったご飯や粟入りご飯が主食で、お粥だけで過ごす日もあった。着るものは、いつも継ぎはぎだらけ。母は、夜なべして家族の衣類を繕いながら、子どもたちの枕もとで独り『人生の並木路』を唄っていたのを思い出す。

〽雪も降れ降れ　夜路の果ても
　やがて輝く　あけぼのに
　我が世の春は　きっと来る
〽生きて行こうよ　希望に燃えて
　愛の口笛　高らかに
　この人生の　並木路

と唄う母の面影に、悲しみや失望感は微塵もなかった。どのような苦難があろうとも、負けずに生きていけば、いつかはきっと希望に輝く春が来ると、子どもながらに明るい未来を思い描いて聞いていた。

今こうして思えば、『人生の並木路』は、母が子らに贈った〝応援歌〟であり〝愛情歌〟であり、また〝教育歌〟であったのかもしれない。

歌は、人の心を自在にかえる不思議な力をもっている。敗戦で虚脱状態に陥っていた国民の心を、失望から希望へと一変させたのも、歌謡曲の数々だった。

戦後の歌謡史は、並木路子の『りんごの唄』ではじまった。明るく爽やかな歌声が、多くの人々に希望と勇気をおくった。その後、つぎつぎと新しい歌がラジオから流れ、人間の心の温かさや優しさ、夢や希望、自由や平等、平和を願う歌がうまれたのである。

戦災孤児たちへ希望を贈った『鐘の鳴る丘』、青春讃歌の『青い山脈』、明日に生きる若者の心を歌にした『山のかなたに』、理想の女性像を花に重ねた『あざみの歌』、さらには軽快なテンポの祭り歌『お祭りマンボ』などが大ヒットした。国民の多くが愛唱し、新たな時代の夜明けとなったのが、昭和二十年から三十年代にかけてである。

空襲で焼け野原になった東京は、急速に復興して活気に溢れていた。田舎の生活も少しずつ楽になってきた。若者たちは、中学や高校を卒業すると、都会に憧れて村を出ていった。私もそのうちの一人だった。生まれた古里を後にし、東京行きの電車に飛び乗ったのが、昭和三十七年の春のことである。

揺れるシートに身をまかせ、ぼんやりと車窓をながめながら『誰か故郷を想わざる』を口ずさんだものだ。

〽花摘む野辺に　日は落ちて
みんなで肩を　組みながら
唄をうたった　帰りみち
幼馴染の　あの友この友
ああ誰か故郷を　想わざる

竹馬の友とも分かれ、一人東京へ旅立ち、不安と希望が交錯するなか、遠ざかる故郷へ思いをはせたのである。大都会の片隅で、ひとり下宿部屋にいると、ふと郷愁の念に襲われる。こころときめいた青春時代を『白い花の咲く頃』の歌に重ねて唄った。

〽白い花が咲いてた
ふるさとの遠い夢の日
さよならと言ったら
黙ってうつむいてたお下げ髪
悲しかったあの時の
あの白い花だよ

と唄うと、胸がキューンとしめつけられた。やがて時が経ち、結婚して子どもが生まれると、思いは自分を育ててくれた親への強い思慕の念へと変わった。

〽おふくろさん　おふくろさん

花を見つめりゃ　花にある
花のいのちは　短いが
花のこころの　潔ぎよさ
強く生きよと　教えてくれた
あなたの　あなたの真実
　忘れはしない

と唄っているうちに、気がついたら父母はこの世を去っていた。今になって孝行できなかった愚鈍の自分を悔やみ、父母の顔を思いだすたびに胸が痛む。「生きて行こうよ希望に燃えて」と歌で教えてくれた母の愛で、私も辛苦の人生を乗り越えることができた。ただただ母に感謝の誠を捧げたい気持ちでいっぱいだ。

　歌ほど不思議なものはない。好きになった歌は、作詞家や作曲家や歌手の手もとを離れ、いつしか自身の人生の一部になって離れない。悲しいときは慰めてくれ、くじけそうになったら励ましてくれ、夢や希望や勇気をおくってくれる友のようなものだ。

　今日もまた、口笛を高らかに吹きながら、残されたわが人生の並木路を希望に燃えて歩き、健気に生きた母のもとに逝けたらと思う。

（平成二十三年四月記＊二〇一一年）

桜の〝精神美〟

春といえば、やはり桜だ。心がうきうきしてくる。桜は国民がもっとも愛好している国花である。三月の下旬ともなると、暖かい九州地方から開花し始め、桜前線は日本列島を一気に北上し、五月の中下旬ころには北海道に達する。

さて、桜といえば日本古謡の『さくらさくら』がある。筆者も子どもの頃によく口遊（ずさ）んだ懐かしい歌だ。歌うたびに、母の姿や幼馴染の横顔、田舎の山河の風景が脳裏に甦る。歌は、唄う人の人生とオーバーラップして、いつでも寄り添ってくれる心の友だ。

この『さくらさくら』の歌は、作者不詳という。歴史をひもとくと、原曲は江戸時代の箏曲『咲いた桜』で、曲調は箏曲の基調である陰旋法の旋律であったという。幕末の伝聞では、江戸で子ども用の箏の手ほどきのために作曲され、箏曲入門の曲のひとつだったと伝えられている。

今でも子ども達が学校で歌っているが、その歌詞が近代に入って何度か変えられている。主には次の二通りがある。最初の歌詞は、

〽さくらさくら
やよいの空は　見わたす限り
かすみか雲か　匂いぞ出ずる

いざやいざや　見にゆかん

だった。ところが、この曲が初めて教科書に登場したのは昭和十六年で、国民学校の国定教科書『うたのほん・下』に掲載された。題名は『さくらさくら』で変わらないが、歌詞は次のように一部変更している。

〽さくらさくら
野山も里も　見わたす限り
かすみか雲か　朝日ににおう
さくらさくら　花ざかり

しかし、戦後の昭和二十二年に文部省の指導要領がつくられると、それに沿った検定教科書に「野山も里も」の歌詞で載せたものもあったが、扱う教科書は少なかった。それが昭和四十二年になると、指導要領で小学校二年生の共通教材に「野山も里も」の歌詞で載り、昭和五十二年には小学校4年生の共通教材に、同じく「野山も里も」の歌詞で掲載している。

しかし、平成元年の指導要領の変更では、中学一年生の共通教材に「やよいの空は」の歌詞に変わっている。同じ曲を、小学校と中学校で、ふたつの違う歌詞を唄っていたということになる。

ともあれ、歌詞は変われども、桜の花の美しさは今も昔も変わらない。花を見て、唄った人の気持ちが時代によって変わっただけである。「歌は世につれ、世は歌につれ」である。

桜の花言葉は「精神美」だ。日本人の品格を表すシンボルだ。満開の時の艶やかな眺めと、散り際の潔さと儚い美しさは、表面的な美だけではなく、凛とした内面の美しさをも象徴している。また桜には「優美な女性」「純潔」「高貴」「清純」といった花言葉もある。これらは、桜の花の美しさからイメージされた言葉だろう。

桜は、また時代の変化とともに、精神性の象徴でもあった。中世の武士道における侍の忠誠心や、天皇主権の時代の日清日露戦争では戦意高揚を図るための愛国心をも象徴した。御国のために身を捧げ、潔く散る桜の花のように自己犠牲を尊んだのである。

さて国花と言うと、桜のほかに菊がある。菊はパスポートの紋章や、皇室の象徴としての花だ。どちらも国花であるが、ただ日本の国で公式に定めた国花というものはない。国花と言っても法的な公式性はなにもない。花を法的に定める必要もない。それぞれが心の中に定めた花を持てば良い。それが桜であっても、他の花で良い。

さて、観賞用の桜として最もメジャーな品種といえば、やはりソメイヨシノ（染井吉野）だろう。このソメイヨシノは、エドヒガン系の桜とオオシマザクラの交配で生まれた園芸品種のひとつだ。桜と言えばソメイヨシノといわれるくらい日本全土に散在し、現在約四百種以上ある桜の中の王様だ。例年、気象庁が三月に発表する開花予想も、このソメイヨシノの開花状況が基準となっている。

「染井吉野」というと、奈良の吉野山に咲く「吉野桜」を連想させるが、どうやらこれとは全く関係ないようだ。ソメイヨシノは、江戸時代の末期に、江戸の染井村（現在の東京都豊島区駒込付近）の植木屋職人や造園師たちの手によって育成され、売り出された品種と伝えられている。

　では、なぜこれほどまで、ソメイヨシノは日本の桜の名所の約八割を占めるほど普及したのだろうか。それには理由があった。ソメイヨシノはまず先に花が咲いて散り、その後で葉が開くため、花の見栄えがいいこと。また他の桜より花が大き目で花付きもよく、見た目が豪華だということ。さらに他の桜と比べると、木の成長が早く、十年もすると花をつけること。こうした長所が重なって、ソメイヨシノは全国の城跡や公園、学校、道路沿いなどに植えられ、急速に普及していったとみられる。

　白や薄紅色の花びらが、春の微風に散る風情は格別だ。桜を好む人間の心も、永遠に美しくありたいものだ。


（平成二十年四月記＊二〇〇八年）

自死論に思う

　ここに、『自死という生き方』という本がある。内容はきわめて衝撃的なものだ。著者は、人間の生き方（＝死に方）としての自死（自殺）を肯定し、本書を著したうえで、その通り自ら命を断って逝った。著者は、須原一秀氏という哲学者だ。

氏は、哲学的な思索でもって死に方論を構築し、自らそれを体現していったのである。自死論について、議論はいろいろあるが、人間いかに生き、いかに死すべきかについて、少なからず考えさせられた一書である。

一般的に自殺というと、破産、失恋、借金苦、挫折、不治の病、人間関係の行き詰まり、またうつ病などといったことが起因している。これら自殺の契機は、生き方に絶望して死を選択する以外に道がない場合が多い。しかし、氏の自死論はこうした自殺の概念とは全く異にしている。

晴朗な心で、健康な身体で、人生を満喫して、幸福感の高みのなかで、しかも平常心で自死を決行するといった特異性をもつ。そして、氏は自死の対極におく自然死を「ほとんどは悲惨なものであり、恐ろしいものである」とした。老醜をきらい、病気による苦痛を長期にわたって強いられる死こそ、受容すべき死ではないという哲学だ。

氏はまた、日本の伝統文化の救済のために自決した三島由紀夫や、身の潔白を証明するために自殺した伊丹十三、そして不当判決に殉じたソクラテスの死を引きながら、自身の自死も、決して厭世主義やニヒリズムから生まれた自死でないことを強調し、死に方（＝生き方）の意義づけをしている。

つまり、氏の自死論というのは、人生の果実を十分味わい、人生の高みを見たその時点が、人生の幕引きのチャンスと捉え、自決することをもって人生の完結と考えたのである。その自死のあり方を、広く世に推奨しようとしたのが本書だ。

それにしても、氏の「生き方」としての「自死」論は、あまりにも二律背反してはいまいか。「生き方」としての「死に方」、「死に方」としての「生き方」をほとんど同時に考えようというのだから……。つまりは、アウフヘーベンして真義を見出そうとしているのだろうか？

確かに人間の「生」と「死」は、容易なテーマではない。氏の論法を簡単にいえば、「人生、心身最高に幸せの時に死を選びなさい。その後の老いを生きても幸せは来ないのだから」というものだ。その考えも哲学的思索のひとつといえばそれまでだ。

一方で、一般的な死としては、自然死また老衰死がある。寿命が尽きて死ぬことをいう。もちろん、病死や事故死、殺害や自殺などの死もある。人は誰でも必ず寿命は尽きる。自然の摂理のままに、生命のある限り生き切って、自然のままに死を受け入れていく死に方だ。

自らの意思で生を受けたのではないのだから、死も自らの意思を決して加えずに、生の尽きる瞬間まで生きて、あとは自然に委ねるのが、最も哲学的妥当性のある「生き方」であり「死に方」ではないだろうか、と私は思う。

人間の生という自然の存在に対して、人為を加えることは絶対に忌避すべきだ。自殺であろうが自死であろうが、そして殺害でも事故でも人為を加えた死が、幸せな死に方だと思う人は、この世に誰もいないはずだ。自然死でさえ、人はその塗炭の悲しみに眩れるのだから……。

（平成二十年八月記＊二〇〇八年）

いい本とは、何？

読書の秋である。しかし、現代人の多くは、小説のようなフィクションを読む人が少なくなった。読んでいるとしても、通勤電車の中や喫茶店での休憩時間に、週刊誌・新聞・ビジネス誌、また女性向けの美容雑誌やファッション誌、料理本などである。これは、情報を得るのが目的と、いっ時の心の安らぎを満たすためである。

現代社会を生きるには、確かに活字媒体から得る情報は必要だ。しかし活字媒体は情報提供のみならず、他方においては精神に滋養効果をもたらす効用がある。「ああ、いい本を読んだ」「希望が湧いてきた」「こう言う生き方もあるのだ」など……、自分の人生にとって、大いなる共感者となってくれる場合がある。小説や歴史ものや伝記ものなどがそれである。

現代人の活字離れがしばしば指摘されるのは、この後者においてである。要するに、小説を読まなくなった。特に、古典ものや明治・大正・昭和期の日本文学、十八〜十九世紀を中心とした欧米文学などは、遠い過去の遺物になりそうだ。一部の愛好家や研究者は別にしても、小説への大衆性がなくなった。なぜだろう？

現代を生きるには、どうしても最新情報の収集が優先される。それを、文学に求めても無理な話である。政治・経済・社会の動向、トレンド、世界の趨勢などを古典文学が教えてくれるわけ

かない

時代の変化や予知を知るには、テレビやインターネットなどの電波媒体はもちろん、新聞や週刊誌などの雑誌は最大の情報源である。必要な情報はいつでも入手でき、情報によって経済も発達し生活も豊かになって、皆が幸せになったかのように見えるが、しかしどこか殺伐とした社会である。

殺人や強盗、詐欺などの事件が日常茶飯事に報道される背景に、情報過多やその悪用もある。便利さという背景にリスクという落とし穴があることを知っておくべきだろう。

情報さえ手に入れれば、それで人間は心豊かに生きられるというものではない。情報はあくまでも、生活や仕事をする上での手段であって、幸福への絶対的な要件ではない。

情報というのは多くは知識の部類だ。得た情報を、いかに自身の人生に価値的に、また創造的に活かすかは知恵の問題である。大事なのは生き方の知恵を身につけることだろう。

その意味で、小説のような活字媒体は、人間に知恵を授けてくれる。より優れた文学作品には、その根底に哲学性がある。人間とは？　愛とは？　憎悪とは？　美とは？……について、読み手の心に浸潤してくる何かがある。それをもって、読者は自身の生き方や考え方を創造する端緒とするのである。小説という鏡に自分を映すことによって自分が見えてきたり、人間理解の手立てとなったりする。

それにしても、昨今の出版事情はすごい。書店を覗くと、店頭には新刊本が山ほど積まれている。ハウツー本、教育本、経済や政治に関する本、健康に関する本、女性向けの本など、読者にとって興味を引くタイトルや宣伝文句がズラリと並ぶ。つい手を出して買ってみたくなる出版社のコマーシャリズムには、ただ圧倒されるばかりだ。

大量に並ぶ本の中で、一度読んだ本を「大事に書庫にとっておき、また後で読み返してみたくなる」と思う本は皆無に等しい。大半は〝読み捨て〟だ。必要な情報や知識を得たら、あとは紙屑同然だ。消費社会と言ってしまえばそれまでだが、大事なことは本の価値そのものである。

昨今、出版される本や雑誌の特徴は娯楽性だ。読んで面白いか面白くないかが、本の価値基準にもなっている。面白ければ読者は買ってくれる。発行部数が増えれば、それだけ出版社は儲かる。本の出版企画、執筆者選び、ネーミング、宣伝広告など、すべては商業主義路線である。

もちろん娯楽性が悪いとは言わない。面白いという価値は、人間にとって必要なことだ。娯楽性を、エンターテイメントという。人を楽しませ、気分転換や気晴らし、息抜きや遊びやレジャーにも通じる言葉だ。

ストレス社会において、こうしたエンタメ本は現代人への処方箋であり対症療法のひとつかもしれない。しかし、もっと大事なことは、根本療法としての本である。それには、文学や哲学や歴史書などの本を開いてみてはどうか。そこには生きる知恵がいっぱい詰まっているから。

（平成十六年十一月記＊二〇〇四年）

自分を表現する場所

　文芸同人誌活動をしていると、そこにはいろいろな群像がある。年齢の違い、男女の別、性格や容姿の相違、さらに職業も生活も個々に違う。同人として集まってきた思いや理由も、個々それぞれだ。

　同人誌に参加しているメンバーは、書くことにおいてはプロではない。ただ、書くことが好きで集まってきたメンバーだ。もう、十年、二十年と書いているベテランもいれば、昨日今日にしてペンを持った人もいる。

　中には、将来プロの小説家を目指している人もいるが、多くは趣味の範疇だ。要するに自分で文章を書きたいのだ。それが小説であったり、詩であったり、随筆であったりする。また短歌や俳句でもいい。論文や評論でもいい。また、ドキュメンタリーや紀行文、伝記、歴史、ＳＦものであったりしてもいい。

　中でも、フィクションとしての小説のジャンルがあるが、これは書いたその人でないとわからない魅力がある。フィクションという言葉の意味は、つくり話であり、虚構であり、事実でないことを意味する。ノンフィクションが事実なら、フィクションは虚構そのものだ。

　この虚構を書くところに、小説を書く本来の醍醐味がある。つまり、事実でないことを事実らしく仕組んで、ストーリーを作るのだ。作者にとれば、これほど精神的自由で面白い世界はない。もちろん、ノンフィクションにはノンフィクションとしての魅力があるが、真実を伝えようとすると、どうしても事実に縛られることがある。

　事実というのはどこまでも事実であって、それを超えることはない。それを超えたら、そこはもう虚構の世界だ。小説が面白いのはこの虚構の世界であって、想像によっていかようにでも仕組まれた事実らしい世界をつくることができる。読者もまた、そのフィクションの世界に魅せられて、酔いしれ、感動し、自身の生き方をその小説の世界に重ねるのである。リアリティーは、この虚構に存在する真実性を言うのである。

　さて、なぜ同人たちは売れもしない作品を書き続けるのだろうか。人が読もうが読むまいが、自分自身という心の内を言葉で表現したいのだ。生の感情表現であり、命の発露そのものだ。それがそのまま言葉となり、文章となり、ストーリーとなる。

　そうした普通の人の心の叫びは、時代を超えても変わらない。その原形をわたしは『万葉集』に見る。現存最古の歌集『万葉集』の作者は、上は天皇や貴族から、下は防人や農漁夫に至る一般庶民までの幅広い層にわたっている。詠み込まれた地域も、東北から九州に至る日本各地に及んでいる。

　万人が歌人であり万人が享受者であった。そこには、イデオロギーも流派もジャンルへの意識もない、ひたすら主への感情をたぎらせて詠んだのであろう。その感性が、時を超えて光彩を放真の民衆文学・大衆文学の根源はここにあるのではないか。

今日の同人誌活動も、ある意味でそれに通ずるものがある。売れなくても、読んでくれなくても、自分を表現する場所がある。全国の各地域に、相当数の各種文芸同人誌が発行されている。好きな者同士が集まり、原稿を持ち寄って、自分たちの手で編集から印刷までの準備をする。かかるすべての経費は、みんなで負担する。

そして、印刷して出来上がったばかりの本を手にするときは、宝物を得たような満足感に浸る。自分の載っているページを恐る恐る開くと、もう一人の自分がそこにいた。わが子が成人し、社会に巣立っていくのにも似て、自分の作品であるにもかかわらず、もはや手が届かないところを一人歩きしている自分（作品）がある。あとは読者の意に委ねるしかない。

書くことに有名無名は関係ない。出来上がったばかりの本を、友人や知人、親戚、同僚に頭を下げて配る。それが二〜三人かもしれない。もちろん多くの人に読んでもらえればそれはそれで嬉しい。たった、一人の人から「読んだよ」と言ってくれただけで、作品を書いた苦労がすべて報われるような気がする。文芸同人誌活動はそれでいいのだ。

（昭和六十二年記＊一九八七年）

万朶（ばんだ）と咲き誇る高遠桜

桜花は、人それぞれに想い出をつくってくれる。入学、卒業、進学、就職や結婚といった節目に咲いてくれる花だ。

日本列島の南から咲き始め、気温の上昇とともに桜前線となって足早に北上していく。桜の花の寿命は短い。満開になると数日で散り始め、強い南風が吹くと、一気に花吹雪となって散る。潔すぎてあまりにも儚（はかな）さすぎる。地面を花弁の絨毯で敷きつめると、枝々はやがて若葉の芽をつける。自然のお色直しは、さり気なく美しい。

桜と日本民族とのかかわりは古い。歴史的には、八世紀の初頭で、風俗や文学の面において顕著である。資料によると、走りは古事記や日本書紀で、その後万葉集などで四十首ほどが詠まれている。平安朝の古今和歌集に至っては、約百余首が桜花を詠んだ歌である。いずれも、貴族文化を反映したもので、上流人の花によせる心情が託されていて、味わい深い。

中世に入ると、徒然草や太平記、新葉和歌集などにおいて歌われ、花散る様は武士の人生観と重なった。その背景には、武家文化の興隆があった。武士の間では〝花は桜木、人は武士〟と言われ、散り際の潔さは武士の死に対する覚悟と重ねていたようである。

信州・高遠城主だった仁科五郎信盛を思いだす。彼は戦国時代を生きた志士の一人で、武田信

その遺志を継いで西の要塞・高遠城を守り抜こうとした

しかし、時の流れは織田軍勢で、その破竹の勢いは仁科五郎信盛の前に立ちはだかった。織田軍勢と戦うことは、大河の急流を一人泳ぐようなものである。織田信忠との合戦がそれである。

彼は「甲州武者の武勇とはどんなものか見せてやる」と言って、大軍を城内に寄せた。そして、熾烈な戦いの最中に、自ら腹を十字に搔っ切った。壮烈な自刃を遂げた武士として、その武勇伝は今に伝えられている。この信盛の最期こそ、桜花の散りぶりそのものである。それはまた、永劫に散ることのない甲州武士魂の真髄があったともいえる。

今この城は、太鼓櫓だけをわずかに残し、高遠城址公園となっている。ここに咲くのが高遠桜で知られる固有種〝タカトオコヒガンザクラ〟である。公園のいたるところに桜木が植えられ、中には樹齢百年にも及ぶ小彼岸桜の古木もある。四月も下旬になると、およそ千二百本もの桜が、万朶と咲き誇る。淡紅色の花を幾重にも重ねて咲き狂う。そしてその散る様は、霞か雲かと思わせるほどに、辺り一面にたなびいて散る。壮観というしかない。

筆者も、帰省の折はこの公園を漫ろ歩く。そして足元に舞い散る歴史の花びらを踏みしめては、落花流水の堀に思いを巡らしている。

さて、花見が庶民の行楽となったのは、江戸時代からだ。それ以前は宮中行事として、平安朝のころから、花宴、桜狩、桜会、花合などが華やかに催されてきた。行幸の花見として有名なのは、慶長三年に豊臣秀吉が催した〝醍醐の花見〟で、これは史上最も豪華なものだったという。

こうして見ると、桜は常に日本民族の精神風土の中で咲き続けてきたように思う。国花となったのも、故なきことではない。そして今日、桜は庶民の心の安らぎの花として、何処へ行ってもその美麗な姿を見せてくれる。庶民の花として、酒とダンゴの上に散ってほしい。

筆者は、同じ桜花でも、人里離れた山奥で、ぽつねんと咲く山桜の方が好きだ。酒とダンゴと本をもって、一人山桜の下に這い、舞い散る花弁を払いたい。夢だろうか。桜の花ことばは精神美である。醜穢（しゅうわい）な現代社会の中で人間の精神美を考えようとするならば、それは桜の花を見るしかない。桜花薫る季節がまたやってくる。わたしの人生の花はこれからだ。

（昭和五十七年四月記＊一九八二年）

環境と戦ってこそ健康

六月に入って、暑さも一段と加わってきた。本格的な夏シーズンの到来である。真夏を思わせる暑い日に、たまたま知人の車に乗せてもらった。デラックスな新車だが、クーラーがついていない。そこで、なぜ冷房をつけないのかと聞いたら「冷房は体によくない。それに、夏は暑いのが当たりまえで、汗をかいた方が健康にもいい。第一、自動車にクーラーを取りつけるとなると、二十万円はかかる。金を使って体をこわし、その金を稼ぐためにまたあくせく働いて体をこわす。

こんなバカげたことはない」と、彼は口角泡を飛ばした。

ある大学の臨床医の教授も言っていた。「自分も、家ではクーラーを使わず、週に一度は庭に出て、好きな庭木の手入れをする。暑さが耐えられないくらい十分に日光を浴びて、全身に汗をビッショリかく。気持ちがいいですよ」と。

現代人はあまりの便利さの中で、自然とのかかわりあいを忘れかけているようだ。暑いと言っては冷房をつけ、寒いと言っては暖房を入れ、家も車も電車内も、そしてオフィスにいたるまで、暑さ寒さ知らずの環境にいる。たしかに快適で、仕事の能率も上がるかもしれない。

先に発表した厚生省の国民医療費の現状と推移を見て驚いた。昭和四十年ごろの医療費はたった一兆円程度だったのが、昨年の昭和五十三年度には、なんと十兆円を超している。このデータから、患者の数は年々増大していることは確かだ。今の社会は衛生状態も良くなり、医療も進歩したというのに、なぜこうも病人が増えるのか、矛盾しているといえば矛盾している。

こうした現状は、専門家からも指摘されているが、その大きな原因のひとつは、科学技術によって生み出された文明社会のゆがみであろう。クーラーの話はほんの一例で、このほか車社会や公害、添加物、人間疎外、情報過多、欲求不満等々、あげればきりがない。高い金を払って、病気を買っているようなものだ。まことに滑稽というしかない。このままいけば、長寿国ニッポンは、やがて病人大国ニッポンの汚名を着せられる。

高等動物の頂点にたつ人間が、健全なる個体維持をはかるためには、文明人らしい知恵の発現が、今こそ望まれている。どこまでも人間の生命の尊厳を第一に、そのうえでの科学や医学を用いて、一人一人が日常生活の中で改善していく努力が求められる。

暑い夏を迎えようとしている今、真摯に自然と向き合い、人間と自然の調和について熟考する時だ。人間という生体の仕組みや機能、自然の摂理などについて思いを馳せる時だ。なぜ、汗が出るのか？　現代病の原因は何か？　ストレスとは何か？　自然治癒力とは、適応力とは、さらに生命力とは何か？　について、より正確な知識や情報を身につける必要がある。

健康を維持増進するうえで、環境とどう調和して生きるか、今最も問われている課題でもある。日本には四季という気候があり、温度や湿度、風、水、土などの自然に富んでいる。セリエ博士のストレス学説からすれば、こうした様々な自然環境にともなうストレスは、ある程度必要なことであり、四季の変化が健康の維持増進に欠かせない要件となる。

細菌学者のルネ・デュボス博士も『健康という幻想』の中で「心配のない世界で、ストレスもひずみもない生活を想像することは、怠け者の夢にすぎない。人間は環境と戦って生きていくように宿命づけられている。この危険のまっただ中で生きてこそ、生命の法則にかなった健康への道がある」と述べている。

環境との戦いは、自然との調和をはかるための戦いでもある。自然と適応して進化してきた人間が、科学技術で作りだされた人為的な環境に、安易にくみすることだけは避けたい。

（昭和五十四年六月記＊一九七九年）

自然に近いライフスタイル

　昨今の健康問題は、極めて複雑かつ容易ならざるものになってきた。その元凶は、ひと口で言って文明の発達にある。もちろん、文明社会を否定するものではないが、こと人間の健康と病気に関していえば、文明の進歩発展は、良くも悪くも大きな影響を受けている。

　これは、今日の進んだ高度文明社会だからこそ、比較検討できる問題であって、文明がもたらした功罪でいえば、その罪は少なくない。文明が進んだ近代社会というのは、技術的・物質的所産の象徴される社会である。物が豊かになり、人々の生活水準は上がり、便利で自由な生活が謳歌できる、まさにバラ色の社会だ。

　その文明社会を築き上げてきたのは、言うまでもなく人間の知識と知恵だ。しかし、その知恵と知識には時として大きな落とし穴がある。人間が完全無欠の存在ではないことの証でもあるが、愚かにも人間は墓穴を掘ってしまった。

　そのひとつが、現代医療だ。誰でも、人は健康で長生きしたい。そうした人間の本能的欲望に応えようとして発達してきたのが、現代西洋医学でもある。現代西洋医学は、デカルトの心身二元論に端緒があるとされている。人間を物質的側面から解明しようとして発達したのが西洋医学で、どこまでも人間を〝モノ〟としてみてきた。

現代医学を支えているのは、いうまでもなく科学である。科学でもって、医療技術は目覚ましく発達し、新薬もつぎつぎと開発されていった。その先を考えたら、どんな病気でも現代医学で治せるのではないか、という夢を私たちに抱かせたのである。

現代医学は対症療法としてはそれなりの成果をあげた。しかし、一方において新たな病気がつぎつぎと発症し、罹患数も増えて、病気の治療が追いついていかない。いわゆる成人病（※後に生活習慣病という呼称に変わる）の急増である。これを〝文明病〟と名づけた医師がいたが、けだし至言だ。

戦後まもない頃、死因の一位を占めていた肺結核は、徐々に姿を消していった。これは、文句無しに現代医学の勝利だった。菌のように外部から侵入し感染して引き起こす病気には、薬で叩くことによって激減したのである。

この結核をはじめとする感染症に取って代わったのが成人病である。成人病の原因は、そのほとんどが内発性の病気で、これには現代医学も手を焼いた。薬や手術である程度の改善や予防はできても、病気の完治はなかなか難しい。病因が食生活、運動、休養、喫煙、飲酒などのライフスタイルからきていて、しかも要因が複雑にからみあう。その結果発症した疾患が、がん、心臓病、脳卒中、糖尿病などに代表される成人病である。

いま、私たちが立ち止まって考えねばならないことは、ライフスタイルの見直しであろう。便利で豊かな生活の見直しである。食生活だったら、加工食品や農薬まみれの食材ではなく、できるだけ自然の食材を摂ることだ。運動不足の解消なら、車をできるだけ使わずに歩くことであり、休日はしっかり休養をとることだ。喫煙や飲酒もほどほどにして度を超さないことだ。こうした平時の生活から見直し、より自然に近い生活に戻すことだろう。

ある医師は「満ちたりた中での、健康や長寿の考え方は危ない」と指摘した。豊かな物質文明社会、便利な技術社会に安易に身を委ねるのではなく、自らの強い意志で現代文明に抗しつつ、少し不便でも少し不足しても、より自然の側に生活の基盤をシフトすることだ。

（昭和五十五年九月記＊一九八〇年）

理想的な死とは？

一般に生物の死というと、自然な形の死を想像する。植物であれば、秋になると葉は枯れて散り、実は地に落ちて一生を終える。野生動物もその寿命を全うすれば、大自然で静かに死を迎え、命は大地に還って永遠となる。

では、人間はどうであろうか？　歳をとり老いてやがて寿命がくると、何の苦しみもなく、自宅の寝室で家族に見守られながら、安らかに息を引きとって一生を終える――のだろうか？

もちろんそういう人もいないではないが、いても極まれだ。大半の人は、身を病に冒され、痛みや苦しみと闘いながら、病院の一室で寂しく生を閉じる人が多い。それが、現代人の死に方の一般的でもある。

死の受け入れ方には、人によってさまざまである。老衰死のほかに、病死、事故死、自殺、他殺、戦死などがあるが、老衰死と自殺を除いてはいずれも自ら選んだ死に方ではなく、不本意な死ともいえる。誰でも死は受け入れたくないに決まっている。とはいえども、永遠の生とは思っていない。どこかで、死を受け入れなければならないことも覚悟はしている。

死への忌避、それは死という未知への遭遇に対する恐怖感であろう。夜の眠りのように死を迎えられたら、と願うのも人の心情だ。

自然界の生物のように、自然に委ねた死を受け入れるとなると、それは「老衰死」しかない。老衰死は、死因と推定できる病気がなく、心身の老衰によって自然に生を閉じる死をいう。枯れ葉が落ちるように……。そういう死を迎える人は稀少だ。

多くの人は、現代医療にとっぷり浸かって、最後を迎える。医療への信頼が延命治療につながり、患者自身に苦痛を強いる結果となると、本人にとっても家族にとっても大きな負担となる。「尊厳死」という言葉はそこから生まれてきた。

一九七七年、アメリカのカリフォルニア州で成立した「自然死法」がそれで、他の州にも広がった。回復の可能性がないなかで、本人の意思表示が明確であれば、延命のための医療行為を中止しても違法ではなく、自然に死を迎える通常の医療判断範囲であると定めた法律である。がん・脳卒中・心臓病・肺炎などが死亡原因の大半をしめる昨今、私たちは現代医療とどう向き合うのか、個々人で再考する機会である。

ある医師が語っていた。「人間は天寿を全うし、自然死することが医学上でも理想であろう。その理想に至らしめるのが医学にたずさわる者の重大な使命である」と。医療が直面する課題を一番知っているのは医師でもある。単に病気だけを治す医療ではなく、人間全体を診る医療がいま問われている。

（昭和五十五年二月記＊一九八〇年）

「もつ」ことと「ある」こと

先日、ある大学の哲学教授と話す機会があった。話題が生き甲斐論に及んだとき、これからの文明社会においては「もつ」よりも「ある」ことが重要視される時代になると語った。

戦後のモノ不足の時代を生きた人達にとって、「もつ」ことはきわめて重要な価値だった。家を持つ、車を持つ、テレビを持つといったように、物を所有することによる物質的な豊かさが、幸福感や生き甲斐にもつながっていた。

高度経済成長によって物質的に豊かな社会になると、労働賃金もあがって収入が増え、お金さえ払えば何でも手に入れることができる時代になった。そして、物質的なものへの欲望は、より高価なものを手に入れたいという欲望へとエスカレートしていった。

しかし、やがて人々は衣食住が標準的なレベルに達すると、「もつ」ことだけでは満足しない、「ある」ことへの欲望へと変わっていった。この「ある」とは何か？　それは「人間である」「自分である」の「ある」である。つまり「人間としていかにあるべきか」という存在への欲望である。平易にいえば〝人間らしさ〟であろう。

こうして文明社会は、物質文明から精神文明への転換を迫られたのである。たとえ、物質的な側面で満たされなくても、日々の生活に「生き甲斐」を感じる、生への「充実感」がある、人に対して「尊敬し感謝する」ことができる、といった心の充足感である。

教授は、この「あるという側面を、より深く広く増大させていくには、修養であり、教養ではないか」と語った。自身の内面をどう磨き、高めるかは、それぞれ個々人に課せられた課題である。優れた人格形成、それを確かなものにするのが、その人の人生観でもある。

では人生観は何をもって指標とするのか？　やはりそれは哲学だろう。古来「人間とは何か？」「人間はいかに生くべきか？」といったテーマについて、幾多の哲学者や思想家によって探究され続けてきた。時にそれは、唯物論や唯心論であったり、観念論であったり、実証主義やプラグマティズムであったり、また実存主義として、さまざまな哲学的アプローチで人間の有り様を追究してきた。しかし、依然として「人間とは何か？」について明解な回答はない。

　もう、十余年も前のことである。大学で哲学講義を受けたとき、その教授はいみじくも語っていた。「今、ベトナムの地で、毎日のように戦争が行われている。不幸なことだ。それについて、日本人である一部の学生諸君は〈武力介入はやめろ！〉〈帝国主義を打倒せよ！〉〈民族の自決によれ！〉などと、キャンパスで勝手なことを言っている。それもよかろう。だが、現実にベトナムの地で国民同士が銃を持って、お互いに殺し合っている。その彼等の運命というか、宿命というか、そういった人間の根本問題について一度でも考えてみたことがあるか。現代哲学は、今まさにこの一点で、行き詰まっていると言ってもよい」と。

　教授はさらに言葉を続けた。「最近、宗教に対する関心が高まっている。宗教というと、君達はすぐに非科学的だといってバカにするかもしれないが、既存の哲学がいま大きな行き詰まりを見せている中で、自身の存在意義を現実的な側面から捉え直し、日々の生活の中で活かし、それが人生にとって有益性であるならば、混沌とする現代社会の中で、宗教が果たす役割は大きい」と語った。

　この宗教的な人生観の有益性と、先に述べた教授の言う「ある」人生観への指向は、共に響き合う思想性を帯びている。人間にとって真に「存在することへの叡智」が、いま最も問われているのである。


（昭和五十四年三月記＊一九七九年）

昔ばなしを語り継ぐ

「むかしむかし、あるところに、おじいさんとおばあさんが住んでいました。おじいさんは山へしばかりに、おばあさんは川へせんたくに行きました」と言えば、誰でも知る『桃太郎』の話である。幼いころ、母親の懐で昔ばなしを聞いた人は、決して少なくない。筆者も例外ではない。昔ばなしは童話のことであるが、〝お伽噺（とぎばなし）〟とも言われる。

このお伽の「伽」とは、話の相手になって退屈を慰めたり、機嫌をとったりすることで、戦国・江戸時代に主君のそばにいて、話し相手をつとめること、またその人のことを伽と言った。したがって、お伽噺は相手の徒然を慰めるために語り合った噺のことである。

その後昔ばなしは、口碑としての伝説や昔から世に言い伝えられた民話を、創作したり再話したりして親しみやすくし、子ども達に聞かせる話の類にしたのが童話なのでる。

さて、日本五大お伽噺と言えば、この『桃太郎』をはじめ『花咲じいさん』『舌切りすずめ』『さるかに合戦』『かちかち山』がある。どれも絵本で何度か見たり、また聞いたりした童話ばかりだ。

どの話にも、それなりの教訓がある。『桃太郎』は、愛情いっぱいに育てられた桃太郎が、親を苦しめた鬼たちを退治して、宝物を持ち帰り、親を幸せにする恩返しの物語だ。

『花咲じいさん』は、欲張り爺さんに追われたイヌが、やさしい爺さんに助けられ、可愛がられて育ったが、やがて欲張り爺さんに殺された。殺されてもやさしい爺さんへの恩返しの魂は生き続け、イヌは大木となり、臼になり、焼かれて灰となった。

その灰を、やさしい爺さんが畑にまこうとしたら、灰が枯れ木の枝に飛んで桜の花となり、みごとに咲いた。花を咲かせたことで殿様から褒美をもらい、やさしい爺さんは幸せに暮らした。一方、欲張り爺さんは牢屋に入れられ、不幸な人となった。善人は幸せになり、悪人は不幸になるという教訓の話だ。

『舌切りすずめ』は、心やさしい爺さんと、欲深い婆さんの話だ。すずめが、婆さんの作ったのりを食べたといって、舌を切られた。やさしい爺さんはすずめが可哀想になり、森に逃げ帰ったすずめを探しに行った。すずめは大変に喜び、爺さんに大判小判の宝物がたくさん入ったつづらをお礼にくれた。

それを見た欲深い婆さんは、私も欲しいといってすずめのいる森に行き、大きなつづらをもらったが、それを開けるとムカデ、ヘビ、ハチ、恐ろしい顔のお化けが入っていて腰を抜かした。欲張り婆さんにはバチがあたり、生き物を可愛がることの大切さを教えてくれた物語だ。

『さるかに合戦』は意地悪いサルと、素直でやさしいカニの話だ。ずる賢いサルは、カニが持っていたおにぎりが欲しくなったので、自分が持っていた柿の種と無理矢理に交換した。カニはもらった柿の種をまいたら、芽を出し、すくすく成長し、やがて秋になるとたくさんの柿の実をつけた。

カニはおいしい柿の実を食べようとしたが、木に登れない。それを見たサルは、木に登って柿の実をみんな食べてしまった。カニは泣きながら、友達の臼、ハチ、クリに話したら、皆が応援してくれてサルをやっつけた。「もう意地悪はしないから、ゆるして下さい！」とサルは謝って改心し、みなが仲良しになったという昔ばなしだ。

『かちかち山』も、性悪タヌキと心やさしいウサギの話だ。タヌキは爺さんの作ったイモを食べてしまい、婆さんをだましたうえ殺してしまった。それを知ったウサギは、「爺さん、ボクがタヌキをやっつけてきます」と言って、タヌキ退治にでかけた。

タヌキを山にしばかりに誘い、背負っていたしばに火打ち石で火をつけ、背中に火傷を負わせた。さらにタヌキを海へ釣りに誘い、泥で作った舟にタヌキをのせ、泥舟もろとも海の底に沈ませて爺さんと婆さんの仇をみごとにうった、という美しい話だ。

母親は、物語ったあと「だから、人にはやさしくしてあげ、困ったときに助けてあげれば、今度は自分が助けられるよ」「助けられたら、今度はその恩をかえしてあげられるやさしい人になるんだよ」と。「威張ったり、いじわるしたり、欲張ったり、ウソをついたりすると、いずれ自分が損をする。最後にバツをうけるのは自分だよ」と、諭すのであった。

その頃は、何が良いことで何が悪いことなのか、理解できなくても「ウン」とうなずくだけだった。その本当の意味がわかってきたのは、それから五年後、十年後、いや何十年もたった後だったかもしれない。

　昔ばなしほど、非現実的で夢語りで、単調なストーリーはない。登場する人物は、普通のお爺さんやお婆さんであったり、動物は身近にいるイヌやサルやウサギ、スズメやタヌキなどである。ただ、ここに登場する動物は擬人化されているため、人間と同じ心をもった動物である。

　それらが、物語になると善人役になったり悪人役になったりする。善人と悪人を対峙させることで、善行とは何か悪行とは何かを、読み手や聞き手に伝えようとしている。勧善懲悪の世界がここにはある。

　話の中で、登場する人物や動物の考えや行動をとおして、人間が生来にもっている善良さを気付かせる狙いがある。そして、それを阻もうとする邪悪な心を反省し、抑制することで、人間として生きるための正しい心の有り様を、自らコントロールできるように教え諭している。人間形成の原点がここにあるように思う。

　世の中の仕組みや善悪の価値観が、まったくわからない幼少期であっても、母親の語り口調が心のひだに染み入って消えなかったのは、人の〝善性〟に訴えるものがあったからではないか。物語による教訓が、人格形成のうえで大きな糧となるのである。

　昔ばなしは、フィクションの原型と言ってよい。作り話で、非現実で、虚構このうえない。にもかかわらず、読み終わった瞬間、何故か人間として生きるうえでの心の大切さが迫ってくる。

その一瞬、リアリティーとフィクションは対極にあるのではなく、同一概念に内在していることに気付くのである。

昔ばなしという単純な文学形式を用いて、人智を育んできた先人の賢さに、ただただ敬服するばかりだ。日本の風土で育った口承文学、また伝承文学と言われるものが、今後も時代をこえて日本人の生活の場に生き続けていって欲しいものだ。

昨今のテレビやマンガ社会の中にあって、母親が子どもにお伽噺を聞かせるなんて、それこそ遠い昔ばなしになりそうだ。「テレビを見るな」「勉強しろ」「塾へ行け」としかる教育よりも、親と子が肌のぬくもりを感じながら、昔ばなしのひとつでも語り合える仲になったら、今日、社会問題化されているような教育問題はもっと少なくなるだろう。

（昭和五十二年十月記＊一九七七年）

子どもの目線に立って

先日、愛知県下で女子中学生の集団入水自殺があった。年々ふえる傾向の少年少女の自殺であるが、今回のように集団で死への行動を起こした例は少ない。それだけにこの自殺形態は、現代的状況を浮き彫りにするひとつの事象でもある。

自殺を図った三人の女子中学生は、「もう学校がいやになった。みんなで一緒に死のう」と話し合って行動を起こし、降りしきる雨の中、手をつないで濁流の中へ入っていったという。

「一緒に死のう」と決めた背景には、それなりの理由があったという。三人のうち二人は、これまで髪の色やスカートの長さのことで、先生や親に何度か注意されたことがあり、家出もしたことがある。

また仲のよいグループとの間でトラブルが起きていたことや、受験をひかえての悩みなどが複雑に重なりあって、死への道を衝動的に選んだのではないか。

結果的に、一人が自力で岸にはい上がって命は取り留めたものの、残る二人は四日後、かなり下流に流され遺体となって発見された。悲しい現実である。

なぜ彼女たちは、死への行動を共にしたのだろうか。現代っ子的な行動心理からすれば、不思議ではないと指摘する人もいる。集団で万引きをしたり、好きなタレントや歌手がいれば集団で狂気して騒いだり、という行動心理は決して珍しくない。

この世代にとって、集団はある意味で心を安定させる場なのかもしれない。つまり、心のひ弱さからくる個の不安定さが、他との結びつきを強め、小グループをつくり、集団の中で個の安定を図ろうとする傾向であろう。「赤信号、皆で渡れば怖くない」的な心理がそこにある。

もとより、集団が悪というのではない。ある仕事や目標を達成しようとするとき、個よりも集団で行動を起こした方が、より大きな成果をあげることはいくらでもある。

個か集団かは、時や場合によって異なるが、今回のように自殺という自己否定の目的を、集団という場の中で達成しようとする心理は、心の脆弱性そのものであろう。もっとも、個の自殺であっても、心の脆弱性には変わりはない。

となると、今回の集団自殺は、個の脆弱性の連鎖ともいえる。悩みに浸りあい、同情し合い、生きる価値の喪失を共有し合う連鎖だ。弱い命は、外部からの刺激に耐えられず、ついには自分の生を否定することにおいて、苦しみから逃避しようとする。

中学生という年代は、ことのほか多感な青春時代だ。周りの一言一行に敏感に反応し、感応しやすい。自分の行為や考えを少しでも否定されたり、また叱責されたりすると、人格のすべてが否定されたと思い込み、生きている価値を見失う。

したがって、親や教師や家族など周囲の人は、中学生世代に対しては、言葉のかけ方や接し方には、ことのほか慎重であるべきだ。大人目線による、不用意な言動には注意しなければならない。子どもに対して、許容できることと許容できないことがあるが、それをどう子どもたちに納得させることができるかは、大人たちの責任でもある。

人格の尊厳と言ってしまえば簡単だが、子どもの目線に立つ努力が、まず親や教師には求められよう。その上で、正しいことと正しくないことの違い、また社会の中で生きることの意義や価値、他人への思いやりや時には耐えなければならない忍耐などについて、丁寧に粘り強くコミュニケーションする以外にない。

その要諦は、子どもというより一人の人格として受け入れ、そのうえで最大限の慈しみと愛情をもって接することである。やがて子ども達は、成長する過程で多くの苦難を乗り越える力を身につけ、苦難を知ることで生きることの素晴らしさを実感し、命の大切さを骨身で感ずる時が必ずくるに違いない。

（昭和五十二年七月記＊一九七七年）

家庭を価値創造する

戦後と言っても、昭和三十年代の後半から、日本の家族形態は大きく変わった。いわゆる核家族時代がそれである。この核家族化は、旧来の大家族制からの脱皮を意味し、経済成長や社会構造の変化を背景に、必然的に産まれてきた新しい生活パターンである。

これには地域性がある。核家族は比較的人口が多い都市部に多く、大家族は農村部などにその形態を残している。昔から日本の家族は、ほとんどが大家族だった。市町村役場の書類には、必ず「世帯主」の欄があり、その家族を構成する主たる人の氏名を書かなければならない。

つまり、大家族には世帯主である夫婦がいて、その子どもが複数いると、たいていは長男が結婚して親と同居し、その子どももまた一緒に生活する三世帯同居だ。中には、世帯主の兄弟姉妹の家族が同居している場合もある。多種多様な理由によって大家族が構成されるが、そのなかで世帯主夫婦以外の夫婦が同居する場合を拡大家族ともいわれる。

一方、核家族は夫婦と未婚の子どもで成り立っている家族のことをいう。中には夫婦のみの場合や、また父親かまたは母親とその未婚の子どもが一緒に生活している核家族もある。

しかし、近年ライフスタイルの近代化とともに、長男だからといって家に残り、親と同居しなければならない、という風習への反発が起こった。子どもであれば誰でも親から独立して自由な生活を選択できるという風潮が芽生えてきたのである。

この新しい核家族形態は、二十年たった今日になって定着してきた観はあるが、その一方で、再び親と同居する傾向も出てきている。ただ、核家族化は流動する社会情勢の中で問題がないわけではない。

最近多くなってきた離婚や家庭不和、親の子殺しや子どもの不良化、家出、さらに夫の蒸発などが増えている現状を考えると、こうした家庭生活の崩壊と核家族化はまったく無縁とはいえないようだ。大家族であっても核家族であっても、それぞれ一長一短があるなかで、日本の家族形態の在り方を、もう一度見直してみる必要があろう。

日本に住むある外国人女性が、ある新聞紙上で、日本と西洋の家庭の違いについて興味深い発言をしていた。それは、西洋は家庭の中心が夫婦であるのに対し、日本は親子が中心、中でも特に母子が中心となっている。

また夫婦という関係性においても、西洋の場合はすべて対等に分かちあう友達であり仲間であるのに対し、日本の場合は、夫は夫、妻は妻の役割と責任があて、それを分担している関係にある。また、西洋の家庭は開放的であるのに対し、日本は閉鎖的である、といった相違点をあげていた。

なるほど、言い得て妙である。日本の家庭によくある〝ダメおやじ〟と〝教育ママ〟はその典型かもしれない。夫は朝早くから夜遅くまで働き蜂のごとく働いて、給料を妻に渡すだけ。妻は、家事一切と子どもの教育のすべて任される。母と子が中心の家庭構造が、歪んだ過保護や受験地獄を生み出す。やがて、子どもを育てあげた後の主婦の生き甲斐や、定年を迎えた夫の生き甲斐の喪失は、もはや社会問題となっている。

その点、西洋の家庭のあり方には合理性がある。家庭の中心は夫婦で、その周りに子どもがいる。子育ては二人で責任を負う。小さい時から家事の手伝いをさせ、自分のことは自分で責任もってできるように躾ける。その自律的人格形成の場が、まさに家庭なのである。

子どもへの知的教育だけが家庭教育ではない。有名校への進学に翻弄されている姿は、親のエゴイズムのなにものでもない。真の子への愛情とは、子の独立自尊への手立てであり、親の率先垂範こそが子ども教育の原点であろう。大家族であろうが、核家族であろうが、変わりはない。

家庭という生活の場は、夫婦や親子、家族のみなが苦楽を共に味わう場であり、明日への活力を生む場であり、心身の安息所であらねばならない。社会の縮図としての家庭を、どう価値創造するか、いま日本の家庭に問われている。

（昭和五十二年六月記＊一九七七年）

“半健康”という病

相変わらず健康ブームが続いている。老いも若きもマラソンに興じたり、スポーツクラブに通ったりして、自分自身の健康への関心を高めている。これは、物質文明がもたらした豊な社会にあって、モノ、金、地位、名誉などといったものよりも、より良く生きるための絶対条件としての健康に、生への価値を見いだそうとする傾向の現れであろう。

健康問題は、単に身体的な側面だけではなく、精神的かつ社会的な面においても、健全であることを意味している。とはいっても、まずは身体の健康が第一義である。日進月歩の現代医学にもかかわらず、患者の数は年々ふえ続けているのが現状である。病気をしたらクスリを飲み、注射をし、それでだめなら手術するといった西洋医学流の医療が中心だ。

しかし、がん・心臓病・脳卒中・糖尿病などのような現代病は、医療が進歩したとはいえ、そう簡単に治せるものではない。風邪をひいて熱が出たから、解熱剤を飲んで熱を下げた、というようなわけにはいかないのが現代病である。

ウイルスや病原菌のように、外から侵入した病因には薬や注射で容易に対抗できても、がんを初めとする現代病は、一筋縄ではいかない。それは、病因が内因性だからである。

現代病を作り出している原因は、複雑である。その人のライフスタイルや生活環境、食生活や人間関係などが複雑に重なり合って、生体内で異変を起こして病因となる。またの名を文明病とも言われているが、原因は文明が作り出したといっても過言ではあるまい。

最近、新聞や雑誌やテレビなどで、「自律神経失調症」とか「不定愁訴症候群」などといった、聞き慣れない言葉をよく耳にする。専門家に言わせれば、これが現代病への赤信号と言う。

吐き気、頭痛、めまい、のぼせ、肩こり、手のしびれといった症状があるため、医療機関で診てもらったら「特に異常はありません」と言われ、「まあ、自律神経失調症でしょう」とさりげなく言われ、最後に「気のせいでしょう」と言われて、しぶしぶ病院を後にする人も少なくない。

実際に自覚症状があるのに、病名がつかない。病名がないものを治療することができなのが現代医療だ。おかしな話だ。病名はつかないが、日常的にさまざまな症状で苦しんでいる人が、どれほど多いことか。

こうした身体的苦痛の状態を〝半健康〟と言った人がいた。病気ではない、しかし健康でもない。放っておけば、確実に病気になる。現代の医療制度は、それが分かっていても、そこにかかわろうとしない。この身体的苦しみを、いったい誰が癒してくれるというのか。

予防医学という聞こえの良い言葉がある。疾病の予防や、病気になりにくい心身の健康増進を図るための医学のようだ。つまりは、病気になってからそれを治すのではなく、病気になりにくい心身を作ることがその目的だ。

なぜ現代医療は、そこまで門戸を解放できないのか、それが問題だ。アーユルヴェーダなどの伝統医学は、もっと包容力があって懐が深い。健康か、病気かという二者択一で診るのではなく、ホリスティックな観点から人間の健康を捉えている。現代医療もそうあって欲しいと思うのは、私ひとりではあるまい。

所詮は、自分の健康は自分で守るしかないということだ。医療に丸投げしないで、自身で健康自衛のための知恵を日ごろから学び、実践し、努力することが肝要となろう。

その要点は三つある。一つは、食生活だ。「食は命なり」とあるように、食が命を育み健康を作る。どういう食材を、どのくらいの量で、どのようなバランスでもって、どのように食べたら良いのか知ることだ。

二つ目に、適度な運動を怠らないことだ。これも、どういう運動を、どのくらいの時間行(おこな)ったら良いかを知ることだ。三つ目は、心のコントロールだ。心身は一体であるが故に、昔から「病は気から」と言われている極意を心得ることだ。心因性のストレスが、多くの病気の引き金になっていることは、医学的にも証明されている。精神生活のあり様が、健康の維持・増進の要ともなる。「プラス思考」の生き方に、健全な身体をつくるカギがあるかもしれない。

(昭和五十二年記＊一九七七年)

対話は信頼回復への一歩

先ごろ、老母が実の息子に殴り殺されるというショッキングな事件が起きた。息子が風呂に入ろうとしたら、先に母親が入っていることを知り、カッとなって、殴ったりけったりの乱暴をして殺してしまったという。親子関係だけに悲惨極まりない。

背景には、生活苦からきた家庭不和が原因にあるようだ。どういう家庭環境にあったのか、またこれまでの親子関係がどうだったのか、詳しく知るよしもないが、先に風呂に入ったから殺してしまう、という単純な理由だけとは到底考えられない。それまでに至る過去の因縁が積み重なっていたことは、容易に想像できる。

どちらに原因があったのか予断を許さないが、結果からすれば最悪の道をたどってしまった。それにしても、現代社会特有の事件のひとつであることは確かだ。

この事件を聞いて、ふと感じたことは〝対話〟と〝信頼〟ということだ。人間関係を良くするも、悪くするも、対話と信頼のありようにかかっていると言っても過言ではない。他人であっても、親子であっても同じである。

問題は、普段から親子の対話が交わされていたのか、また対話の前提となる〝相手への信頼〟

の心が双方にあったのか、が問われよう。確かに、相手によっては対話がしたくない、また出来ないこともあろう。相手を信じたくても信じられないという事情もあろう。

しかし、対話という行為を放棄したら、もはや人間でなくなる。人を信じることを失ったら、動物となんら変わらない。会話というコミュニケーションの道を閉ざしたら、人の心を読み取ることは容易でない。その人を信じてこそ、自分もまた人から信じられるからである。

母親が、わが子を一人の人間として認め、信頼するところから会話を始める努力が、人を理解する第一歩だ。意見も考え方も、また行為においても、親の思っている通りにいかないのが世の常だ。つまり、親子間の価値観の相違が、会話を閉ざし、信頼を失う要因にもなっている。

親として、子の行為を認めたくない、許せない、放っておけないことがあっても、まず親の方から一歩譲って子どもの価値観を受け入れることだ。その譲る心に、子は親を受け入れようとする心の扉を少しずつ開き始めるのである。親子の信頼関係の醸成はそこから始まり、会話の第一歩が始まる。

この母親殺しの事件を推測するに、生活苦というから、生活するお金に相当困っていたのであろう。それを知りつつ、子どもは怠けて働こうとしなかったのか、それを親が日常的に責めていたのか、詳細は定かではないが、日常的に感情的な言い争いがあったにちがいない。

どうしても埒が明かないときは、親として、兄弟や親戚に、また行政の窓口などに行って相談する手もある。そうした努力の中から、少しずつ解決への道筋が見えてくることもある。誠意ある努力をしていけば、どこかで第三者が温かな手を差し伸べてくれることもあるのだ。

それとて、対話と信頼がベースだ。親子においても家族においても、地域や職場においても、対話と信頼が欠如したら、人間関係は成り立たない。人間関係が壊れたところに、友情も尊敬も愛情も育たない。現代世相にみるエゴイズム、しらけ、人間不信、退廃ムードが、なによりも対話の欠如と信頼の喪失を物語っているように思われる。

人間関係において、時に対立することもあろう。しかし、粘り強く誠意をもって、時には相手の立場にたち、真剣に話し合ってみることだ。対話回復は、人間回復への第一歩である。

（昭和五十一年八月記＊一九七六年）

自然は、教育者であり母である

春もまだ浅い日の日曜日、家の近くを散歩していたら、三〜四歳ぐらいの男の子を連れた母親と出会った。童謡を口ずさみ、会話を交わしながら子どもの手を引いて歩く姿は、実に微笑ましい。

男の子は、突然母親の手をふり払うと、田んぼの土手に駆け登り、小さな花を見つけると「ママっ、きれい！」と叫んだ。花を見つけた喜びが、男の子の全身にあふれ出ている。

もみじ手の愛らしい手で花を優しくつつむ姿に、母親も思わず駆け寄って一緒に歓声をあげた。「あら！　きれいネ〜。何のお花かな?」「ママっ、ここにもあるよ。ほらっ！」と、また歓声をあげた。

花と子どもと母親の奏でるハーモニーが、春うららの田園にさわやかに広がった。やがて二人は、花との別れを惜しむかのように、その場を立ち去って行った。

その光景を、少し離れたところで見ていた私は、無性にその花を見たい衝動にかられた。吸いつけられるようにして、花のそばへ近寄ると、そこには、淡い紫色のスミレが二つ三つ、若草の間から顔をのぞかせていた。スミレは、春の道ばたや土手に無造作に咲く花のひとつだ。

この辺りは、戸建ての家やアパートが散在し、近くには最近出来たマンションもある。地元の人が耕している畑や田んぼが、まだあちこちに残っていて、市街地とはいえどこか田舎の風情が残る地域だ。

それにしても、花を見つけたときの子どもの笑顔が、脳裏に焼きついて離れない。全身に命の輝きがあった。純真無垢な心の美しさが伝わってきた。私の心も子どもの心と共鳴して一瞬輝いた。命の輝きは、間違いなく他の人に伝播する。子どもの美しくも無垢な心が、私の命を浄化してくれたのだ。

子どもの心は、ストレートに自然を受け入れる。その意味で、幼少期からできるだけ自然に親しみ近づけることは、何にも勝る人間教育といえる。ルソーが「自然に帰れ」と叫んだのはその草花ひとつとっても、その色合いや大きさ、形、匂いは千差万別だ。時には、悲しい心を癒してくれたり、失望した心に希望の明りを灯してくれたりする。無言で語りかける自然の前に、私たちはすべてを許してひざまずくしかない。そして自然をいっぱい享受するのだ。

もちろん草木に限ったことではない。自然を織りなす山や川や里、空や雲や風、そしてそこ此処に棲む虫、鳥、魚、動物のすべては、偉大なる自然の権化だろう。そこには、妬みや欲望や権威や悪心など微塵もない。清々しい世界である。

ちかごろ、耳を疑うような話を聞いた。亡くなって動かなくなった犬を見た子どもが「パパ、電池入れるとまた動くよ！」といったという。

現代っ子は、普段、乾電池の入った動物のオモチャで遊ぶことが多い。イヌさんもネコさんも、ライオンさんも、みんな乾電池で動く。動かなくなったら、新しい電池と取り換えればまた動いてくれる。動物は、みな電池で動くものだと思い込んでいる。それが事実だとすれば、あまりにも悲しい現実というしかない。

自然を知らない子ども達が成長していったとき、あの忌まわしい動物虐待事件を引きおこすとも限らない。池のアヒルの首に矢が刺さっていたり、ネコの頭部が切断されていたり、ハトの足が粘着テープでまかれて身動きできなかったり、そんな事件が報道されるたびに心が痛む。

また、都会っ子が夏休みに田舎へ遊びにやって来ると、カエルを捕まえ、両手両足をひっぱって八つ裂きにしたり、火あぶりにしたりして遊ぶ光景もかつてあった。あまりにも愛おしく惨めな話だ。自然を心で知っている子どもであれば、できる話ではない。

大都会で生まれ、車とビルとアスファルトに囲まれて育った子ども達にとって、土の臭いや草いきれ、花の香りや虫の音など、知る由もない。もとより子どもを責めるつもりは毛頭ない。責めるならば、そういう社会をつくった大人たちを恨むしかない。

それに比べると、田舎っ子はまったく幸福者だ。自然の懐に抱かれて、土に這い、虫と戯れ、鳥と歌う。だから自然と会話できる術を知っている。時には自然に叱られたり、自然に甘えたりすることも心得ている。

ヴォルテールは言った。「自然は常に教育よりも一層大きな力をもっている」と。自然は偉大なる教育者であり母なのである。

さらに、イギリスの自然詩人・ワーズワースは叫んだ。「自然はそれを愛する者の心を裏切ることは決してない」と。母親に連れられ、土手に咲くスミレを見て歓声をあげたあの子どもを、自然は生涯にわたって裏切ることはしないだろう。

（昭和五十一年記＊一九七六年）

若者文化の台頭

一人の〝フーテン〟と、一人の〝モーレツ社員〟が対話した。モーレツ社員はフーテンに言った。「キミは、なぜ働くこともしないで、毎日ブラブラしているの？」。フーテンは答えた。「あなたこそ、なぜそんなに朝早くから夜遅くまで、あくせく働くのですか？」。モーレツ社員は答えた。「キミね、今の社会は、働いてお金を手に入れないと生きていけないんだよ。そのためには、自分を犠牲にしてでも会社のために働くことが、家族のためにもなるし社会のためにもなるんだ。ただ、子どもとゆっくり遊ぶ時間がないのが寂しいけどね」と、本音を漏らした。

フーテンは、モーレツ社員の心のうちを垣間見た。「本当は、家族との時間をもっと大事にしたいんでしょう。会社や上司の言われるままに働いて、何が楽しいんですか。お金より大事なのは自分自身だと思う。自分らしく生きたいと思うなら勇気を出して、今の社会体制や価値観から抜け出すことだね。人は、われわれをフーテンと言って、頭がおかしくなったヤツと思っているかもしれないけど、僕らが普通であって、今の社会の人たちのほうがフーテンなんですよ！」と、誇らしげに言い放った。モーレツ社員の口からは、返す言葉がでなかった。

今に生きる若者たちの思考には、一見非現実的で怠惰のように思えるが、その行動的批判論理には鋭い真理性を帯びている場合がある。ここ数年、台頭してきたフーテンと言われる若者たちの思考と行動がそれを物語っている。彼らをフーテン族といい、定まった仕事や住所を持たない人のことで、最近の若者たちに見られる傾向だ。

もともとフーテンとは「瘋癲（ふうてん）」のことで、精神の均衡を失った人のことを意味する。風来坊や風太郎（プータロー）のように、就労可能な年齢にありながら無職でいる若者たちを揶揄した言葉でもある。

ルーツは、一九六〇年代にアメリカの若者たちの間で生まれた〝ヒッピー〟だ。彼らは、現在の社会体制や生活様式、また価値観を否定し、自然回帰を唱え、さらには反戦運動や人種差別をも否定するムーブメントとなった。

そして、ロック音楽やドラッグや瞑想を好んで放浪し、コミューンを形成して生活したりする。それが世界にも波及し、日本ではフーテン族として、新宿周辺にたむろする若者たちを言った。

ヒッピーと言うと、一般社会からは非社会性を帯びたデカダンス的風潮の現れとして、奇異な目でもって蔑視されることが多いが、しかし、彼らは既成のコミュニティーから脱することによって、新たなコミュニティーや文化を創造しようとするいわば新文明の萌芽なのである。

彼らの目から見る現代文明社会は、グロテスクで人間性を失った社会であり、倦怠で病的な日常生活に包囲され、やがて人類退廃を招きかねない社会だとみる。制度や体制や規範にがんじがらめにされ、科学や技術の虜となっている。そこに人間への尊厳がなくなってきたことへの危機意識が高いのである。

なるほど、彼らの日常は実に自由奔放だ。街路で、広場で、公園で、自由気ままに生きている。

反現代社会を唱えても、決して革命的、暴力的な抵抗をするのではなく、実に自然な形でコミューンを作っている。

ハーバード大学のエリック・H・エリクソン教授は、この若者たちの多様な意識構造を社会科学的立場から精神分析をしている。

現在の大人たちがつくった社会や価値観を、そのまま疑問のないまま若者たちが引き継げるものではない。幼児期に、その社会や文化や価値観に同調できても、青年期になって依存できなくなると、彼らはアイデンティティを求めて反抗する。反抗は、やがて価値の多様性を生み、自ら新しい時代の創造者、存在者たらんとして、それをアクティブな形で自己顕示してくる、という。

ヒッピー的思想と行動は、まさにその意味において、脱コミュニティをもって自我同一性をはかり、存在証明しようとするムーブメントなのだ。そして、今日の管理社会やテクノロジー社会が創出する画一的単調社会に歯止めをする大きな役割を担っている。でなければ、オールダス・ハッスレーの描く暗い未来を現出してしまうかもしれない。

さらに若者文化の台頭は、科学技術文明から人間精神文明への転換を指向するもので、それは人間として生きることへの真の原点回帰でもある。

（昭和四十六年九月記＊一九七一年）

母の東京見物に涙

母が、三年ぶりに田舎から上京してきた。千葉に住む兄のところへお産の手伝いにきたのが目的だ。そのついでに、僕のアパートにも立ち寄りたいと言う。

田舎といっても、長野県の伊那谷だからそう遠くはない。東京から十分に日帰りできる距離だ。最近「特急」列車も走るようになり、毎日のように往復している行商人もいる。

それにしても、母はめったに上京することがない。以前に来た時も、確か兄の長女の出産のときだったが、終わったら東京を素通りして帰っていった。何かのついでがないと、なかなか上京して来ない。

普段、農作業などに追われて暇がないのか、もともと出歩くのが苦手なのか、はたまたのんびり旅行して歩く金銭的な余裕がないのか、それとも母が遠慮していたのか、母の心のうちは分からない。

かといって、社会人になってまだ三年程度の僕には、母に「東京見物にゆっくり来ないか」といって、誘うだけの時間的にも金銭的にも余裕がない。

昨今、情報化社会が急速に進み、田舎も都会もなくなった。〝東京見物〟なんていう言葉も色あせてきて、あまり最近耳にしなくなった。「東京へちょっと買物に」といった気楽な気持ちで出てくる人も多い。

情報の発信地といえばやはり東京だ。テレビの普及で、名所旧跡はもとより、買い物や娯楽の場所などは、東京に住む人よりも地方の人達の方が知っていることもよくある。おまけにカラーテレビの出現で、スモッグで汚れた東京もブラウン管を通せば意外にも〝美しい東京〟に見えるから不思議だ。とはいっても、実際に見る東京とテレビで見る東京とは、おのずと感覚的な違いがある。

もう東京での生活が長い僕にとっては、一度は「母と二人で東京を歩いてみたい」という願望は、上京したときからあった。それが親孝行だとも思っていた。幸いにも、東京に出て来ると言ってきたので、チャンスと思って心が躍った。兄の子どものお産で、数日千葉で過ごしたあと、「ちょっと顔だけみて帰るわ」と言って、電話で伝えてきた。

新宿駅で母の到着を待った。そのとき、僕はこころ密かに東京見物の場所を決めていた。滅多に東京へは来られないのだから、やはり皇居の二重橋、数年前に出来たばかりの東京タワー、上野の西郷さん、浅草や銀座街などなど、東京を代表する名所を案内しようと、地図にグリグリの印をつけて持っていった。

日曜日の新宿駅は、いつもながらの混雑ぶりだ。改札を出てきた母を見つけるなり「まず皇居に行こうか」と声をかけると、母は間髪をいれずに「お前の勤めている会社へ行きたい」と言い出した。

僕はいささか戸惑った。一瞬考えたが、母の希望に素直にしたがうことにした。内心は「ビルにある職場を見てもしょうがないのに」と思いながら、山手線に乗って新橋駅に向かった。

日曜日のビジネス街は、閑散としていて人の往来は少ない。ほどなく歩くと、勤め先のるビルの前にたどり着いた。「このビルの六階だよ、オレの事務所は」と言ったら、母は天を仰ぐようにビルを見上げ「中に入れるの？」と言った。

好奇心に満ちた母親の意思に押されるようにして、僕は守衛の窓口に行き、カギを受け取った。さすがエレベータの中は二人だけの世界だ。無言の時がしばし流れた。

事務所内に入ると、母はしばしオフィス内を見渡していた。僕のデスクを教えるとそこに行って座り「ここでいつも仕事をしているのかい？」と言った。

頭を縦に振ると、安堵した表情をし、今度はイスを回転させて窓の外に視線をやった。「ここから見える東京の景色はいいね」と言い、しばし沈黙していた。

僕はただ母の背中を見ているだけで、母にかける言葉もなかった。「さあ、帰るか」と言って席を立った母の顔は、満足げな表情で満たされていた。「そうか。母の東京見物はこれだったのか」とそのときふと僕は悟った。

それでも母に「ほかにどこか行きたいところある？」と聞いたら、「特にどこもない。お前のアパートに行くか」とさり気無く言った。事務所を後にした親子二人は、銀座の三愛ビルに入ってアイスクリームを食べ、三十六階建ての霞ケ関ビルの展望台に登って、しばし東京の街を一望し、世田谷にある僕の簡素なアパートに帰った。

翌日、母親を新宿駅まで見送った。「いい東京見物ができた。有り難う。体を大事にしろよ」と言い残すと、特急電車の中に姿を消した。列車が静かに動き出し、窓越しの向こうで手を振る母に、僕は懸命に手を振って応えた。列車がホームの先に消えるまで手を振った。久しぶりに母親の慈愛にふれて、涙が止まらなかった。母よ、ありがとう。

（昭和四十六年八月記＊一九七一年）

第三章〈論文編〉

科学と宗教の真実

――脳科学・文明史観からの考察――

「神は妄想である」という〝妄想〟

英国の生物学者リチャード・ドーキンスは、その著『神は妄想である』の中で、科学的精神こそが唯一真に普遍的かつ合理的なものであると開陳し、キリスト教を筆頭とするあらゆる宗教は、邪悪かつ人類の進歩にとって極めて有害なものであると擯斥した。

このドグマチズムは、アメリカ合衆国におけるキリスト教原理主義を意識して書かれたものとも言われるが、もしそうだとすれば頷けないでもない。ただ「キリスト教を筆頭とするあらゆる宗教」を十把一絡げにして一刀両断して言うには、生物学を極めようとする自然科学者としてはあまりにもお粗末な論考である。

これは、ドーキンスの「神（＝宗教）は妄想である」という〝妄想〟であって、裏返せば「科学は〝妄想〟である」ことの証左でもある。このドーキンスの独善性に対し、世界中から反論と批判の声が上がり、論争を巻き起こしたことは当然といえば当然だ。

その中で、日本の脳科学者・茂木健一郎氏の発言は、注目に値する。氏は、ドーキンスの、宗教は人の心を強く束縛し一切の批判を拒絶するという排他的批判説に対して、「私自身は、科学と宗教が必ずしも相容れないものだとは思いません」と、ある総合雑誌の往復書簡の中で語っている。同じ科学者でありながらこの認識の違いはどこから来るのだろうか。

茂木氏は「科学と宗教」の関係について次の四点に要約している。①信仰することは脳活動を伴うことであり、宗教体験は科学的探求の対象となり得る、②宗教の教義やその価値体系を信じることは、人が生きるうえで有益なことである、③宗教がこれまで生き残ってきたのは、世の中を生きるうえで資することが多かったからである、④科学の重要な一分野である「進化論」の視点からも宗教のもつ意義は大きい、と結論している。

茂木氏の〝信仰という行為は脳の働きと深く関わっている〟という見解は、これまで〝科学と宗教は相容れないもの〟とする見方を覆すものとして、注目に値する。「人間の脳の働きから見れば、言葉は他人のために何かをするという〈利他性〉と深く結びついている。自分のために、というのでは一人の力しか出ない。他人のために、と思ってこそたくさんの力がでる」と。

つまり、脳機能というのは、他者と関わることによってその力をいっそう発揮する。言い換えれば、脳は本来的に〈利他性〉を具えた人間の高度な生態機能であるという確信であろう。

それは、生物の進化過程において人間だけに付与された特殊な能力と言ってもよい。三十六億年前に生物が誕生し、五億年前に脊椎動物の頭部にはじめて脳細胞が形成され、四百万年前になって初めて人間の脳の原型が完成した。そして、現代人の脳を形成する百四十億個の脳神経細胞へと進化したプロセスに、脳機能に付与された人間の高邁さが透けて見えてきそうだ。

宗教の〈利他性〉、とりわけ仏法で説く〈慈悲〉の考え方は、他者の幸福実現にむかう行為そのもので、仏法の根本思想でもある。「他人を幸せにしてあげたい」と思う慈愛の心は、人間の脳に遠い過去から刻印されてきた「人間らしさ」そのものであろう。

科学と宗教は互恵的共存関係

四十五年余にわたって〝人間とは何か〟というラジカルな問いを研究テーマにしてきた心理学者で脳神経科学者でもあるマイケル・S・ガザニガも、著書の中で〝共感力と想像力〟こそが人間らしさの本質であると説いた。この脳科学の先端的知見に、利他性と慈悲の淵源をみる。

仏法の深遠な生命論は、やがて脳科学のフロンティアにおいて証明されていく予感がする。科学と宗教は決して対立する構図にあるのではない。人間の幸福実現と社会の平和構築に向けて、相互に補完し協調し合う緊密な相関関係にある。ドーキンスの主張する宗教不要論や有害論、さらには科学こそ唯一絶対で合理的かつ普遍的な精神だとするドグマチズムは、人類の歴史的また文明史的経緯や論理的な知見を無視した暴論と言われても仕方あるまい。

これまで、一般に科学と宗教の関係性について論じられてきた視点は、大きく分けて三つあった。その一つは、「科学と宗教は、排他的・対立的な関係にある」、二つ目は「科学と宗教は分離しており、互いに不干渉であるべきだ」、三つ目は「科学と宗教は、互恵的・共存的な関係にあり、両者の中道をいく立場」である。

モスクワ大学の元総長で理論物理学の権威であるログノフ博士は　この第三の視点から、東洋の著名な思想家との語らいにおいて「宗教、なかんずく仏法と科学が、相補い、協調し合ってこそ、人類の幸福と繁栄に向かって、大いなる価値創造の道は開かれる」と期待を寄せた。

思考推理には大きな違い

では、科学と宗教の思考推理にはどのような違いがあるのか、少し論証してみよう。言うまでもなく、科学と宗教は同じ次元で論じられるものではない。その役割や思考プロセス、また価値体系には対峙的な差異がある。

一般に、科学の推理は「帰納法」と言われ、個々の具体的な事実を積み重ねることによって、法則や命題を導き出すプロセスをとる。論理学でいうところの帰納推理によって得られた「経験的真理」であり、観察や実験、経験や照合によって得た知識を体系化して一般法則を導きだす。自然科学や社会科学はこの分野に相当する。

一方、宗教は「演繹法」のカテゴリーにある。一般的に成り立つ法則や命題を大前提とすることで、個々の事柄が必然的に成り立つ思考推理である。論理学でいう演繹推理がこの方法で、経験による確認をまつまでもなく絶対に誤りのない結論を導きだすことができる「必然的真理」をいい、宗教はこの範疇にある。論理学や数学などもこの思考法である。

このように科学と宗教は、その思考の推理方法において対象的な立場をとるため、しばしば両者の対立的構図を生む。科学者が宗教に対して懐疑的になるのも、この推理方法の違いからくるものであろう。トマス・クーンのいう「反証可能性」をもって科学とする立場からすれば、宗教の演繹的手法は容易に受け入れ難いものになるであろう。

科学的思考法の限界

問題は、この二つの思考法が獲得する真理性の問題である。つまり帰納法的思考法の科学と、演繹的思考法をとる宗教を対比した場合、実在の真理にせまる方法論はどちらだろうか。これは論理学の視点からみると明らかで、演繹的推理が必然的確実な推論であるのに対し、帰納法的推理はどこまでいっても蓋然的推論であるという違いである。

例えば科学の立場でいえば、電流のあるところ磁場が生じるという関係は、過去何千回、何万回実験を重ねて同じ結果が得られたとしても、明日の実験で別の結果が出るかもしれない。その時は、これまでの電流と磁場が生み出す一定の法則は崩れて、新たな法則がそれに取って代わるのである。茂木氏も、ニュートンやアインシュタインの理論といえども、もしそれが現実に合わないことがわかれば、うち捨てられるだろう、と述べている。

　確かに科学は、対象を客観的に照らし出して、そこに一定の普遍的な法則を見出すことには成功したが、しかしそのプロセスにおいては分析的手法が用いられるため、一般化され抽象化され、さらには数値化されることによって本来の対象物とは全く異なる結果となる。ここに、事実に迫りきれない科学の本質的な限界がある、と指摘する専門家も多い。

　二十世紀最大の歴史学者、アーノルド・J・トインビー博士においても、対談集『生への選択』で、科学は「科学による処理を経て切り取られる以前の現象よりも、少なくとももう一段階、実在それ自体からかけ離れたものになりやすい」という見解を示し、科学は諸現象を歪めていることへの危惧を呈した。

　さらに博士は、科学の定量化に対しては、その対象物の独自性を無視するという代償の大きさを警告する。特に生物においては、独自性の要素が高く、意識をもつ生物においては極めて高い。したがって、科学的思考法を有機化学や生物学に適用すると、事実に迫る成功率は非常に低下し、さらに精神のうちの意識層や論理学などにそれを適用するとさらに成功率は低くなり、潜在意識層への探求となるとほとんど科学は無力に近い。つまり、人間にとって最も重要な潜在意識レベルの精神現象いついては、科学にとって捉えがたい領域であると述べている。

　こうして、科学は精神を持った生命体を物質化してしまうため、人間をサイファーに変え、記号化してしまう。身元カードやコンピューター用カードには人名の代わりに番号が記載されるのも、科学が人間を記号化している一例と指摘する。確かに、人間の記号化や数式化の思考は、人間を手段としての考えにつながる。真理を導き出す過程では許されても、実際の人間の生活や社会の場においてそれを行動に移すことは、決してあってはならないとの見解だ。

こうした科学に対する認識は、科学者・茂木氏においても同じである。「科学は、霊魂や死後の世界について沈黙を守るしかない。その実態を観測などの手段で知り得ない以上、あるいはトマス・クーンの言う反証可能性を満たす形で説を立てることができない以上、科学的に意味のあることを言うことはできない」と。この精神世界への対応は、科学にとっては及び難い領域なのである。

脳に宿る不可思議な存在〝心〟

脳科学の最先端に身をおく茂木氏にとって、最大の関心事は〝心〟の問題であった。氏は「一体、脳という物質に、なぜ心という不可思議なものが宿るのか」という難解なテーマに取り組んだのである。

物質としての脳は、いくらでも数量化でき方程式で表すことはできても、心という主観的な体験世界だけはどうしても数で表すことができない。脳科学では、人間の経験のうち計量できないものを「クオリア」（人間の意識にのぼってくる感覚的・主観的な質感のこと）と呼んでいるが、このクオリアの正体に迫ろうとして、茂木氏は格闘した。

そして「現実」と「仮想」との成り立ちについて考えることで得た知とは、「意識を持った不思議な存在として、この世界に投げ込まれている自分自身の生について、改めて振り返り、よって自らが生きる糧としようと思ったのである」とする新たな境地であった。それは、さらに従来の科学的方法論を超えた次元での〝心〟という世界への挑戦でもあった。

ちょうどそのころ、茂木氏は文芸批評家である小林秀雄氏の講演テープを聞いて、大きな衝撃を受けた。人間の心は、所詮は物質的な体の随伴現象（心なんてものは副次的なもので、あってもなくても良い付け足し）にすぎないとして片付けてしまっている近代科学の考えを唾棄して、人間が脳で感じる主観的体験にこそアイデンティティがある、とする小林氏の確信に触れたのである。

小林氏の信念は不動であった。「魂はあるかないか？　あるに決まっているじゃないか」と強い口調で語る息遣いからは、不可思議な心の世界、広大無辺の精神世界、意識の深層世界に生の原点を置き、生きていく上で体験するさまざまな表象世界を、そのまま引き受けようとする氏の揺るぎない確信が伝わってくる。

小林氏はこうも述べている。「自分が経験した直観が、悟性的判断を超えているからといって、その経験を軽んずる理由にはならない」と。経験主義者として生きる小林氏の思念には、科学的思考を危ぶむ強い精神力が脈動している。

この小林秀雄という強靭な知性の背景には、ベルグソン哲学の生命論や、フロイトやユングの深層心理学による影響があることは排除できない。このように、文学者と科学者という異質な知性が、〝心〟の座において、絶妙に軌を一にしていることに、むしろ驚きさえ感ずるのである。

現代社会を覆う経験的科学主義

一般に〝心〟というと、物質や肉体に対比する言葉である。しかし、この不可思議なる存在ゆえに、古来よりさまざまな解釈が行われてきた。原始的な霊魂説をはじめ、目に見えない物質としての精霊や魂、時には唯物論に対峙する唯心論としての心、また心理学でいうところの意識、哲学でいうところの精神など、時代や学説の推移とともに心に対する解釈は変わってきた。

仏法における心の解釈は、生命論の範疇においてはじめて説かれる。そこでは、心と体、つまり精神と肉体は不二であると説く。御義口伝に「又帰とは我等が色法なり命とは我等が心法なり色心不二なるを一極と云う」とあるように、色法の〝色〟とは物質・肉体・形質のことであり、心法の〝心〟とは精神・性質・力であるが、この〝色〟も〝心〟も本来別個のものではなく不二である。このように宇宙のいっさいの現象を〝色〟と〝心〟の二つの側面から論じたのが仏法の生命論である。

今日の現代社会を作り上げている多くは、依然として経験的実証主義の科学である。科学が人間社会に入り込むことによって、われわれは合理的で機能的で、非常に便利で快適な生活を享受できた。科学の恩恵に浴するところが大きかったことも事実である。

しかし、一方において合理的な科学主義が、生命の尊厳を侵しかねない憂慮すべき事態を招来している現実がある。科学が人間を物質化するために、精神の独自性が失われ、結果的に生命軽視の風潮つながって、人間の生命の危機を招来しかねない逼迫した事態ともいえる。

現代医療とバイオエシックス

こうした科学万能主義や物質至上主義が、人間の精神を空洞化し、殺伐とした社会を創出してしまったことに、きわめて憂慮せざるを得ない。

その典型的な一例を、現代西洋医学に垣間見ることができる。近代西洋医学といえば、デカルトの「心身二元論」を底流にして発達してきた科学だ。人間の〝心（精神）〟と〝身（肉体＝物質）〟を区別して考え、体は心が宿る機械であり、病気を治すということは機械の修理と同じ発想につながった。人間を、科学的・物質的な対象としてとらえることによって、身体の数量化・

計量化を可能にし、今日、病院の診断や治療に応用されている血液検査、尿検査、心電図等の検査などのデータ化がその顕著な例である。

機械が修理されると、今度は命を少しでも長く延ばそうとする生命の量的な考えにつながっていった。これが、現代医療が追求してきた延命医療である。こうして、今日の医学は日進月歩で急速に発達してきたが、その結果、人の命を救うための医学が、逆に生命の尊厳を損なうという皮肉な事態を招来したのである。昨今の医療におけるバイオエシックス問題はその象徴的な事象である。まとめると、次の三点になろう。

第一に、生命の始期（誕生）に関わる問題として挙げられるのが、対外受精、人工受精、胎児実験、不妊治療、遺伝子操作などである。

第二に、生命の質（ＱＯＬ）に関わる問題として挙げられる問題が、人工臓器、臓器移植、再生医療などである。

第三に、生命の終末期に関わる問題として、安楽死、尊厳死、脳死、延命医療、ホスピス運動などがある。

これらの諸課題は、科学によって人間の生命を自由にコントロールできる高度なテクノロジーが招いた産物だ。生命の尊厳を脅かし、ひいては人間性そのものを否定しかねない事態は極めて憂慮するところである。テクノロジーの長足の進歩は、医療に限らず、今や核問題や環境問題をも巻き込んで世界的な規模で広がり、人類全体の生存の危機を危うくする危機的状況にあるといっても過言ではないだろう。

対象を正しく見極める〝五眼（ごげん）〟

今、われわれに問われているのは「人間とは何か？」「幸福とは何か？」といった生への根源的な問いである。科学だけでは〈生命〉や〈心〉といった不可思議な次元の全体像をつかむことは容易でない。また〈生老病死〉という人間の根源的な苦悩の打開となると、どうしても哲学的、宗教的な力が要請されよう。

仏法の経典には、宗教と科学の立ち位置を明確に説いた〈五眼〉がある。対象を認識し見極める力を眼に例え、五種の眼（肉眼（にくげん）・天眼（てんげん）・慧眼（えげん）・法眼（ほうげん）・仏眼（ぶつげん））の視点から、真実を見抜くための浅深高低の理を明らかにしている。

一つ目の「肉眼」とは、生物的な感覚器官としての目のことで、われわれ人間の肉体に具わった眼であり、見える世界の認識がすべてである。二つ目の「天眼」とは、例えば指導者が人の心の内を察知し、人心を読み取る能力のことである。心を静めて一つの対象に集中する心の状態をいう。三つ目の「慧眼」とは、理性によって真偽や善悪を識別することができる能力のことで、科学的思考法はこの「慧眼」に相当する。

四つ目の「法眼」は、肉眼・天眼・慧眼よりも一段と深い認識力を持つ眼のことだ。そのためには、自身の生命を磨き、生命の内奥から慈悲の心を取りだして、それを鏡としてあらゆる事象を誤りなく見抜くことができる力、またその働きをいうのである。

そして最後の「仏眼」は、宇宙生命を自らの命で実感し体現し、その知恵でもって人生や社会のあらゆる諸事情を鋭く見抜くことができる心眼のことである。透徹した洞察力といってよい。

この五眼の概念を立てわけることによって、「慧眼」としての科学と「仏眼」としての宇宙的生命の洞察力の関係がより明確になった。理性や感覚器官等の内奥に潜む生命の英知を開き顕し、それを輝かせることによって、法眼・仏眼を磨き、その眼でもって、慧眼の本源的限界を乗り越えたとき、科学の知である理性の光はさらに増して、慈悲の大光へと変化するのである。仏法の「仏眼」思想こそ、まさに科学的思弁をも超えたより高次の世界観といえる。

法眼・仏眼によって湧き出ずる慈悲について、トインビー博士は、慈悲は「人間性喪失という科学の悪影響に対する解毒剤になる」と述べ、科学が真に人間のためにあるためには「科学の与える力を行使する人間自身が、その高められた力を間違いなく善用し、決して悪用しないだけの高い道徳的水準を身につけているかどうかである」とした。

科学的な技術や知識を、人間の幸福のために生かすには、正しい倫理と価値観、そして哲学に裏づけられた知恵が必要である。そのためには、「仏眼」（宗教）でもって「慧眼」（科学）を正しくリードする見識こそが、両者のあるべき健全な姿であり相関性であろう。「宗教を欠いた科学も、科学を欠いた宗教も、どちらも不備だ」とするアインシュタイン博士の見識は、宗教も科学もすべては〝人間の幸福のため〟に在らねばならないという至言だ。

いまこそわれわれは、生命の尊厳を時代精神としなければならない。そのためには、宇宙の根源的法則に立脚した生命哲学が要請されよう。ソ連宇宙飛行士が語った言葉「大宇宙の妙なる法則」や「人為によらぬ調和の力」といった認識、アインシュタイン博士の「宇宙的宗教」や「宇宙的宗教感覚」という理念、さらにトインビー博士が強調した「究極の精神的存在」といった言葉の概念は、すべて宇宙の根源的法則を示唆したものと思われる。

トインビー博士はこう確信した。「私も、人間は宗教や哲学なしには生きていけないと信じています。宗教・哲学という二つの観念形態の間には、明確な区別はありません」と。

ドグマ主義が生む対立・憎悪・殺戮

さて、トインビー博士の歴史研究でもわかるように、文明の発生・成長・衰退・解体の過程で、必ずといっていいほどその興亡を大きく左右してきた軸に宗教があった。

キリスト教しかり、イスラム教、ユダヤ教、そして仏教もそうであったように、その時代の文明を創出し、思想を形成し、人類文化の成長と発展に大きく関与してきた。しかし一方において、ドグマ主義や原理主義に陥って、民族や国家間における対立・憎悪・殺戮の元凶となってきたことも歴史的事実である。

そして、今日なおも地球のそこここにおいて、根強い民族や国家的な対立やテロリズムによる民衆への犠牲はあとを絶たない。背景には宗教的なドグマチズムがある。

元来、キリスト教を説いたイエスにしても、イスラム教の開祖であるムハンマドにしても、仏教の始祖である釈迦にしても、みな等しく悩める人々に手をさしのべ、貧しき人の支えとなり、病める人の助けとなって、幸福と平和への方途を指し示した。人生に苦悶する多くの民は、そこを心の拠り所とし、生への希望と勇気を獲得して、人間解放への指針としたのである。宗教は本来的に寛容と親愛と許容の精神ではなかったのか。

しかし、いつの時代でも、いかなる教えでも、教条主義を唱える者は必ず出てくるものだ。理論や教説を固定的に捉え、説かれている命題を絶対的なものとして機械的に認識し、それに逆らうものはすべて排除し、ついには非人間的行動にはしるのが原理主義者の常道だ。

こうした輩が指導者になると、決まってその宗教は、宗教のための宗教となり、独善主義を振りかざして、排他的、攻撃的、暴力的な宗教へと変貌し、ついには戦争という最悪事態を招く。

これを回避するには、いかなる宗派も胸襟を開いて誠実に向き合うことだろう。相互がまず対話し、理解し、受け入れ、友誼を結んでいく以外に解決の方途はない。

近代西欧の三宗教

ここで、トインビー博士の西洋史観から見た宗教感を確認しておきたい。「一文明における宗教は、その文明の生気の源泉であり、この宗教への信仰が失われるとき、文明の崩壊とすげ替えがなされる」と前置きし、その象徴を西欧文明の変遷にみている。西欧文明の発祥は、ギリシャ・ローマの古代文明だった。やがてその文明もキリスト教の勃興によって地位を奪われ、その後はキリスト教が西欧文明の中心的な宗教として隆盛を極め、十七世紀の後半まで続いた。

しかし、十七世紀終盤にもなるとキリスト教は西欧知識層への支配力を徐々に失い、その後の三世紀ほどでキリスト教の退潮傾向は広範なものとなって、西欧社会の全階層にまで及んだ。時を同じくして、理想への喪失感が非西欧諸民族にも伝播し、古来の宗教や哲学による支配力から解き放たれていった。ロシアの東方正教キリスト教しかり、トルコのイスラム教しかり、そして中国の儒教においてもしかりで、その力を次第に失っていったのである。

この十七世紀における西欧の宗教的な変革を、トインビー博士はかつてローマ帝国がキリスト教化した四世紀以後の西洋史の流れの中で、最も大きな、かつ重要な歴史的事件として位置付けている。博士は、人間は「宗教的空白を嫌う」ことを指摘し、古来の宗教が衰退すれば早晩それに代わる宗教が必ず興ってくるという。そして、あのキリスト教の衰退に取って代わった宗教が

〈科学的進歩への信仰〉〈ナショナリズム〉〈共産主義〉の三つの宗教であったと指摘する。

しかし、西欧人にとっては、幾つかの宗教が一つの社会に共存することは心情的に受け入れ難い。西欧古来の宗教であるキリスト教は、排他的なユダヤ系の三宗教の中で最も不寛容な宗教であった。そこへ、新たに宗教的寛容を理想に掲げて登場した三つの宗教（科学的進歩への信仰・ナショナリズム・共産主義）は、西欧キリスト教にとって致命的な打撃となったのである。

他方、キリスト教国以外の国では、幾つかの宗教が共存することは、ごく普通の現象だった。例えば、キリスト教以前のギリシャ・ローマ世界やヒンズー世界、また共産化以前の中国でも土着の道教や儒教などは外来の仏教と仲良く共存していた。これは日本においても同じで、仏教と神道と儒教が共存し、その後においても科学技術に対する信仰やナショナリズムとも共存関係にあったのである。

近代西欧の三宗教のひとつである〈科学技術の進歩に対する信仰〉が意識的に確立されたのは、一六六一年のイギリス学士院の設立だったと博士はいう。イギリスの知識階級は、自国の内紛にともなう政治的な成り行きに幻滅を感じ、国内紛争の発端が神学上の論争によるもので、しかもそれが合理的に納得いく形で解決できるものではないことを知った。そこで学士院を設立することで、知的関心を神学から科学へ変え、行動面においても宗教や政治の紛争から技術面の発達へ転じようと考えた。科学を技術面に応用し、技術の進歩でもって国民の福祉面の向上につなげようと考えたのである。

しかし、近代西欧の三宗教の第一の宗教である〈科学的進歩への信仰〉には盲点があった。科学的技術が生み出す力は、すべて倫理的には中性であるため、使い方によっては〈善〉にも〈悪〉にもなりうる。その象徴的な出来事が、原子核が起こす核分裂反応を応用した核爆弾で、それを核兵器として悪用したのが、一九四五年に広島と長崎に投下された原子爆弾であった。当時の科学者たちには、科学技術が持つ〈善〉と〈悪〉の両面性にはそれほど深刻な認識をもっていなかったとも言える。

第二の宗教〈ナショナリズム〉は新しい宗教ではなく、古来の宗教が復活したものであると博士は説く。キリスト教以前のギリシャ・ローマ世界における都市国家の宗教で、地域社会における人間の集団力を信仰の対象にしている。この近代西欧ナショナリズムは、一四〜一六世紀に西欧諸国に展開されたルネサンス期に蘇ったもので、キリスト教の活動性と狂信性を受け継ぎ、アメリカの独立戦争やフランス革命において実践に移された。今日においても、この狂信的なナショナリズムが世界を覆う。

第三の宗教である〈共産主義〉は、文明の歴史と同じくらい古くから存在しており、社会的不公正に対する反動である。キリスト教にしてもその他の宗教にしても、理論上ではみな社会的不公正を指弾してきたが、いずれの宗教においても実践に移されてこなかった。共産主義が既存のあらゆる宗教を批判したのは、そのためである。

その共産主義も、社会的不公正の撲滅に集中するあまり、キリスト教の不寛容性、ユダヤ系宗教の排他性に陥っていった。事実、共産主義はキリスト教から派生した異端宗教であり、したがって共産主義の神話は、ユダヤ教やキリスト教の神話を無神論的な言葉に訳し変えられているという。例えば「唯一全能の神ヤーウェ」は「歴史的必然」に、「選ばれた民」は「プロレタリアート」に、「千年王国」は「国家の消滅」へと訳し変えている。

こうした近代西欧の三宗教の状況を踏まえ、トインビー博士は「現在の宗教はいずれも満足のいくものでない」とし、「私は新しい種類の宗教が必要だと感ずるのです」と、人類の未来のための宗教に期待を寄せた。博士はいう。

未来の宗教はまったく新しい宗教である必要はない。古い宗教の一つが、人類の新たな要求に応える形で復興したとしても、それは抜本的に変形したものになる。新しい文明を生み出し、それを支えていくべき未来の宗教というのは、人類の生存を脅かしている諸悪と対決し、それを克服する力を人類に与えるものでなければならない、と強調する。

博士の言う諸悪とは、人間の生命の内奥に巣食う〈貪欲〉であり、人類社会を危うくする〈戦争〉や〈社会的不公正〉であり、そして人間が自身の欲望を満たすために科学技術を応用してつくり出した〈人為的環境〉である。これらの諸悪を超克できる真の宗教の出現こそが、人類の平和と幸福を確かなものにするであろう、という謂である。

高貴な精神性を養う宗教

仏法には「三証(さんしょう)」といって、すべての宗教を合理的な観点から反証することができる定理がある。その一つは「文証(もんしょう)」で、文献上の証拠がきちっと存在しているかどうか。二つ目は「理証(りしょう)」で、普遍妥当性があるかどうか。三つ目は「現証(げんしょう)」といって現実生活のうえに証拠として現れるかどうかという基準である。いかなる宗教も、この三つの観点から検証され、それに適うか否かによって、その宗教の真実性、また教理の浅深や高低が論証されるというものである。

「三証」の中で、最も重要視されるのが「現証」である。信仰という実践を通して、日々の生活の中に具現化し体現化して、幸福感に満ちた人生が価値創造されてこそ、はじめて宗教の果たす役割があるのである。

また、ある宗教学者は、宗教論争の次元を超え、人間のための宗教であるかどうかを見定める基準として、次の三点をあげている。その宗教が人間の精神性を「強くすることができるかどうか」「善くすることができるかどうか」「賢くすることができるかどうか」によって、その宗教の優劣が決まると述べられた。この高貴な精神性を宗教で培ってこそ、現実の人生に起こるあらゆる試練を乗り越えることができる、という力強いメッセージなのである。

茂木氏も脳科学の視点から、宗教のもつ力に期待を寄せた。社会の中で生活する多くの生活者にとって、〝今、ここの自分〟の生をどのように引き受け、苦しみから救われるかということの方が、重大な関心事であろう。社会で生活する一般の私たちにとって、何気ない日常の幸せや平和を約束してくれる宗教を希求されたのである。

茂木氏が指摘する民衆救済への可能性こそ、宗教の生命線ともいえる重要なテーマでもある。人間であれば、誰でも悩みや苦しみがあり、その苦悩から救われたい、幸せになりたいという切実な願いがある。生への根源的な願望に対して、宗教は悩める人の救済に手を差し延べてこそ、第一義の使命があり、真の宗教としての証でもある。

そもそもインドにおける仏教発祥の機縁は「抜苦与楽(ばっくよらく)」(苦を除き楽を与えること)であった。この本義から、仏法が「現証」、つまり現実の生を直視し、そこからの救済を重視している点は正鵠を得ている。「人生、いかに生きるべきか!」という人間主義復興へのメッセージが発信できてこそ、高等宗教の絶対的要件である。

ゆえに、宗教は人々の幸不幸を左右するだけに、その説く教義においては微塵も軽佻浮薄であってはならない。〝イワシの頭も信心から〟のような、何でも拝む対象がありさえすればいいという気休めの宗教は、真の宗教ではない。また僧職という特権のうえにあぐらをかいたり、信徒を見下したりするような宗派などは論外というしかない。

自己と他者の人格に差別はない

仏法には、「不変真如の理（普遍にして変わらざる真理）」と「随縁真如の智（真理に基づき状況に応じて自在に発揮される知恵）」という法理がある。宇宙生命の真理（不変真如の理）によって、民衆救済という慈悲の実践（随縁真如の智）を行ってこそ、生活の苦しみや、人生の悩みは打開できるという教理だ。この教えを実践してこそ、私たちは永遠に崩れない幸福境涯を獲得できるというのが仏法の確信である。

確かに、生きた宗教は社会に生き生きとした活力を与え、人々に躍動する精神の息吹を吹き込んでくれる。人や社会に対して何の貢献もなし得ない宗教であれば、それは死せる宗教といわざるを得ない。宗教による社会的貢献の重要性がここにある。

宗教は、どこまでも人間を幸福にするためのものであって、宗教のために人間があるのではない。人間不在の宗教は、偏狭で狂信的で独善的な宗教となってしまうことは、これまでの歴史を見ても明らかだ。ましてや、宗教がテロや戦争を正当化するようなことがあれば、それは宗教の〝自殺行為〟に等しい。

しかし、今日なおも地球上では流血の惨劇が絶えない。人類史そのものは、争いの歴史として永遠に続くのか。人間はこの魔性から逃れることは不可能だろうか？　争いの淵源は、たいていは思想的・政治的・民族的・国家的、そして宗教的な〝差異〟にあると言っても過言ではない。

人類を引き裂くドグマ主義や原理主義は、この差異を際立たせることで自身たちのアイデンティティを得ようとする独善である。しかし、個としての差異、つまり個人の独自性や権利は最大限尊敬されなければならないのは言うまでもない。しかし、それが思想的・政治的・民族的・宗教的な繋がりになると、相容れない信条にたいしては排除しようという心理が働き、行動へとはしる傾向がある。その分断が、やがて戦争という事態を生む機縁となる。

こうした人間の命と命を分断する事態を超克するには、何が重要であるか、何がカギとなるか……となると、キーワードは〝対話〟であろう。排除する前に、まず勇気をもって〝対話〟することだ。対話を通して、お互いに尊厳をもった人格を認め合うことから始めなければならない。すべての差異を乗り越える糸口は〝対話〟しかない。

カントは、自律的存在者としての人間（それを人格と呼んだ）の尊厳について、後世のわれわれに戒めの言葉を遺している。「あなたの人格における同様に、他のすべての人格における人間らしさを、常に同時に目的として扱い、決して単に手段としてのみ扱わないように行為せよ」と。

自分も、自分以外の人間も、人格の尊厳においてはまったく差別なく等しい。したがって、自分が幸福になりたければ、同時に他人の幸福も願い、決して他人の犠牲のうえに自分の幸福を求めてはならない。利己的幸福のみを追求すると、自分以外の人間の尊厳を否定することになり、同時にまた自身の尊厳をも否定することになる。カントの自己の自由と他者への責任は表裏一体

対話は人間の人間たる所以

混迷する現代世界を鑑みて、茂木氏も対話の必要性を強調した。「立場が異なっていても、人間として共有する価値は必ずあるはずです。差異をいたずらに強調するのではなく、認め合うことのできるかけがえのないものを探ることこそが、何よりも尊い」と述べ、「人間である以上共通して持っている価値観に依拠すれば、政治的対立や、宗教、信条の違いなどは、超えられぬ障壁ではない」「立場や背景の違いを超えて言葉を交わすことができるということこそ、人間の人間たる所以ではないでしょうか」と。

人間が作った壁ならば、それを乗り越えることができるのもまた人間である。相互に人格の尊厳に立ち、胸襟を開いて語れば、乗り越えられない壁はない。対話は人間の特権である。いかなる異文化であろうと異宗教間であろうと、粘り強く対話を重ねていけば、必ず共通項は見つかる。

個々人の幸福、生命の尊厳、世界平和といった人類共通の普遍的な価値観に立脚したとき、壁や差異などは自ずと氷解していくに違いない。対話は人を信ずる営みである。

さらに、世界を結ぶ対話で重要なことは、グローバルな視点であろう。世界がひとつの民族であり国家であり家族であれば、そこに差異や壁や立場の違いなどあるはずがない。

しかし、世界の趨勢は、以前としてナショナリズム（国家主義・民族主義・国民主義）が色濃い。国家主義とは、個人よりも国を大事にする考え方だ。個人の自由よりも国が戦争に勝つことが大事であり、個人の利益よりも国の利益を優先することが大事である。

民族主義は民族の統一や独立、発展を目指す考え方だ。国民主義とは、国民の自由を大事にしつつも、国を発展させる考え方といえよう。この堅固なナショナリズムが横行する中で、いかにしてグローバルな視点で世界民族が一つになれるかが、最大の課題である。解決の方途は、やはり対話しかないであろう。

対話という手法は、一見、平易のように思われるが、そこには武力にも勝る強靭な精神力が要求される。人間は、もとより独立した個性として存在しており、その個性の心と心を結ぶには、寛容にして大度な精神力を発動しなければならない。

ミラーニューロンにみる利他性

心が作用する場は、言うまでもなく脳である。脳科学者の茂木氏は「日常の中で何気なく交わしている私たちの言葉は、きわめて高度な脳の働きに支えられている」とし、私たちが人と楽しく会話できるのも、人間の前頭葉にあるミラーニューロンという神経細胞の働きによるものであるとした。

ミラーニューロンの存在は、一九九六年にイタリアの神経生理学者のジャコモ・リゾラッティらによって発見された。ミラーとい名前が示すように、この神経細胞は自分がある行為していて、その行為を他人が見ているとき、双方の脳には鏡に映したように同じ行為として映る。つまり、ミラーニューロンとは、他者の行動や意図を理解する手助けとなる神経細胞のことである。

他者の心を読み取り、人とのコミュニケーションを支えるこの神経細胞は、近年発見された脳科学の最大の成果として注目されてきた。相手を「理解する、受け入れる、思い遣る、慈しむ」といった能力が、人の脳に本然的に備わっていることを解明した点でその意義は大きい。

これまで、現代人は自我の確立という近代化の思想のなかで、ともすると個人主義の行き過ぎがあった。自由主義という美名のもとに、個性や個人を主張するあまり、相手を受け入れたり、協調したりしようとする心が狭隘になっていた。自分さえ良ければいいというエゴイズムが蔓延し、反社会的な風潮や、殺伐とした社会を産み出す結果となったことに憂いを禁じ得ない。

現代人は、この〈己〉と〈他〉の関係をどう構築していくべきかが問われている。自我の確立と同時に、他の人格を寛容することは、決して不可能なことではない。そのことをミラーニューロンが裏付けている。他を認めようとする行動（コミュニケーション）を起こせば、その意思は相手の心の鏡（脳）に投影されて、相手もこちらを受け入れようとする反射作用を起こす。

リゾラッティはその著『ミラーニューロン』の中で、ヒトのミラーニューロン系には、サルでは発見されていない〈自動詞的〉な運動行為と〈他動詞的〉な運動行為の両方をコードすると述べている。自分のためと同時に、人のためにも行為するのが人間の脳機能というわけだ。

「人間の脳の働きから見れば、言葉は、他人のために何かをするという〈利他性〉と深く結びついている」とする茂木氏の見解とも響きあうもので、ここにこそ人間が人間らしくあることへの謂なのかもしれない。

「屡（しばしば）談話を致さん」の対話理念

この利他性を可能にする行為が対話にある。対話、つまり言葉のやり取りは、人と人との心を結び、絆を深め、人間関係をより創造的なものにし、相互に人間性を高める最良の契機となる。人以外の生物に、対話という能力をもった存在があるだろうか？　また、科学技術の進歩の先に、人間の対話能力を超えるコンピューターが出現するとでもいうのか？　あるはずがないし、あってはならない。

英国の数学者アラン・チューリングの「対話する能力こそが人間の知性の本質である」とする考えも、また茂木氏の「お互いに助け合うための対話の必要性を考えると、脳の構造や機能は、社会の意識よりも前に、人類の未来を先取りしているように感じる」とする思惟は、仏法が説く透徹した生命論にも通じる洞察ともいえよう。

真に開かれた対話がなくなってくると、個人においても社会においても、利己主義に陥り独善的になり、国家や民族間、イデオロギーや宗教間における争いの契機になりかねない。対話の対極にあるのが暴力であり、対話と表裏一体をなすのが平和である。

評論家の加藤周一氏は、地球的規模の問題、たとえば核兵器拡散の問題、環境問題、南北問題などの解決においては、世界の国々の価値体系の変化を必要としており、それを促す要因として大乗仏教で説く菩薩の「利他行」に注目した。

菩薩は「みずから悟りをもとめるだけではなく、衆生を悟りへと導くことを使命とする。これは〈現世利益〉や〈安心立命〉を含めての自己中心主義からの質的な転換を意味する」とし、仏法の利他主義を基調とした価値体系転換に期待を寄せた。『立正安国論』に「屢（しばしば）談話を致さん」とあるが、ここにこそ人類の幸福と平和を可能にする対話理念があるといえよう。

修行の本舞台は組織にある

次に、信仰と組織（自らを磨く修行の場）の必然性について考えてみたい。釈尊が重要視したのは「サンガ」（仏道修行に励む人々の集団）だった。人間は、自身の内面世界に閉じこもっているだけでは悟りを開けず、同じ志をもった者同士が集まって修行してこそ成仏は叶うものであるとするのが、釈尊時代からの仏道修行の在り方だった。

一般的にも、人間は一人で生きるよりも、他者を受け入れ他者と共存したほうが、自己の成長のうえでプラスになる。同じ考え方や生き方、同じ目的感を共有している者同士が集まり、同じ輪の中で切磋琢磨した方が、双方において人間的成長が高められる。

組織は、人間がよりポジティブに生きようとする所に、必然的に生まれてくるもので、人間がより人間らしく生きるための場なのである。

この組織というのは宗教にかぎらず、家族という小さな単位から、趣味やボランティアのグループ、学校や会社、地域の共同体や自治体、各種研究機関や学術団体、さらには政党や国家という大きな枠組みに至るまで、すべて広い意味で組織である。社会の中でタテにもヨコにも重曹的につながり、その有機的なつながりの中で生かされているのが人間だ。

人間という生物も、六十兆個（二〇一三年の論文では約三十七兆個）の細胞から出来ている高度な組織体である。ゾウリムシのような単細胞生物も例外的にはあるが、人間を初めとする有機化合物としての生物は、ほとんどが多細胞生物としての生命体である。人体の六十兆個の細胞は、臓器や器官においても独自の機能でもって独自の働きをしており、他の細胞や組織と機能的に繋がって生命体を維持している。

現代人の生活でも、何らかの形で組織体に属しながら、自分の人生を考え幸福を求めて生活をしている。人間は、初めから一人では生きられない存在なのである。無人島に打ち捨てられた赤ちゃんが、たった一人で成長して、知識や道徳を養い、文化を形成して幸福や平和を実現したというような話は、およそフィクションの世界にも出てこない。

ことに、信仰を実践するうえで組織というのは、極めて重要な意味を持つ。組織の中に身を置き、自身の生命を練磨することが何よりも要請される。ことに仏道修行においては「難即悟達（なんそくごたつ）」といって、逆境や苦難を乗り越えながら自身の生命を磨くことで、生命に具わる仏の境涯を開きあらわすことができるのである。そのためには、師匠と仰ぐ卓越したリーダーのもとで修行することが絶対的要件となろう。幸福境涯への直道は組織という場においてはじめて可能である。組織なくして人格の陶冶はありえない。

一人山中にこもって沈思黙考し、観念して悟りをひらくなどの修行では、人間の生命の開発は容易でない。生命力の触発は、人と人の命の打ち合いの中からしか生まれない。人と会い、語り、励まし合う中にこそ修行の本舞台がある。釈尊の説いたサンガの本義がここにあろう。

心と心をつなぐ〝間主観性〟

アメリカ・カリフォルニア大学の神経学者マルコ・イアコボーニ教授が『ミラーニューロンの発見』という著書のなかで、興味深い報告をしている。ミラー細胞が生まれた原点は、赤ちゃんと親の笑みのやり取りという仮説だ。赤ちゃんが笑えば、それに反応して親が笑い、親が笑えば赤ちゃんも笑う。その行為の繰り返しで、赤ちゃんの脳に、親の笑みを映し出すミラーニューロンが形成されたという。

こうして赤ちゃんは、身近な親との関係の中で成長していき、人との相互作用を重ねていく中で、自らの脳に写った事象を、こんどは自らの行為としていく。この〈共感〉作用が人間形成の土台となって、道徳や文化の形成へとつながっていったのではないかと。

夫婦が長年一緒に暮らしていると、顔かたちが似てくるのも、夫婦間におけるミラー細胞の模倣による結果ではないかという。〝似た者夫婦〟という言葉があるが、性格や趣味や風貌までが似てくるのは、このミラーニューロンの〈共感〉作用によるのかもしれない。

イアコボーニ教授は、自分と他人がどのようにして世界を共有するか、についても、ミラーニューロンの〈共感〉に「間主観性」（二人以上の人間において同意が成り立つこと。たとえば、美は人間にとって間主観的であって客観的とは限らない）にあるとみている。

人と人とが、いかなる現象においても共感・共有できるのは、豊かな人間関係を創造するうえで極めて重要なファクターである。仲間や友人との交流や、社会との緊密な連帯が広がれば、自ずと生命が触発され、個性の輝きが増し、自由なる精神の高揚を図ることができる。

実際に、信仰という具体的な実践の場で、日常的に体験するさまざまな幸福感や充実感、勇気や希望、正義感や勝利感を他者に語ることによって、また逆に他人の行動体験を聞くことによって、その喜びを共感・共有できるのは、ミラーニューロンの〈共感〉作用のお陰であろう。

この〝生命歓喜〟を伝える場としての組織は、絶対的必然性さえあるといってもよい。人間の幸福や平和への創造は、この組織という場から建設されていくものだ。とりわけ正しい人間の生き方、幸福な人生の追求、平和社会の構築を目指す高等宗教においては、心を共有する広場としての組織は欠かせない。

人間主義あふれる組織構築

一般に「組織」というと、型にはめられる、自由が束縛される、閉鎖的である、リーダーの権威主義や官僚主義が横行する、といったネガティブな部分が強調されがちである。それも、あのナチズムやスターリニズムの絶対主義にみる非人間的な粛清の歴史が、今なお現代人の心に色濃く影を落としている影響かもしれない。

また日本のミリタリズムに象徴される軍隊組織も、どれほどわが国同胞を地獄の苦しみに追いやったことか。そして近年においては、宗教団体という名のもとに、反社会的な行為を繰り返して司法より断罪された教団もあった。このほか、偽善的な組織が社会の中にはびこり、会員や消費者を騙して、詐欺的行為を繰り返す悪質な例もあとを絶たない。

この組織悪の側面だけをみると、茂木氏の言う「組織というものは、結局、社会的存在である人間が持っている〝原罪〟のようなものなのか」とも思えてしまうのも頷けないでもない。一般の人々の宗教に対する不信や懐疑、また拒否反応は、こうしたマイナスイメージが背景にあるものと考えられる。

その団体なり組織が、反社会的な体質に変化していく要因は、独裁的で強権的な指導者に率いられた場合が多い。組織が人々の幸福や社会の繁栄とは逆に、多くの人々を苦しめるような結果になるならば、それは絶対にあってはならない組織である。組織はどこまでも人間が幸せになるための組織であって、組織のための組織になったり、組織のための人間になったりすれば、やがてその組織は崩壊していくことは必定だ。

このように組織悪の面から見ると、果たして組織の中で人間主義は可能なのか、という疑問が湧くのも自然な感情であろう。では、人間のための組織は可能なのか？　いな、人間のための組織の創造に、全人類は英知を絞って取り組まなければならない義務があろう。宗教的組織はもとより、家庭にあっても社会にあっても、国家にあっても、組織体である以上は、そこに生きる人間が主体であり、その人間中心の組織構築は絶対的要請といえる。

そこで、組織の興亡を分けるものは何かというと、「人間主義」の哲学・思想がその底流にあるかないかである。と同時に、それを過ちなくリードする卓越した指導者がいるかどうかによって、その組織の功罪も決まると言ってよい。つまり、人間性の尊厳を第一の理念とするところに「人間のための組織」は構築されるのである。

尊敬、協調、自由、平等、慈愛、感謝、誠実、正義の心が横溢している組織体は、常に生き生きとして躍動感があり希望がある。そこに組織悪の魔性が入り込む余地がない。リーダー率先で、また組織を構成するメンバー一人一人の向上心も必要不可欠といえる。

言うまでもなく、組織といっても人間の集まりである。人には、それぞれ個性があり性格も違う。人によって好き嫌いもある。考え方や意見の違いもあろう。さらに老若や男女の違い、職業や地位の違いもある。その差異を超えて心と心の連帯をはかる最善の方法は、〝対話〟という手法だ。一対一の対話はもちろん、少人数による座談形式の対話も有効である。そこには上下の区別や差別もなく、自由で平等で開かれた場なのである。

自分の今を語り、他人の今を聞き、喜怒哀楽の感情を素直に発露し合って、同情し共感し、励まし合う中で、明日への希望と活力が生まれてくる。生への喜びと感謝も生まれてくる。落ち込んでいた自分に勇気を与え、生きる力を与えてくれるのが対話である。組織の有用性や価値は、その対話の場を提供してくれるところにある。

対話は迂遠にして捷径（しょうけい）

坂本龍馬を初めとする幕末の志士たちが、旧弊の壁を打ち破って維新の改革に立ち上がったのも、そこには人間解放への高い志があり、それを成し遂げようとする強靭な精神力があった。

時代を動かし、歴史を変えるのは、権力でもなければイデオロギーでもない。一人の透徹した人格者の対話力であり、崇高な精神性と勇気ある行動によって決まるといってよい。

ヨーロッパ統合の父・クーデンホーフ・カレルギー伯は、要約次のように述べている。第三次大戦の回避は、なんらかの精神運動によって、人種・宗教・イデオロギー・国籍などあらゆる対立を超え、人類の共存と相互信頼の重要性が徹底された場合にのみ可能であると、精神運動の重要性を訴えた。困難と思われる差異を超え、等しく人々の心の中に〈人類の共存と相互信頼〉の思想的支柱を構築しなければならない戦いであった。それを可能にしたのが〝対話〟であった。対話は、迂遠にして捷径なのである。

悩みを通して智は来たる

トインビー博士は「悩みを通して智は来たる」と言った。この〈悩み〉と〈智慧〉の関係、また〈慈悲〉と〈智慧〉の問題について、茂木氏はトインビー博士のこの箴言を「大変重く受け止めた」と前置きし、「〝悩む〟ことで、人は生きるということの深い意味に思い至り、そして叡智に達することができるのではないか」という見解を雑誌で述べている。

脳科学の側面から〈悩み〉とか〈智慧〉といった精神世界に挑み、科学の知を超えた哲学的感性に迫った。それは、氏の「クオリア」の研究でもわかるように、意識を持った不思議な存在としての自分自身に真摯に向き合おうとした。

脳の本質に迫ろうとすればするほど、それは不可思議な実態である〈心〉の世界へ自ずとシフトしていかざるを得ない。科学ではどうしても計量できない精神世界を、どのようにしたら感得できるのか。博士の「悩みを通して智は来たる」の中に、曙光を見たのである。

この〈悩みと智慧〉の関係性を、仏法では「煩悩即菩提」と説く。煩悩は〈悩み〉、菩提とは〈悟りの智慧=崩れない幸福境涯〉のことで、煩悩がそのまま菩提を意味し一体不二の原理を説いている。悩みがなければ悟りはない、悩みがあるからこそ幸せを摑むことができる、という深甚の哲理だ。この仏法思想はトインビー博士の「悩みを通して智は来たる」と深く響き合う。

「煩悩即菩提」は、人間が幸せを得るための大法則で、〈悩み〉と〈幸せ〉という二律背反する命題を、生命哲学の高い次元でアウフヘーベンした仏法の最高叡智なのである。

茂木氏は、脳科学の視点からこのテーマにアプローチした。人間の脳には「デフォルト・ネットワーク」という神経回路網が、あらかじめ組み込まれている。これまで遭遇しなかった悩みや苦しみ、困難やトラブルに見舞われたとき、脳は今まで使っていなかった新しい回路を起動して、問題解決にあたるという。

そのとき、困難や悩みを克服しようとする意欲が湧き、やる気を起こさせるのが、脳内ホルモンのドーパミンであり、さらに達成した時の喜びや快感を得るのもドーパミンの働きであるという。つまり、「デフォルト・ネットワーク」というのは、悩みや苦しみ、困難やトラブルを自ら乗り越えようとする力のことで、人間の生命体に等しく内在している。この力を引き出すカギは、偏(ひとえ)に生命力にかかっている。

乗り越えられない壁はない

茂木氏は、しばしば〝壁〟という言葉を使う。メディアによって人工的につくられた〝壁〟、竜馬が脱藩して新しい時代を切り開こうとするときの〝壁〟、またベルリンの〝壁〟などについても触れている。似たような壁は、私たちの社会にはたくさんあるといい、不信・嫉妬・偏見に満ちた現代社会の有り様に深い憂慮の念を抱いている。そして、その壁を溶かしてみたいという科学者らしい真摯な思いがあった。

〝壁〟といっても、世界にはさまざまな壁がある。新しい時代へ変革しようとすると、それ阻止しようとする旧勢力の厚い壁がある。イデオロギーを背景にした東西分断の壁や、さらに人種や宗教、民族の違いで対立する壁も今日なお根強く存在し続け、世界平和への道筋をいっそう困難にしている。

混迷する政治状況においても同様である。権力や党利党略による与野党攻防の壁がある。また社会の仕組みや組織の不条理さが、まじめに生きようとする庶民の大きな壁となっている。人間関係においても人間不信という壁、夫婦や親子関係における断絶の壁もそうである。

こうした壁は、外界の社会だけに限ったことではない。一人の人間の内面にも壁は存在する。心という内面世界に生じる悩みや苦しみ、絶望感や懐疑心、嫌悪や怒りなどの感情も、すべて生きる上での壁となる。

また疾病という身体的機能の障害もすべて壁といえよう。がん・心臓病・脳卒中から風邪にいたるまで、すべての病気が心身の健康を阻む壁となる。このように、人間にとって壁のない社会はない。壁のない人生もない。生きることは、立ちはだかる壁との戦いの異名とも言える。大事なことは、その壁とどう立ち向かい、どう応戦していくかであろう。

勝法としての仏法には「夫（そ）れ仏法と申すは勝負をさきとし」と説いている。すべての壁に勝利してこそ、真に平和な社会の実現と、自身の崩れざる幸福境涯を獲得できるという教えだ。では、その壁を打ち破る術とは何か？

大乗仏教の精髄である法華経には「霊鷲山」と「虚空」の会座を通し、不可思議な人間生命のダイナミズムを明かしている。

霊鷲山としての大地は、生老病死の苦悩が渦巻く現実世界を現し、虚空は仏の広大無辺の境涯を現している。仏道修行によって、永遠にして自在無礙の生命力が横溢する虚空会に連なったとき、人は誰でも悪戦苦闘していた目の前の壁を容易に乗り越え、悠々と見下ろせる高みの境地へと達するのである。そのとき、不可能と思われた壁でも、容易に乗り越えることができる高い精神性を獲得できるのである。

ともあれ、人間にとって壁との戦いは永遠である。いかなる堅固な壁に直面しようとも必ず打ち破り、悠々と勝ち越えていける智慧と力を、生命の内奥から湧き出だしていくことである。人間の生命こそ人類にとって永遠のフロンティアなのだ。科学の知恵と宗教の叡智が、新たな時代精神の夜明けとなることを信じてやまない。

（平成二十二年九月記＊二〇一〇年）

第四章〈インタビュー編〉

文明転換期の生き方

――竹村健一氏に聞く――

竹村健一氏・プロフィール

一九三〇年大阪生まれ。京都大学英文科卒業後、毎日新聞社に入社。フルブライト留学生として米国のエール大学、シラキュース大学に留学。その後、追手門学院大学助教授を経て、フリーの評論家として活躍。日本にマクルーハンを紹介して話題を呼んだ。精力的に執筆活動やテレビ・ラジオに出演。論客として歯に衣着せぬ物言いで人気を集めた。二〇一九年七月・八十九歳で死去。

知識重視の西欧文明に警鐘

中島―日本の未来社会を考えたとき、このままの形で移行していくとは考えにくいことで、おそらく変革と多様化と分極化が複雑に進行していくだろうと思われます。

　確かに、今日の急速な繁栄の社会は、これまで蓄積してきた豊かな知識や技術、また経験や努力の結果であるという点で評価はできると思いますが、それにしても今日の繁栄は、ある意味で〝苦痛の繁栄〟ではないでしょうか？

　この苦痛の繁栄から逃れようと右往左往しているのが現代人で、昨今〝脱時代〟と叫ばれる背景には、この苦痛からの逃避、また脱却があるものと考えられます。

　そこで、人間の繁栄にとって知識とはいったい何なのか、というラジカルな問いをせざるを得ません。この問題を人間の可能性という視点から観るならば、どうも人間特有の〝知恵〟というものが、片手落ちになっている繁栄のようにも思われます。

　人間社会の有益な価値創造を考えたとき、もちろん「知識」も大事ですが、それ以上に「知恵」をどう発現していくかが問われる時代ではないでしょうか。知識と知恵の関係について、お考えをお聞かせください。

竹村―私は常に思うのですが、文明社会というのは、西洋が世界をリードしてきた時代と考えていいと思います。その西洋文明というのは、大体、知恵よりも知識を重視してきた文明です。その知識重視の西洋文明がいま行きづまりにきているのです。

そこで知恵でも、東洋的な知恵というのが、この行きづまりを脱するうえで重要なカギになるのではないかと考えます。

知識と知恵を比較した場合、知識は論理的なもの、外から受け入れたものです。知恵は脱論理的なもので、人間の内部に潜んでいるものだと思います。つまり、知識というものは論理的な筋道の通ったもので、いろいろな書物や、また先輩や先生から、特に学校教育から得たものが多いのです。

こういった知識というものは、人間のいろいろな現象の中からエキスを抽象化し、理論化したものなんです。いままでの時代のように、同じような方向の世界が続いているときは、過去の経験や知識の累積というものが役に立つのですが、現代のような大変革期にはそれが通じなくなってきました。

中島―そういう意味では、現代はまさにエポックで、過去から積み上げてきた知識の時代に終止符をうち、新しい時代への開幕を予感しますね。

竹村―現代は、経済学者のボールディングが言っているように、文明時代から文明後時代への大転換期だと思います。

このような人類の転換期には、方向が大きく変わると思います。過去の積み重ねによって体系化された知識や、経験の集積を理論化したものは、こういう時代にはかえってハンディになり、障害にもなってしまいます。

この新しい時代を、ぼくはあえて〝過去のない時代〟と呼んでいますが、過去のない時代において頼るべきものは何かというと、教育とか先輩の言うことではなくて、自分の内部から出てくる声だと思います。これを、ぼくはあえて〝知恵〟と呼びたいわけです。

この知恵というのは、本能的ともいえます。〝本能〟は、いままでの西洋文明的考え方においては蔑視してきたものです。なぜかというと、本能は動物的なものだと考えていましたから、その動物と人間とは区別して、明らかに違うものだという考え方をもっていたのです。これはキリスト教の考えでもあり、西洋文明の考え方そのものです。

本能的、それは非常に下品なものと考えてきました。しかし、この価値の大転換期にあっては、この本能的な、また動物的な考え方がいま見直されてきているのです。

動物的本能というか、動物的な勘というか、誰に教えられなくても本能的に危険を感知したり、行くべき方向を察知したりする力のことで、これをぼくは〝知恵〟と言いたいのです。

ですから、教育のない人間にも知恵があるのです。たとえば、デズモンドの『裸のサル』や『人間動物園』という本が話題になったり、また教育テレビで「群」の生態学といって、人間の社会交性を研究するために、もう一度動物の群から検討してみようという、そういう試みが行われたりしました。

現代の学者や知的指導者たちにおいても、もう一度動物という側面から人間というものを洗い直してみようという風潮が出始めています。この傾向は、動物というものを軽蔑してきた西洋的な考えから一八〇度転換するものでもあります。

つまり、人間は動物という側面から逃れられないということです。農業を始めてから約一万年。この間、人間はいろいろな知識を集積してきました。その知識の上に知識を重ねることで、これまではうまく生きて来れましたが、今日のこの文明時代の最後の局面に至って、ようやく今までの積み重ねの知識だけではダメだということが解ってきたのです。

まったく新しい世界や時代へ人間が入っていくとき、動物がもっている本能的なもの、知恵というものが見直されているのです。そういう意味で、人間の知恵を考えるということは時宜を得たことだと思います。

中島――そうしますと、知識を基準にした価値判断と、知恵を基準にした判断は、おのずと変わってくることになりますね。

竹村――そうです。たとえば、人間の知恵による善悪の判断を考えたとき、私はこれまで世間のいう道徳という形では捉えたくないです。

世間のいう道徳ではいけないことでも、本能ではいいというかもしれない。新しい人間の知恵からみると、世間でいいと言っていることも悪いというかもしれないのです。

極端な話になりますが、同性愛というものが若者の間ではやっています。あれは西洋のキリスト教を中心にした西洋文化の考え方からすれば、犯罪になっていました。この同性愛の考え方というものは、明らかにいままでの道徳、あるいはいままで学んできた知識からすれば悪いことです。

いま、世界の人口が二十一世紀には七〇億も越えて、もしかしたら地球は人間でいっぱいになってしまうかもしれません。そうなると、飢死する人が多く出るかもしれないという新しい局面に遭遇するかもしれないのです。

そうなると、子どもを産めない同性愛のほうが、かえって人類を救う道になるかもしれません。若者たちがおこなっている同性愛は、世間でいう道徳ではいけない事かもしれないけれど、新しい世界においてはいいことかもしれない。

同性愛は、個人個人が体の中で動物的に感じている本能ですから、学問的に私たちがいいとか悪いとか判断することは難しいけれども、それはいいことかもしれないです。

いままで、犯罪視されてきた同性愛がいいかもしれないというような価値の大転換を考えたら、そのほかにいくらでも価値の転換が出てくるかもしれない。

そう考えると、これからの生き方を規定していくものは、いままでのような知識ではなくて、新しい人間の知恵によるものかもしれません。

若者の意識と行動に時代の方向性が

中島――いま「道徳」というお話が出てきましたが、人間の知恵による新しい社会での道徳観というか、倫理観というものがあるとするならば、これまでの社会がつくった道徳や論理といったものがいったん崩壊して、新しい道徳観、倫理観が起こってくることになりますね。

竹村――そういう可能性が十分にあると思います。

中島――つまり、価値の転換ということの意義がここにあるわけで、大事なことはこれからの社会を創造する上で、新しい価値観をどう構築していくかが、転換期に生きる私たちの責任でもありますね。

竹村――経営などでも、いままでのやり方を踏襲していれば、何とかいけたという時代は過ぎ去りつつあると思います。

『未来の衝撃』という本を書いたドラッカーもそうですが、そういう一大変化の時代に遭遇しつつあるということを予感しています。にもかかわらず、大部分の経営者は過去の知識に頼りがちになっています。いまこそ、人間の知恵という原点にもう一度立ち返らなければならないと思います。

人間の知恵を、動物的本能であり勘だとして考えると、それは年配者よりも若者のほうが優れていると私は思います。若いということは、それだけ動物的生命力がより豊かだということです。

経験を重視していた時代には、年配者をより重要視していました。しかし、これからは若者の意見をより聞く方向に変わって行くと思います。もちろん、勘は経験の集積だという考え方もあり、年をとって勘のさえる人もいます。

しかし、動物的生命力というものを私は重要視しますから、現代のように危険でわけのわからないジャングルの中に入って行くときは、それだけ勇気が必要です。無謀さも必要です。こういう時は、若者たちの知恵というものが重要視されてくると思います。

中島――昨今の若者文化というか、若者たちの意識や行動には顕著なものがありますが、時代の転換期の萌芽とも言えますね。

竹村――そうです。それは、単に若者たちだけがそれを持っているということではなくて、世の中全体が若者的になってきているということです。これを「ヤングマーケット」とも言われます。

これは「若者の市場」という意味ではなくて、マーケットがヤングであるということです。つまり、世の中全体が若いんだという、こういう観点で捉えていったほうが正しいと思います。

中島――現在、公害問題が深刻な社会問題になっていますが、こういう事態を招来してしまったのは、他ならぬいままでの知識や経験を重視してきた指導者たちの責任とも考えられます。

もし、指導者たちが時代を先取りする若者たちのような知恵を発現し、もっと若者たちの声を受け入れていたら、このような事態にはならなかったとも思いますが？

竹村――ところが、公害などがこんなにひどくなる以前から、若者たちは抗議の声を上げていたんです。自分たちは、今日のような西洋文明や都会文明はいやだといって、山の中へ逃げていった人もいたんです。

あのフーテン族もヒッピーも、公害などの世論が起こる前から起きていた社会現象です。そこに現代の大人たちは気づいていなかった。フーテン族やヒッピー現象は、若者たちが持っている本能的な知恵の現れだと私は思っています。

新しい時代や社会を察知する力というものは、大人よりも若者のほうが強いんです。それを大人は「今の若者は道徳的に堕落している」というような言い方をして、従来の価値観に固執していたのです。

若者がそういう形で新しい時代への道を、極端な形とはいえヒッピーのような形で示していても、大人の指導者たちはそれを感知せず、かえって彼らを非難したり圧力を加えたりしようとしています。

大人がそれほど頑固に西洋文明（工業文明）に固執するなら、宇宙の創造主としては、これはもう彼ら（現代の指導者たち）を痛みつけて、大人でもわかるようにせざるを得ないと考えたにちがいないと思います。

彼らにはちょっと気の毒だが、水俣病という形で犠牲を出すことによって、はじめて大人たちに気づかせたのです。若者たちは、それ以前に感じていたんですね。

集中から拡散・アドホクラシーの社会

中島――このような価値の大転換というのは、人類史からみて過去にもあったんですか？

竹村――もしあったとすれば、一回だけありました。それは文明以前の時代で、移動しながら生活する狩猟採集民の時代から、やがて農耕を始めた文明時代への大転換期です。

中島――それほど大きな転換期なんですね。

竹村――そうです。人類にとって第二の大転換というのが、この二十世紀にきているのです。そういう新しい時代には、過去の知識が役立たないから、ますます知恵というものが重要視されてくるのです。

経営に置いても、今日と明日との間に大きな断層をつくるということではなくて、それは徐々に変化していくわけですが、しかしその方向性は非常に逆方向からの変わり方をしている、ということを知っておくべきだと思います。

私はよく講演などで「集中性から拡散性へ」というような言い方をしています。たとえば、これまでの企業のピラミッド型組織というのは、全員が一番上の社長を目ざしてまとまっていくという方式でした。

これからの時代というのは、この集中方式から拡散方式で、たとえば一九六〇年代から急に伸びたコングロマリット方式のような、総本部はあるけれども、子会社の活動はまったくバラバラで自主性があります。出勤時間も服装なども自由で、本社と相談しなくても良いわけです。

これを私は「集中から拡散へ」という言い方をしていますが、いままでとは方向性とは逆の時代がきているということです。

中島―これからの新しい社会にとって、知恵というものが非常に重要視されてくることがわかりましたが、それが社会に転換される場合、体制的なプロセスで変革がされていくものなのか、それとも個々人の内面的な変革が体制を変えていくものなのか、いかがですか？

竹村―それは、もうはっきり言えます。知恵というのは、一人一人の心の中から出てくるものです。体制がまとめて指導する時代じゃないです。

ここでいう「集中から拡散へ」ということは、「ナショナリズムから個人主義へ」というような言葉で言い換えてもいいでしょう。ナショナリズムや体制というものは、まとめる方向であり集中性です。バラバラへの方向性は拡散性ですから、そこに知恵の意義があるのです。

中島―そうなりますと、現代の高度管理化社会、あるいは技術社会、また情報化社会といったものは次第に形を変えていかざるを得ないですね。そうした中で、組織社会における管理という問題はどうお考えですか？

竹村―新しい知恵というものが現状の体制から出てこないという意味のもうひとつの理由は、体制の支配者たちには新しい時代に対応する知恵がないと思うからです。過去の経験や知識があまりにも多すぎるためです。

では、どこから出てくるかというと、一般の市民の中から、特に若者たちからです。若ければ若いほど、新しい時代に対する感受性が敏感ですから、そこから知恵が出てくると思います。

それから、管理社会がどうなってくるかというご質問ですが、究極的にはピラミッドのような大組織化への方向性はなくなり、もっとバラバラに拡散した形での集合体になるでしょう。

だからといって、一人一人の会社、個人商店ばかりになってくるのかというと、そうではありません。人間というのは、「群の生態学」という研究がありますが、群れたがる習性があります。やはり集団生活したい、孤独では生きられない動物でもあります。

だからその場合、組織のために集まるのではなくて、気の合った者同士が集まる、何か一つのことをやるにしても、興味を同じくする者が集まる、そういった人間同士の共感をもった結びつきのグループ、そういったものが出来てくるでしょう。

それが、トフラーの言うアドホクラシー（その時々の状況に応じて柔軟に対処する一時的な組織）です。つまり、興味をもって皆が集まってやった仕事がなくなれば、その人たちはまたバラバラになっていきます。また、その人物が偉人だからといって集まっていても、その人が死んでしまえばまたバラバラになっていきます。

組織のための組織であるビューロクラシー（硬直化し非効率化した官僚的組織）においては、課長が死んでも課がなくなるわけではありません。ひとつの仕事がなくなったからといって、その会社が潰れるわけでもないです。アドホクラシーとは正反対のものです。

つまり、これからの新しい形態というのは、仕事がなくなればそのグループは解散するだろうし、みんなが尊敬して集まっていたリーダーが死んでしまったり、いなくなったりすれば、そのグループは解散してしまうという一時的組織なのです。これが、アドホクラシーの特徴であり、違いであり、新しい時代への形態なのです。

中島―これまでビューロクラシーが貫いてきた組織の地位や役職、また権威・権力といったリーダーシップは、アドホクラシー社会の中ではどのような位置づけになるのですか？

竹村―ビューロクラシーの権力や地位というのは、構成員が好むと好まざるにかかわらず、上から与えられたものですが、アドホクラシーでは、構成員みずからの自発性により、この人には権力を持ってもらいたい、リーダーになってもらいたいという形で、下からつくり上げられた権力や地位になるといえます。

この人は人格的に立派だ。この人と一緒にいると何か得るところがある、プラスになる、この人の言うことなら納得できる、こういう形になってはじめて本当の権力というか、リーダーシップが生まれてくると思います。

卑近な例で言えば、いままでその組織の課長だとすると、その人間がどのような人間であっても、上から課長という権力を与えられている以上、下の者は課長の言うことを聞いていました。

しかし、これからは課長がいくら課長という職責をもっていても、その人間に能力がなければ若い者はついていきません。課長という地位がなくても、能力さえあれば課長なみの仕事はいくらでもできるし、課と同じくらいの人数がそこに集まってくるし、いくらでも言うことを聞いてくれるということになります。

活字文化とテレビ文化が混交する二重社会

中島——次に、価値観という視点からですが、これまでの大人たちが作った旧来型の価値観と、これから作る若者たちの新しい価値観とは自ずと違うだろうと予想されます。この価値観と知恵の関係についてはどのようにお考えですか？

竹村——極論を言わせてもらえれば、いまの若い人たちの知恵というのは、いままでの価値観を一八〇度否定するようなものだと思います。というのは、いまの若い人たちは、すでに新しい文明後時代に生まれた人間だから、新しい世界での生き方を本能的に感じ取っている人たちです。

過去の文明時代に生まれたわれわれ大人は、過去の生き方が足枷となっていると思います。ですから、われわれ大人は若者の行動様態を見て、それを頭から非難せず、その生き方を容認しながら、そこから新しい時代の生き方というものを学び取っていかなければならないと思います。

中島——これは将来的な予測ですが、文明後時代の新しい時代が一応の形を整えるまでには、どのくらいの年月を要しますか？

竹村――農業社会から工業社会に移行し、そして現代のような確固たるビューロクラシーが築き上げられるまで、一万年は要しています。それからすると、やはり一万年はかかるかもしれません。

少なくとも、われわれの生きている時代には来ないでしょう。ですから混乱のままで推移するだろうと思われます。それだけに、現時点でミクロ的に考えれば、われわれ大人は、今の若者を放っておいていいのだろうかと思うのが当然かもしれません。

現在、企業において利益を上げなければならない経営者にとっては、「なるほど竹村の言うことはわかった」としながらも、今年や来年にかけて利益を上げていかなければならないでしょう。そのためには、いままでの知識や技術をうまく使いながら、新しい要素も取り入れつつ、経営していかなければならないと思います。

ただ、マクロ的に見てまったく違う方向へ世の中が動いていくとなると、これは私が去年あたりから唱えている「二重社会論」になる可能性があります。

中島――その二重社会論というのは、時代が転換する過渡期の現象ということでしょうか。ある大手出版社の社長は、これまで活字人間だったのが、今や視聴覚人間に変わりつつあると言っていました。

社長の指示や命令、決裁、また報告もすべて録音テープを使っているようですが、多少意味は異なりますが、このように毎日の生活が二重的要素の中でバランスをとらなければならない時代にもなりますね。

竹村―すべての大人がそこまでできるかどうか分かりません。たとえば、私がゴーゴーへ行ったらやかましいと思いますよ。ゴーゴーを楽しむ若い人たちは、体をくねらせながらダンスを踊ってうっとりしています。それは、私たちがモーツアルトを聞いてうっとりしているのと同じだと思います。といって、私たちがゴーゴーに行ってうっとりしようとは思わないです。私たちは、ゴーゴーが分からない時代に育ったのですから……。

中島―いまの大人たちが若者だったころ、いまの若者たちと同じだったかというと、そうではないですよね。では、なぜいまの若者たちだけが、本能的に動物的な知恵を持っているのでしょうか？

竹村―大きく言えば、新しい時代の流れというものが、私たち人類が知らない間にやってきたからだと思います。具体的に、流れを変えた顕著なきっかけといえば、昨今のテレビ文化や豊かな社会というものが、人間を変えてきたんだと思います。中でも、テレビと活字の違いは大きな要因となっていますね。

私の場合、モノのない時代で育ち、食うものがなかったから、もしかしたら生きていけないんじゃないかという恐怖感と不安感が体に染みついていますね。ところがいまの若者たちは、モノがいっぱいありますから、食えないなんて思ったことはないと思います。

食うということは、ヤクザでも一宿一飯の恩義といって、一遍飯を食わしてもらえれば、翌日たちはボスのために命を投げ出してもいいくらい大切な問題でした。こういう大切な問題に関して、モノがなくなると思っている者と、なくならないと思っている者との間には、決定的な相違があると思います。

たとえば、いまの若い者は競争しないとか、努力しないとか言うけれども、彼らは努力する必要がないと思うのです。腹の空かした人間が十人いて、そこに弁当が一つしかなかったらだれでも競争しますよ。腹を空かしていない人間十人の前に百個の弁当があっても、だれも弁当を食うために競争して走る人はいないです。

後からゆっくり行っても必ず食えますし、しかも弁当箱が四角だからいやだとか、丸い形の方がいいとか、弁当箱の色がグリーンだからいいとか、嫌だとか、自分の好みに合わせて選択することも自由なのです。

では、なぜ同じ若者でも、私たち若者の頃と今の若者たちとの間にこのような違いが生まれてきたかといえば、テレビや活字、貧困や豊かさといったことに象徴されるように、その時代の環境の違いが人間を変えてきたと思います。

この文明時代の間でも、移動手段が馬から自動車に変わり、現代に至っては活字文化からテレビ文化へ変わり、貧困社会からモノが豊かな社会へと大転換しています。この大変化はいままでにはなかったのです。

だから、いまの若者たちとわれわれ大人との違いというのは、われわれが若者だったころの大人たちとの違いとは比較にならないほど大きな変化だと思うんです。単なる世代の変化を越えた大きな違いだと思います。

科学の発展は人間の生命にとって脅威

中島――現代社会をいろいろな呼び方をしますが、情報化社会として意味をもたせることは妥当でしょうか。

竹村――その通りだと思います。ぼく自身〝モーレツ〟という言葉を流行らせましたし、〝ビューティフル〟という言葉も流行らせました。〝触角時代〟という言葉も、マクルーハンを紹介したときに作った言葉です。

やはり、そういった現象が世の中にあるから、それを適確に表すために新しい言葉をつくるわけです。情報化社会という言葉が流行るのは、そういう現象が世の中にあるからだと思います。

つまり、社会が情報化しているわけです。社会というのは、物と人からなっているから、物と人が情報化しているということです。鉄が酸化すると、鉄のまわりに酸がくっつくように、社会が情報化すると人や物のまわりに酸がくっつくということです。

そうなると、物そのものが見えなくなって、物のまわりの情報のほうに目がつくわけです。まわりの情報により注目が集まるわけです。たとえば、万年筆なら「書く」ということが万年筆本来の存在意義ですが、その「書く」ということよりも、万年筆の形がどうであるとか、色がどうであるとか、そういう外観の方に目がいくのです。

ですから、万年筆の宣伝でも「ハッパフミフミ」という大橋巨泉の宣伝にもあるように、万年筆そのものについて宣伝するのではなくて、全然関係のないことを言っています。でも、それが売れる原因となっているのが情報化社会というものです。現実にそれが情報化社会というもので、それを否定してもしょうがないことです。

中島――さて、現代科学の進歩には目覚ましいものがありますが、この科学の発達と人間の調和という視点から見たとき、科学とは何か、人間とは何かという最も基本的な問いをせざるを得なくなりますが、これについてはどのようにお考えですか？

竹村――科学の進歩については、私は頂点にきていると思います。これからもマイナーな発見は続くと思いますが、大発見はないだろうと考えます。というよりも、これ以上科学が大きな発明をしたら、人間の生命にとって脅威となります。

発明しても実験室だけにとどめて、実用化すべきではないと思います。たとえば原子爆弾のようなものは、科学の究極ですよ。プラスチックにしても、錬金術みたいなもので、永久に腐らないですから、ある意味で人間社会にとって怖いことです。

中島――ある思想家によれば、本来、科学というものはそれ自体善でもなければ悪でもない中立的な存在だといいます。つまり、科学を使う人間がそれをどう使うか、またコントロールするかによって、科学は悪にもなり善にもなるということですね。

大事なことは、科学がどこまでも人間にとって善であるためには、高度な人間の知恵が求められると考えますが……。

竹村―そうですね。これからの新しい人間の知恵からすれば、科学というものをそれほど重要視しない時代になるのではないでしょうか。

中島―次に思考の問題ですが、この混乱期における思考のあり方はどうお考えですか？

竹村―いま必要なのは、二重思考です。つまり、二つの違った人種が日本の中にいると考えます。年輩者という人種と若者という人種と考えてよいでしょう。その場合、年輩者が同じ年輩者に話すときと、若者に話すときとは違うと思います。徐々に年輩者の世界は消えていきますから、後になればなるほど新しい時代の思考方法になってくるということになります。

中島―その場合の年輩者というのは、現在の大人であり活字人間ということになるかと思いますが、若者の中にも最近よく本を読んでいる人も見受けられますが……、これは活字人間とは違いますか？

竹村―いまの若者たちは、生まれた時からテレビという環境にさらされて生きてきていますから、本を少々読んだとしても「三つ子の魂百まで」であって、やはりテレビ人間であり、映像的で感覚的な思考は変わらないですね。

中島―こうしてテレビが社会の隅々まで行き亘り、映像によるコミュニケーションが日常的に当たり前になってきますと、映像文化というものが活字文化にとってかわると社会になるのでしょうか？

竹村―それは間違いないと思います。しかし、活字がなくなるということではありません。活字を読むという楽しみは、人間にはありますから、読みたいときは読むでしょう。ただ、活字のあり方というのは変わるでしょう。

例えば、いままでの本や雑誌のように文字だけを並べたものではなくて、もっと視覚的に感覚的に、またファッション的にもデザインされた本になっていくでしょうね。マンガやイラスト、写真や絵などがたくさん入ってくると思います。

中島―これを、産業構造からみますと、現在は二次産業から三次産業社会に至っています。今後の第四次産業を考えるとそれは情報社会になるかと思います。知識産業社会とかシステム産業社会というのが、これからの産業形態というわけですね。

竹村―その通りです。情報社会は知識産業社会ということでしょう。これからは、情報を多く握っている者が勝つということです。いままでは株を持っているホールディングカンパニーというものが企業活動の中枢になっていましたが、これからはノレッジホールディングカンパニーが企業活動の中心になるでしょう。

中島―その場合のノレッジ、つまり知識というのは、知恵によって発現された知識ということですね。

竹村──そう考えてもいいし、また今までのやり方に固執している知識ではなくて、新しい時代に即応した知識ということですね。そうすると、今までの知識は過去を長く引きずった知識ですので、これからは新しい知識や情報を得ることで時代を的確に把握し、それに見合った知識産業社会が考えられると思います。

ビューティフルが生き甲斐の源泉に

中島──日本民族が、また日本社会が営々と築いてきた歴史や伝統は、文明後社会ではどのような形で残るでしょうか？　それとも一度崩壊してしまい、新たな歴史や伝統が創造されていくものでしょうか？

竹村──極端に言えば、新しい時代はこれから築いていく知識の集積の上に築かれると思います。もし残るものがあるとすれば、動物的な側面の文化でしょう。たとえば人間は動物としての生き物ですから、足を踏まれたら痛いわけです。だから、他人の足を踏んだときには「ごめん」と言ったり、「ごめん」という表情をするといった道徳面は残るでしょう。

しかし、人前ではきちんとした服装をしなければいけないとか、家の中だったらサルマタひとっていてもいいというような道徳、これは人間の動物性とは関係ないのです。そうなると、人前でも構わずサルマタ姿で歩く人も出てくるでしょう。現に、スケスケルックで歩いている人もいるわけですから……。

しかし、寒かったらスケスケでは凍え死ぬから厚い服を着るでしょう。それは動物的な意味で着るわけです。そういうものは、過去の文明前の時代から続いてきているもんです。人間というのは、動物そのものから逃れられないのですから、そういう面での知識は残るでしょう。

そのほか知識が残るとすれば、極端ですが昔の人が言っていた諺みたいなものは、残っていくかもしれません。文明時代の、いわゆる工業化以後につくられた知識というものは、消えていくでしょうね。ここら辺は非常におもしろいところです。

私は今、非常に大きな構想のもとに新しい説を考えていますが、諺などは知識というより知恵といっても良いと思います。そういうものは残るでしょう。非常に人間の動物的なものに密着したものですから。

中島——最後に、ビジネスマンや現代人の生き甲斐についてお願いします。

竹村——生き甲斐ということは、やりたいことをやれるということです。ただ人間というのは社会的動物であり、群の中で生きる動物ですから、構成人員に迷惑を与えては生きられない。だから、他の人に迷惑を与えない範囲で、自分の好きなことをやっていくということが、簡単に言えば生き甲斐でしょうね。

それが肉体的に非常に辛い仕事でも、自分がやりたい事であれば、それは生き甲斐でしょう。いくら楽な仕事でも、自分がやりたくないことだったら、生き甲斐にはつながらないでしょう。

中島――ビジネスマンの場合「モーレツからビューティフルへ」と提言されていますが、そういう意味でこれからのビジネスマン像も変わりつつありますね。このビューティフルな生き方は、ビジネスマンに限らず文明後の人間の生き方の指標とも言えますね。

竹村――ビューティフルというのは、余裕があるということです。簡単に言えば、四角の中に丸があったら余地があるでしょう。四角が四角のままだったら余裕がありません。また、丸の中に四角があっても余裕があります。そういう余裕こそが、人間にとって生き甲斐の源泉になるのです。

中島――どうもありがとうございました。

（昭和四十六年十二月＊一九七一年）

第五章〈コラム編〉

折々の事象をつづる

〝心〟あっての人間

コンピューターの技術革新は、日進月歩だ。今度は、人間の話す言葉を理解し、記憶して、しかも一度にいくつもの仕事を処理することができるコンピューターを、日本とイギリスが共同で開発を進めるという。一九九〇年代には、人間の頭脳に近い構造をもったコンピューターが出現するかもしれない。

ロボットが人間の身体の代わりをし、コンピューターが人間の頭脳の役割をするとなると、とどまるところ知らない技術革新の果てには、人間はいったいどうなってしまうだろうか？　この先が心配でならない。

現在、コンピューターが産業社会の中で果たしている役割は大きい。そのハードからソフトまでは、いうまでもなく専門の技術者でなければ、扱えるものではない。

最近〝マイコン〟といって、超小型の電子計算機が開発されているようであるが、それが一般家庭や個人が自由に扱えるかとなると、まだまだカッコ付きの「不自由な機械」ともいえる。

今後も、ロボットやコンピューターの技術革新は進むだろうが、それが人間の頭脳の一部に取って代わったり、人間の機能のある部分を支配したりすることはあったにしても、人間の〝心〟まで取って代わるようなことは、半永久的にないものと信じている。いや、絶対にあってはならないと思う。

その意味で、コンピューターはどこまでも「不自由な機械」であって欲しい。科学が人間を超えたら、人間は人間でなくなる。なぜなら、科学は絶対真理ではないからである。


（昭和五十七年一月記＊一九八二年）

「ありがとう」は〝知恩の心〟

児童文学作家の花岡大学は〝感謝〟の心を次のように表現している。『おのずから、「ありがとう」という言葉が出てくるためには、言葉に先行して〈知恩の心〉がなければならない。〈知恩〉とは文字通り〈恩を知る〉ということであり、〈恩〉とは自分に対して外から加わってくる働きであり力であり、恵みである』と。

さらに氏は、私達の暮しのすべてはこの〈恩〉によって支えられ生かされているのだと気付いたときに、「ありがとう」という言葉は生きた表現となって出てくる、という。

また氏は、今日の社会の混迷や青少年の非行、暴力なども、言ってみればこの「恩の思想」の喪失にすべての原因がある、とも指摘する。

豊かで、便利で、何不自由のない現代社会に生きていると、つい私達は〝当たり前〟の生活になり切っている。自分の思い通りになって当たり前。思い通りにならないのは、すべて親が悪く、他人が悪く、社会が悪いことにしてしまっている。

遂には、その鬱憤を暴力や殺人や強盗などの行為をもって晴らしている。もしそうだとすれば、そこには人間性のかけらもなくなって、単に動物的存在としてしか言えない。

〝人〟という文字は、人と人とが支えあって出来ている文字だと説かれる。「共存」や「共生」があってこそ、人間社会。自分以外のすべてに対し、まず自分から〝ありがとう〟と素直にいえる感謝の心を養いたいものである。

（昭和五十七年二月記＊一九八二年）

手をかけ目をかける

子どもを一人前に育てるということは、なかなか手のかかることである。乳児の場合は、授乳やオムツの取り替え、入浴や日光浴など、そして言葉かけも大事なことである。母親にとって、手がいくつあっても足りないくらい、子どもの躾には手がかかるものだ。

最近の若いお母さん達の中には、手をかけることを億劫がって、義務的に対応したり、放ったらかしにしたりしている人がいる。また、手をかけているように見えて、親の都合で溺愛したりする母親もいる。小児科医の久徳重盛氏が指摘する『母原病』をつくりだしているケースが多い。

手をかけるということは、学校教育においても同じである。教師が生徒にどこまで手をかけてあげられるかによって、成績も良くなり、校内暴力や非行もかなり防げると思う。

そこには、自ずと親や教師の思いやりや愛情の心が求められる。脳生理学者の時実利彦博士は、この心を伝える行為のひとつに〝目〟の大切さを説く。すなわち「視線」とか「まなざし」の大切さである。

昔から「目は口ほどにものをいい」とあるように、目という器官は重要な意思伝達器官のひとつだ。ましてや、乳児は言葉による意思の伝達は未発達なだけに、目による意思表示は、泣き声と同時に重要なコミュニケーション手段だ。

赤ちゃんの目、育ち盛りの子どもの目から目を背けることなく、しっかりと目と目を向き合わせて、そこから発信している意思を読み取ることだろう。それが、子どもと親、子どもと教師との心の連帯となり、以心伝心するのである。

手をかけ目をかけることは、育児や教育の基本なのだ。

（昭和五十七年三月記＊一九八二年）

子ども教育と大人のエゴ

家庭内の人間関係、とりわけ親子関係がますます難しくなってきている。中学生や高校生になると、大人への自我意識が芽生えてきて、いわゆる反抗期になり、親の言うことを素直に聞き入れようとしない。

ちょっとしたことが原因で、暴力や家出、窃盗や売春など、非行に走る子どもも多い。こうした親子の不和は、家庭内の問題にとどまらず、社会問題化して、学校や行政、地域をも巻き込んでいるのが現状だ。

〝家庭は社会の縮図〟とも言われるように、親子問題は、そのまま社会問題でもある。家庭も社会も大人がつくったことを考えると、子どもの非行化はそのまま大人達の責任といっても過言ではない。その意味で、子ども達を責めることはできない。責められるべきは、大人達であろう。「親は、私たち子どもの気持ちを解ってくれない」「社会は、私たちの声にもっと耳を傾けて欲しい」と、心の中で叫び続けているのだ。

しかし、大人や社会はそれを無視し、上から目線で叱ったり、暴力で従わせようとしたりしている。この軋轢が、子ども達の非行化を助長しているようだ。

つまり、子ども達の非行化は、大人達のエゴイズムに起因しているといってもよい。ではその解決策はというと、「子どもといえども、大人と対等の人格者であり、一人の人間である」という認識を、大人達がもてるかどうかである。

実際に、大人達はそこまでの認識になかなか立てない。その障害となっているのが、〝成人式〟という言葉への固定観念だ。子どもは「二十歳になるまでは大人ではない」「未熟な人間だから、親や、学校、社会の言うことを聞きなさい」という、大人社会の一方的な決めごとが出来上がっている。

もちろん心身の発達段階から見た場合、子どもから大人への移行期はある。しかし、それが二十歳なったその日から、ガラッと変わるものではない。二十歳になる前から、自律した子もいれば良識ある子もいる。人によっても成長度合いはそれぞれ違う。

行政的には、どこかで大人と子どもの線を引かないと困る一面もあろうが、あくまでも成人式というのはセレモニーに過ぎない。十五歳前後から、心身の発達が少しずつ成人へと人格形成されていく。この時期が、俗に「難しい年頃」といわれる年齢だ。

子どもを非行に走らせるかどうかは、この時期の親や社会の対応いかんにかかっているといってよい。子どもの主張に理不尽さがあったら、よく聞いてあげ、対話することだ。拒絶するのではなく、認めて受け入れていくことだ。そういう度量が、親や大人には求められている。


（昭和五十六年一月記＊一九八一年）

〝食は命なり〟に健康あり

一九九〇年代の食生活の方向性について、昨年の十二月に、社団法人・大日本水産会が『九〇年代の女性と食生活』についてシンポジウムを開いた。

それによると、食べ方の面では、①食事のメニューの多様化、②世界の料理を取り入れた混食化、③全体的に洋食化、④大人・子ども・老人別の個性化、⑤ＴＰＯに応じたレジャー食品やスポーツ食品などの外食化、などを予想している。

栄養面では、運動不足とのからみの中で〝栄養過多〟を指摘しているのが目につく。物が豊かな時代を迎え、栄養摂取の制限に対する認識も高まってくるのではないかと指摘している。

さらに味覚の面では、やわらか志向や塩分をおさえた薄味志向が強まり、砂糖離れも進むのではないかと見ている。また塩分とあわせて、食品添加物に対する関心も高まり、安全性重視の傾向も強まるのではないかとしている。

このほか、調理と材料による簡便化（加工食品等への依存）をすることで、余った時間を仕事やレジャーにふり向けたり、また時間と金をたっぷりかけた〝一点豪華主義の食事〟をしたりするといった両極化の現象も予想している。

このほか、男性の料理志向などについても討論されたようである。

シンポジウム全体を通して、物足りなさを感じたのは、やはり「食と健康」の問題であろう。〝食は命なり〟といわれているように、食べ物が体をつくり、命を育むのであれば、おのずと食と健康問題は切り離せない課題である。

（昭和五十六年二月記＊一九八一年）

忘却という能力

「歳をとると、物忘れがひどくなった」とぼやく人が多い。何も、これは高齢者に限らず、若い人であっても、覚えたことや記憶していたことを忘れることはいくらでもある。

人生は、生まれた時から今日まで、嫌なことや悲しいことがいっぱいある。また、楽しく嬉しいこともいっぱいある。私たち人間は、これらのすべてを忘れずに、記憶していたらどうなるだろうか？

「もし、人間が経験したすべてのことを克明に記憶し、忘れることができなかったら、ほとんどの人は、三十歳前に自殺してしまうだろう」といった心理学者がいた。

親との死別は悲しい。昨日まで元気で一緒に暮らしていた家族や、親しい友達などが不慮の事故で命を落としたとしたら、誰でも悲しみのどん底に落とされる。

そんな悲しみの記憶が忘却されないまま、一年、五年、いや十年と続いたらどうなるだろうか。恐らく発狂し、自殺に追い込まれるかもしれない。

悲しみの記憶や喜びの記憶というのは、時間と共に、少しずつ忘れ去り、薄れていくものである。少しずつ忘れていくことで、あの忌まわしい記憶を乗り越え、明日に生きる力となっているのである。

つまり、人間という高等動物は、「記憶する能力」と同時に、「忘却する能力」も持ち合わせているという。生きる知恵として、本然的にそなわった能力であろう。

もちろん、記憶を呼び起こせば、思い出すことはできるが、その時の恐怖や悲しみ、喜びは、忘却という能力によって調整され、緩和していることに気づく。ましてや、日常の些細な出来ごとは、記憶と忘却の繰り返しの中にある。

比喩すれば、水がいっぱい入っているコップに、さらに水を注ごうとすれば、コップの水を捨てないと入らない。無理して入れれば溢れてしまう。古い水を捨てないと、次の新しい水が入らないのと同じように、過去の記憶を忘却してこそ、新しい記憶ができるのである。人間の脳機能は、もともとそのように出来ていると言われる。

この忘却という能力は、裏を返せば、過去に捉われず、すべてを前向きに受け止め、プラス思考で、楽観主義に生きろということかもしれない。その方が、より豊かな人生を創造する力になるのであろう。


（昭和五十六年三月記＊一九八一年）

小・中・高生の体を蝕むもの

ある地方の高校生を対象に健康調査をしたところ、二人に一人が肩凝りを訴え、高校三年生の場合では、十人に一人が胃・十二指腸潰瘍を患ったことがあるという。

肩凝り、胃・十二指腸潰瘍といえば、これまで中年サラリーマンに特有のストレス病とされてきた。それが、最も成長著しい高校生において、すでに老化現象ともいうべき調査結果がでたことに驚きを禁じ得ない。

高校生の心身に、いったい何が起こっているのか？　同調査によると「現在の高校は、希望校ではないうえ、授業にもついていけない」と答えた人が、約六〇パーセントだという。こうした不満が、彼らの日常的なストレスとなって、心身の老化を促進させているのではないか、と同調査は指摘していた。

現在の高校生の健康状態について、①なんとなく具合が悪い、②入院を勧められている、③通院治療しているなど、何らかの異常を訴えている者が、三〇～四〇パーセントにも達していた。具体的な症状でみると、①目まい、②脱力感・無気力、③肩凝り、などを訴えており、いずれも中高年に多い症状と同じだ。

また、別な報告によると、小中学生にも腎臓病がかなり進行しているともいう。成人病（註・現在は生活習慣病という）が、低年齢化している要因にストレスがあるとすれば、小・中・高校生をとりまく生活環境を、抜本的に見直す必要があるのではないか。

（昭和五十六年四月記＊一九八一年）

キュアよりケアを

最近、〝がん〟で死亡する人が増えてきた。これまでの病気とちがって、宣告されれば、大半は死につながることが多く、しかも死ぬ間際の苦しみが大きいとあっては、誰もががんへの恐怖を抱かずにはいられない。

がんはかかっても、余程初期でない限り、今の医学で治すことは難しい。がん患者にしてみれば、後は少しでも安らかな死を迎えたいというのが本音だ。

それは、死に至るまでの精神的な孤独や肉体的な苦痛を、いかに少なくするかが求められていることにもなる。

こうした面で、最近注目されているのがホスピスである。これはがんで苦しむ末期患者を、闘病生活全般にわたって援助していこうという施設のことで、最近特にアメリカにおいて注目されてきた。

がんの末期患者ともなれば、身体を治療する〝キュア〟（cure＝治療）はもはや限界で、痛みがあったときにモルヒネ等で緩和する程度が精一杯である。あとは、精神的な面での〝ケア〟（care＝世話・気配り・介護）がどうしても必要となってくる。

患者は、常に不安や孤独に苛まれている。そうした精神的な面を支援していくのがケアである。家族のことや経済的なことなど、いろいろな面で相談相手になり、患者がかかえる不安の心をどう支えていくかである。
この心のケアが、また身体面にもよい影響を与えることがわかっている。特に、がん患者に対しては、心のケアをどうするかが、終末期医療の重要なポイントになっている。その意味で、日本におけるホスピスの普及とその充実が、今後望まれるところだ。

（昭和五十六年五月記＊一九八一年）

養生の知恵に学ぶ

最近〝養生〟という言葉をよく耳にする。決して新しい言葉ではない。昔からよく使われてきた言葉だが、なぜか新鮮味を覚える。ひとつには、現代医学の急速な進歩が背景にあって、現代人はその中にとっぷりと浸かってしまったからであろう。

病院へ行けば、病気を治してくれる、という現代医学への過大な期待感があった。それは、戦後の衛生状態が悪かったころに蔓延した肺結核などの感染症に、現代医学は驚くほど功を奏したことにもよる。薬がよく効き、死因のトップだった肺結核が激減したのだ。

その後、日本は高度経済成長を遂げ、モノやカネが豊かになると、日本人の食生活は欧米化していった。肉食、パン食、乳製品などの動物性たんぱく質を多く摂取するようになり、その結果、がんや糖尿病、高血圧などの成人病が急増したのである。

一方で、現代医学はこうした現代病を克服しようと、さまざまな研究や実験が行われ、医療技術も日進月歩し、新薬も次々と開発されてきた。それにも拘らず、がん、心臓病、脳卒中などの患者数は減るどころか、むしろ罹患率は年々増加している。

現代医学のがん克服に期待がかかったが、「医学が進歩したのに、患者数は増えて行く」といった皮肉な現象となった。病因もいろいろあって、かつて死因第一位だった肺結核のように、菌が体外から侵入して発病する外因性の病気には、現代医学はその力を発揮した。しかし、がんや糖尿病のように、身体の内面に原因があって発症する内因性の病気には、どうやら現代医学は苦手のようだ。

現代医学はどこまでも対症療法であって、治療をすることで症状を緩和したり、進行を送らせたりすることは可能だが、完治させることはなかなか難しい。対症療法は、病気になってからの治療法であり、自ずと限界があるのである。

そこで、病気になってからでは遅いため、病気になる前の普段の生活から見直す必要が出てきた。これは、医療者もまた患者側も気づいてきたようだ。

養生という概念は、その取り組みの一つである。養生は、中国の思想で生を養うと説き、人間の身体を整えることをいう。転じて、健康を保つことや、傷病を治療するために保養するという考え方である。

養生といえば、儒学者・貝原益軒の『養生訓』が有名である。いわば、健康についての指南書ともいうべきものだ。実体験に基づき、長寿を全うするための身体の養生と合わせて、精神の養生も説いているのがこの書の特徴である。

日々、心を平静にたもち、適度に体を動かし、害あるものをさけ、そしてまめに働き、喜びをもって生活していく、というのが益軒の養生の訓えだ。

日常生活に留意して、健康の増進を図ろうという〝養生〟の考え方は、昨今注目され始めている予防医学と共通するところがある。私たちは、自らを養い、自らが健康に生きていくためにも、養生訓の知恵を今こそ学びたい。温故知新とはこのことだ。

（昭和五十六年六月記＊一九八一年）

現代に通ずる「養生七不可」

江戸時代の蘭方医師である杉田玄白が、『養生七不可』を説いている。平易に訳すと、

一、昨日の失敗を悔やむな。
一、明日のことで慮（おもんぱか）るな。
一、飲み食いは度をこすな。
一、美食はむやみにするな。
一、安易に薬をのむな。

一、セックスは過してはならぬ。
一、まじめに働いて安逸を好むな。
の七つである。

これは、玄白が大病をして命拾いをした直後に、子どもや孫たちが古稀の祝いをしてくれた折、その御礼として述べたのがこの言葉だそうだ。

玄白が八十五歳の長寿を得たのも、普段からこのようなことに心がけて生活していたためで、現代にもそのまま通じる教えである。健康で長生きするには、過食・偏食に注意し、栄養のバランスを考え、心をゆったりもって生活していくことが、今日の成人病（註・現在は生活習慣病という）克服の要件と言える。

健康を保つには、時代が変わっても養生の精神は変わらない。貝原益軒の『養生訓』でも「心を落ちつけて、家業にいそしむことが養生の根本である」と。また「多少の嫌なことや困苦欠乏には耐え忍ぶこと、〝養生の道は忍の一字にあり〟」と説いている。

現代人は、あまりにも物に恵まれ、便利さに慣らされているためか、節制することの意志が弱い。その心の薄弱さが、成人病を生みだす大きな原因にもなっている。セリエ博士のストレス学説も、結論すればこの養生の道を説いている。


（昭和五十六年七月記＊一九八一年）

目的に生きてこそ生き甲斐

「生き甲斐のある仕事」とか「生き甲斐のある人生」といった言葉をよく耳にするが、〝生き甲斐とは何か？〟と問われると、はたと返答に困る。

辞典には〈生きているだけの値打ち〉とあるが、あまりピンとこない。生き甲斐を「生きていてよかったと思うこと」と言われれば、何となく実感が湧いてくる。

よく、囚人のレンガ積みの話を聞くが、彼等にとって一番苦しいのは、重いレンガを一日中運ぶことではなく、積みあげるレンガに何の目的もなく行うことだそうだ。運んでは積み、崩してはまた別の所へ運んで、または積む。この目的のない単純な作業を毎日繰り返していたら、肉体的というよりも、精神的に耐えがたい苦しみとなり、果ては気が狂うかもしれない。

人間にとって、目的のないことをするほど、苦痛で不幸なことはない。それがどんな目的でも良い。積み上げたレンガが塀になるとか、家になるとかであれば、それがたとえ苦しく辛い作業であっても、出来あがった時はそれなりの達成感や充実感、さらには幸福感を覚えるのである。

脊髄性筋萎縮症という難病と闘っている二十三歳の青年が、特殊なタイプライターを使って、三八〇枚の小説を書きあげたという新聞記事があった。また独、仏、英、露、スペイン語なども勉強しているという。生き甲斐とは、環境や障がいや条件ではなく、目的に向かって生きているそれ自体をいうのである。

（昭和五十六年八月記＊一九八一年）

親の生き方を子に見せる

ある地方新聞のコラムに「〝玄米の弁当〟に母の教育」という記事があった。その内容はこうだ。G市に住むA君は、今年小学校一年生になったばかり。そして、A君のランドセルの中には、毎日、お母さんの手づくり弁当が入っている。友達はみな給食を食べているのに、A君だけは、持参した弁当を広げて食べている。

弁当の中身といえば、玄米ご飯と野菜中心のおかず。これは、A君が病気だからではない。食べ物を通じて、人間の生き方を教えようとする親の思いが込められていた。

食べ物と健康について、両親は特に強い関心をもっていて、より自然なものをと常に心がけていた。それが効を奏してか、三人の子どもたちは冬でも裸で過ごすほど健康そのもの。

入学に当たって、学校給食を食べさせるかどうかで両親は悩んだという。子どもの健康を考えると、給食には不安があった。親の弁当にまさるものはないと思い、弁当持参に踏みきった。

当然、学校側の意見とはくい違い、親の身勝手な愛情を子どもに押しつけている、という意見が周りからあがった。

しかし、A君の母親は、「親としての生き方を、身をもって見せておきたい。子どもは、なぜボクだけが、と思うかもしれないが、やがて自分でその回答を見つけ出すと思います」と語ったという。親の勇気に、家庭教育の本質をみた思いである。

（昭和五十六年九月記＊一九八一年）

生の質をどう高めるか

人生は、〝細く長く〟生きるのが良いのか、〝太く短く〟生きるのが良いのか、それとも〝太く長く〟生きるのが良いのかは、人それぞれの生き方や人生観によって違う。

生物の本能的欲求からすれば、〝太く長く〟であろう。誰でも、お金がたくさんあって、美味しいものを沢山に食べて、いい家に住み、いい車に乗り、いい洋服を着て贅沢に暮らし、健康で長生きして、最後は苦しまずに死を迎えれば、最高の人生である。しかし、そんな人はこの世に一人もいない。

人はパーフェクトな人生を望めないことを知っているので、太さ、長さ、細さ、短さのどこかに自身の人生観を見出し、それを生き方の規範としている。もちろん、生き方・死に方に決まった法則があるわけではなく、学問的にも規定されているものではない。

ここでいう〝太さ〟とは、地位や名誉や財産といった物質的、または相対的なものであろう。一方〝長さ〟というのは、寿命の長さを意味するのである。

ただ、人間が生物体のひとつとして、また高等動物という存在として、生への価値を見出そうとする本能は、単に〝太さ〟〝長さ〟だけの概念で決まるものではない。そこには、自ずと生の〝質〟の問題がでてくる。いわゆるクオリティ・オブ・ライフである。

クオリティ・オブ・ライフの取り組みは、近年になって医療の進歩とともに発展してきた概念である。医療や医学が、ともすると病気だけを見て、人間をみる側面に希薄であった。「病気は治ったが患者は死んだ」という皮肉な状態が起きているのである。

モノが豊かになり、自由を謳歌すると、人はそれだけでは満足せず、次に〝質〟を求めるようになる。つまり、生活の質や人生の質である。人間らしく生きたい、幸福な人生を送りたい、という本源的な欲求である。

また医療的な側面でいえば心身の健康であり、社会的側面では良好な人間関係や生き甲斐のある仕事、快適な住環境などである。この生の質をいかに高めるかが、いま個々に問われている問題である。

（昭和五十六年十月記＊一九八一年）

野ウサギの教訓

運動生理学専門の阿久津邦男教授（専修大学）は、運動不足の現代人をオリの中に入れられた野ウサギに例えて述べている。

一匹の野ウサギが、ある日捕えられてオリの中で飼育された。これまで、野原を自由奔放に駆け回っていたウサギにとって、オリの中での生活は、初めは窮屈で不満だったようだ。しかし、日が経つにつれてオリの中の生活に慣れ、そう悪いものではないことを知った。

食べたい時に食べられて、寝たいときに自由に寝られて、そのうえ敵から襲われる心配もまったくない。まさに、ウサギにとってオリの中の生活は快適そのものだった。

やがて、そのウサギはオリから出され、野性に戻ることになった。これまで抑圧されていた動きへの衝動が一挙に解放され、山野を自由奔放に駆けめぐった。ところがある日、ウサギはばったりと倒れ、そのまま死んでしまった。死体を解剖したところ、死因は「冠状動脈疾患」だったという。

調べてみると、強靱であったはずのウサギの心臓は、運動不足のために小さくなっていて、激しい運動に堪えられる心臓ではなかった。さらに、オリの中で贅沢な生活を送っていたウサギは、栄養面で過剰となり、暑さ寒さに立ち向かうだけの体力を失くしていた。

この死んだウサギの教訓は、運動不足と栄養過剰の恐ろしさである。普段、運動しない者が、急激に運動したときの恐ろしさを、運動不足の現代人に警告しているエピソードである。


（昭和五十六年十一月記＊一九八一年）

平均寿命への疑問

日本人の平均寿命が延びているという。寿命が延びることは喜ばしい。ところで、この〝平均寿命〟って何だろう？　どうして算出するの？　という疑問があった。

ある本の解説によると、平均寿命というのは、ゼロ歳児の平均余命のことである。今生まればかりの赤ちゃんが、将来どれだけ長く生きられるかを予測したものである。

実際に生きてみなければ、どれだけ生きられるかはわからないが、数値が発表されると、自分もその年齢まで生きられるかもしれないという錯覚に陥る。平均寿命はあくまでも平均であって、それよりも短い寿命の人もいれば、長寿の人もいる。

資料によると、平均寿命の算出方法は、これまで生きてきた人達の生存データを元にして計算するそうだ。その中には、明治生まれの人もいれば、近年生まれた人もいる。また食生活の違いや、生活環境の違いなど、さまざまである。

食生態学者の西丸震哉氏は、独自の計算方式で、年代別に予測平均寿命を出している。それによると、例えば一九八〇年現在七〇歳の人ならば、七六歳くらいまで生きられるが、今二〇歳の人は、なんと四一歳が平均寿命だという。

昨今の子ども達が、本当に七六歳まで生きられるかどうか、疑問でならない。

（註・その後一九九〇年に西丸震哉氏が著した『四十一歳寿命説』がベストセラーとなって

話題となった。環境汚染の影響で、日本人の平均寿命は大幅に下がり、一九五九年以降に生まれた人は、四十一歳までしか生きられない、という大胆な予想をした。この説は、残念ながらはずれ、忘れ去られたが、福島原発事故により、何もかも放射能に汚染された現在、四十一歳寿命説は現実味を帯びてきた、と指摘する人もいる）

（昭和五十六年十二月記＊一九八一年）

生死の操作を危惧する

「安楽死の問題を、日本で取り上げて小説に書いたのは森鷗外かもしれない」と言った人がいた。小説『高瀬舟』の主人公・喜助は、病気で瀕死になって死にきれないでいる弟を見るに見かねて、ついに安楽死の手助けをする。その自殺幇助の罪で島流しにされた。

この小説が世に出たのは、大正五年だから、今こそ安楽死問題についてはいろいろ論議されるが、〝人の死〟は古くて新しいテーマでもある。

人間にとって、一番の関心事と言えば〝生〟と〝死〟の問題であろう。生と死が、自然界の事象として、そのまま受け入れられている限りは、さほど心配はない。問題は、生と死に対して人為を加えることである。いま、その動きが内外に起きてきていることに、危惧を抱く。

例えば、生命の始期をめぐる問題として、遺伝子操作、体外受精、人工授精などがあり、生命の質に関連する問題として、人工臓器や臓器移植などがある。また、生命の終末期に関する問題としては、安楽死や尊厳死などがある。いずれも、人為をもって生死を操作しようとする現代科学の傲りといってよい。

現代生活の多くが、科学の恩恵に浴していることは否定し得ないが、こと〝生死〟の問題だけは、安易に科学をもって取り扱うべきではない。生命の尊厳を第一義に考えるならば、自然な生まれ方、自然な死に方を模索し、それを受け入れていく知恵こそが、いま一番求められているのではないか。

（昭和五十五年一月記＊一九八〇年）

無実の罪で二十九年

これだけ社会構造が複雑多岐にわたると、人間関係も多様化し、さまざまな事件やトラブルが発生する機会が多くなってきた。事件であれ、事故やトラブルであれ、いったん起こってしまった時は、事の真相を究明し、再び起こさないようにするのは当然のことである。

法律はそのためにあり、裁判が公正に運用されるなかで、有罪か無罪かが裁かれ、判決に従って法の裁きを受けるのも、法治国家における国民として当然のことである。とはいえ、法律を作ったのも、その法律に基づいて検挙し裁判するのも、全ては人間のすることである。そこに、完全無欠ということはあり得ない。時として、不条理な結果を招くことがしばしばある。

先の松山事件がその例である。松山事件というのは、昭和三十年十月十八日、宮城県松山町で幼児を含む一家四人が殺害され、放火された事件。近在の斉藤幸夫さん（当時二十四歳）が逮捕・起訴され、昭和三十五年十一月に最高裁で死刑判決が言い渡された。

その後、斉藤さんは、母親や多くの支援者らによる必死の救援運動が実り、その結果「検察官が無実の証拠を裁判に提出せず隠していた」ことが判明した。そして、死刑が確定してから十九年目にして、再審が決定したのである。

この間における死への恐怖は、いかばかりだったかと思うと、心が痛む。こうして、再審を勝ち取り、一転無罪への道が開かれたのである。（註・再審から五年後の昭和五十九年七月、斉藤さんは無罪判決を勝ち取った。死刑台からの生還である）

こうした冤罪はなぜ起こるのか？　すべては不完全なる人間の成せる技といってしまえばそれまでであるが、それにしても法律というものの冷酷さに慄然とする。客観的な証拠や科学的な検証がされなければ、実際に罪を犯してなくても死刑になったり、罪を犯していても無罪になったりする可能性が十分あるということだ。

何よりも、松山事件のように、無実だった人から奪った二十九年間の人生を、いったい誰が取り戻してくれるというのか……。その責任は不明である。

（昭和五十五年二月記＊一九八〇年）

高まる健康への志向

ある新聞社が、このほど発表した「くらしの意識」（全国世論調査）を見ると、〝中流意識〟が定着し、個人志向が一段と強まってきた感がする。この調査は、高度成長期にあった昭和四十六年頃と比較しているだけに、興味深い。

中でも注目点は「日常の不安とするものは何か」という質問に対して〝病気〟を第一にあげている。八年前の調査では、一位が「事故」、二位が「物価高」、三位が「病気」の順であったのに対し、今回は一位が「病気」、二位が「事故」、三位が「物価高」と逆転している。

特に注目すべき点は、病気への不安である。四十六年には四六パーセント、五十年に五二パーセント、五十二年に五五パーセント、そして今回は六一パーセントと急上昇していることだ。また、病気への不安を訴える人が、前回五十代以上の高齢者だったのに対し、今回は四十代へと広がってきた。高齢化社会を迎えたことが原因しているのではないかと考えられる。また、前回物価高を強く訴えた主婦が、今回では物価よりも〝病気〟に対する不安を強く抱いていることがわかった。その背景には、低成長の定着、生活への安定感、中流意識の実感などが、物よりも健康への意識を強くしていると考えられる。七〇年代の変化と多様性は、八〇年代へ向けてあらたな意識変革をもたらすものと思われる。キーワードは〝健康長寿〟なのかもしれない。

（昭和五十五年三月記＊一九八〇年）

血液や尿検査の意義

病院へ行くと、必ずといってよいほど「血液」と「尿」の検査が最初に行われる。少し昔は、診察室に入ると、まず上半身を脱いで聴診器を当てられた。その後に、レントゲンや心電図による検査も多かったように思う。血液や尿の検査が行われるようになったのは、そこに含まれる物質の数値を調べることによって、病気の状態を知ろうとする科学的な診断方法である。

この手法は、生化学や臨床化学からみた病気の診断方法のひとつで、一八五〇年、フランスの生理学者・ベルナールの「身体は外部環境に応じながら、常に内部環境の恒常性を維持している」ということに由来していると言われる。そして、アメリカの生理学者・カノンによって、ホメオスタシスの概念が確立されたのである。

私たち人間の身体は、生まれてから死ぬまで、常に変化しながら、その年代年代において恒常性を保ちながら、健康を維持しているという。つまり、病気というのは、この恒常性が乱れたり破壊されたりした状態をいい、生化学的観点からみたひとつの結論のようだ。

この考えを診断に応用したのが、血液や尿の検査ということになる。最近は、どこの病院にいっても検査室と呼ばれる部屋があり、コンピューター処理で、身体の異常をかなりのところまで知ることができる。成人病（註・現在は生活習慣病という）を防ぐためにも、血液や尿は大事なチェックポイントのひとつのようだ。

（昭和五十五年四月記＊一九八〇年）

子どものテレビとの付き合い方

子ども達にとって、テレビの見過ぎやゲーム機遊びは、子ども達を〝活字離れ〟にさせ〝感覚人間〟に育ててしまうことで、教育上いろいろな問題が指摘されている。

学校から帰ってくると、テレビの前に釘付けになって離れようとしない子ども達。リモコンボタンひとつで、洪水のように流れ出てくる番組。止めようと思って止まらない情報の一方通行化。今や、子ども達はテレビに翻弄され続けている。

子ども達同士の日常会話も、テレビでみた内容の事ばかり。テレビを見ていない子どもは仲間はずれにされたり、時にはいじめの対象になったりもする。それほどに、今やテレビは子どもたちの生活の一部になっている。

もちろん、すべてテレビが悪いのではなく、番組内容によっては、学校ではなかなか教えられない知識や情報を得ることもある。言うまでもなく、テレビは一方向性の情報媒体である。

そこで大事なことは、親子で話し合い、どの番組をいつの時間帯で見るかを決めておくことが肝要だ。「テレビばかり見ていないで、勉強しなさい！」と叱るだけでは、子どもの貪欲な好奇心をつぶしかねないばかりか、かえって成長を狂わしてしまう。

例えば、母親の悩みのタネとなっている食事しながらテレビを見る子どもの場合、その時間を避けて食事をする工夫も大切である。いわゆる〝ながらテレビ〟は、子どもの集中力を欠くばかりか、家族間の対話やコミュニケーションの阻害にもなる。生活にリズムやけじめをもたせる意味からも、テレビとの付き合い方を教えるのも、親の責任だと思う。

と同時に、テレビだけではなく、屋外で友達と遊んだり、家族皆でゲームをして遊んだりするような、〝双方向性〟の時間や場所を子どもと一緒につくっていくことが大切ではないか。情操教育の面からも大事なことである。


（昭和五十五年五月記＊一九八〇年）

環境への適応能力と健康

六月に入ると、すっかり暖かさが増してきた。若葉、青葉の季節から、夏の季節への変わり目でもある。とかくこの時期は、気候の変化に体が適応できず、ついには体調を崩して病気になるケースもある。ある医学者に言わせると「健康な体」というのは、環境への適応能力だという。

例えば、〈暑い〉〈寒い〉という自然環境があって、この環境のもつ〈暑い〉〈寒い〉の幅に適応できれば健康である。適応の幅が狭いと、おのずと不健康を招来して病気となる。

寒さに対し、適応できる幅が小さいと、寒い場所へ出た時に脳卒中などで倒れたりする。逆に暑さに対して幅が小さいと、暑さに抵抗しきれず、病気を引き起こすことにもなる。

肝心なのは、環境の変化に対して適応の幅が十分かどうかである。少しぐらい暑くても、寒くても、病気をしない頑健な体というのは、この環境への適応能力が高いということになろう。

このことは、外的な〈寒・暖〉に限らず、内的なストレスの〈強・弱〉に対しても言えることである。常に私たちの心身は、環境の変化にさらされている。いかなる状態におかれても、適応できる体づくりは、日常生活の中にある。食生活、運動、休養がそれである。この方面の研究として〝適応生理学〟が注目されており、健康を考えるひとつの視点となっている。


（昭和五十五年六月記＊一九八〇年）

〝お茶会〟でよき人間関係を

その昔は、共同井戸の周りに集まってきた主婦たちが、水くみや洗濯をしながら、世間話などおしゃべりをする〝井戸端会議〟があちこちに見られたが、今は遠い過去のことになった。

この井戸端会議に取って替わったのが〝喫茶店会議〟だ。中年女性数人が喫茶店の一角に陣取って、甲高い話し声と笑い声で、あたりを圧倒している様をよく見かける。

話の内容も、テレビ番組のことやタレントのうわさ話に始まって、子どもの教育、趣味の会や同窓会、果ては葬式の話まで尽きない。今や、喫茶店会議は中高年女性にとって、格好の情報交換場所となっている。現代風の井戸端会議だ。

ただ、街中の喫茶店は老若男女が集う憩いの場でもある。公衆性の高いところだけに、周囲にも気を配り、迷惑をかけないようにする配慮が大事である。静かに本を読みたい人もいることを忘れないで欲しい。

できることならば、家庭に呼んで〝お茶会〟をやるのが一番である。「遠い親戚より近くの他人」と、昔からよく言われるように、〝よき隣人関係〟をつくるうえで最適な方法だ。

お互いに胸襟を開いて、家庭のこと、教育のこと、個人的な悩みから世間話までフランクに話し合えたら、最高のコミュニケーションの場となる。

そこで、大事なことは虚栄心をなくすことだ。女性はとかく見栄をはりたがるので、人を招く場合でも招かれる場合でも、虚心坦懐に接することが重要だ。

気楽に集ってもらえるために、場所は普段使っている居間を使い、飲み物も緑茶かコーヒーぐらい、それに茶菓子を少し添える程度で十分ではないか。それぞれが、食べるものを少し持ち寄ってもよい。要は、気楽にお付き合いできる雰囲気づくりが大事である。

人は、もともと群社会の動物である。群れることで、相互理解、相互成長があり、思いやりや情けを知ってはじめて幸福感を得るのである。

（昭和五十五年七月記＊一九八〇年）

日本食の良さを見直す

同じ人間でも、日本人と欧米人の腸の長さはずいぶん違う。日本民族は、昔から穀物を主食としてきたせいか、腸の長さが欧米人より長い。日本人の腸の長さは、だいたい七〜八メートルあるのに対し、肉食中心の欧米人は五メートル前後である。

なぜこれほど違うかというと、その国や民族の長い食文化に起因しているようだ。米や麦、大豆、野菜類は、食べてから体内で消化・吸収されるまで、かなりの時間を要する。つまり、穀類を消化・吸収に必要な消化器官として、腸の長さが形成されたと考えられる。

一方、欧米人は昔から肉食系であり、動物性蛋白質を主食としてきた長い食文化の歴史がある。動物性蛋白は比較的、消化・吸収が早いので、腸はそれだけ短くて済む。こうして、長い人類の歴史の中で、その民族や国の食習慣の違いで、腸の長さが決まってきたと思われる。

日本は、戦後国民に対する栄養指導を変更した経緯がある。穀類主食の日本人は、欧米人と比べて、平均身長も低く、体格も華奢なため、国は欧米人同様の食生活にするよう、特に教育現場などで指導が行われてきた。

「もっと肉を食べるように」と国が奨励し、若者を中心に動物性蛋白の食事が多くなってきた。その結果、確かに身長も体重も以前に比べると伸びてきた。

ところが、それと引き換えに、がん・糖尿病・脳卒中・心筋梗塞など、現代病といわれる病気が急増してきた。つまり、病気までが欧米化してきたのである。

食によって病気も異なることは当然かもしれない。何よりも、動物性蛋白質が多い西洋人好みの食事内容が、腸の長い日本人に合うかといえば、それを否定する栄養学者も多い。むしろ、現代病を招く大きな要因だと指摘している。

もう一度日本人は、日本人の体に合った食生活に戻すべきである。ご飯と味噌汁と野菜の煮付け、それに魚と漬け物といった、昔ながらの日本食にすべきではないか。もちろん、栄養バランスを考えて、適量の肉や卵などの摂取も必要である。

米を中心とした食生活は、日本という風土の中から育った食の原点である。健康面からみた日本食のよさについて、いま海外から評価されつつある。いまこそ食の原点回帰だ。


（昭和五十五年八月記＊一九八〇年）

健康情報に付和雷同しない

健康に関心をもつあまり、ちょっとした健康情報にすぐ左右されやすい。それが、かえって自分の健康を損なうこともある。一般の健康情報に付和雷同しないことだ。

たとえば、「塩分を摂りすぎると、高血圧になる！」という話を耳にすると、その日から極端に塩分の摂取を減らしてしまう。「卵を食べると、コレステロール値が上がる」と新聞に書いてあったら、その日から一切卵を食べなくなった、という人もいる。

確かに、塩分の摂り過ぎは、高血圧や心臓病など成人病（註・後に生活習慣病と改められた）を招くとして、塩分摂取はなるべく抑えた方が良いことは確かだ。しかし、塩分は人間の生命を維持するうえで、重要な役割を担っており、極端に塩分を減らすと、人間の生命を危うくすることもある。

また塩分は、体の水分量をコントロールしたり、体液のph値を調整したり、また栄養素の消化・吸収、神経伝達・筋肉伸縮のサポートとなど、重要な働きをしている。

これは、コレステロールについても同じである。コレステロールを過剰に摂取すると、血管や血流に悪影響を与え、動脈硬化や高脂血症を引き起こす原因にもなる。しかし、コレステロールは生命維持にとって必要な成分のひとつでもある。体が必要とするコレステロールの約六〇パーセントは、肝臓や小腸で作られ、あとの約四〇パーセントは、食べ物から摂取している。その働きは、細胞膜を構成したり、ホルモンの原料や胆汁酸の原料にもなったりしている。

このように、塩分にしてもコレステロールにしても、私たちの生命維持のうえで、極めて重要な役割を担っているにもかかわらず、なぜか体に良くないイメージだけが強調される。

多すぎても弊害があり、少なくても良くない。もちろん適正であることが一番であるが、そのためには、医療機関で検査をしてもらいながら、体調管理を自分の責任で行うことである。

テレビで、雑誌で、また広告宣伝に書いてあったから、すぐに飛びつくのではなく、自分にとって多いか少ないかの〝塩加減〟は、自分でしかできないことを自覚したい。

（昭和五十五年九月記＊一九八〇年）

食のグローバル化への危惧

この夏、アメリカの南西部を襲った熱波と干ばつの模様を、テレビで見ていて一瞬思った。「日本への小麦の輸出がストップしないだろうか？」と。小麦の国内生産高は、全消費量のわずか四～五パーセントにすぎない。その多くはアメリカやカナダに依存している。

このほか、輸入の多い食糧品では、大豆やトウモロコシ、肉類などで、日本の台所は、やがて外国産品で占められてしまいそうだ。生命を支える食の問題が、いまや一国だけでは成り立たなくなってきている。

そもそも、日本は農業国だったのが、戦後急速に工業国へと転換した。自動車やテレビなどの工業製品を作って海外に売り、そのお金で外国から食料品を買うという構図ができてしまったのだ。食料品の海外依存は、もはや退っ引きならぬ事態となった。

しかし、小麦だけを考えるならば、もっと国内生産を高めることが出来ないものだろうか。しかし貿易というのは、国と国が行う商売だ。その理屈は単純で、自動車やテレビをたくさん買って欲しいと言えば、相手国はその代わり小麦をたくさん買って欲しいという。

外国で大量生産したものを買えばコストは安くなり、それを国内で売れば、国産品は価格面で太刀打ちできない。それも自明の理だ。グローバル化ということはそういうことなんだ、とつい納得してしまう。

ただ、国内で農業を営んでいる生産者の立場を考えると、第一次産業の食糧だけは、〝自給自足〟できないものかと考える。一方、消費者の立場からすると、国産であろうが外国産であろうが、一円でも安い食料品を手に入れたいというのが、台所を預かる主婦の本音だ。食政策は実に難しい。食の安全、安心を考えるならば、国産が一番だと思うが……。

（昭和五十五年十月記＊一九八〇年）

〝育児〟は〝育自〟だ

育児や教育問題がいろいろと議論される中で、久徳重盛医師の『母原病』は大変な反響を呼んだ。育児となると、その多くは母親がかかわっているためだ。

父親がもっと育児に参加していれば、このようなことにはならなかったかもしれないが、残念ながら「夫は仕事、妻は家事・育児」という旧態依然とした日本型の家庭文化の中で、母親の子どもへの影響は、良くも悪くも絶大である。

久徳医師は、著書の中で数々の事例を引いて、母親のあり方を指摘している。その中で、母親のタイプは大まかに分けて二つある。ひとつは〝過保護型の母親〟で、少し寒いからといっては厚着をさせたり、少し鼻水が出たからといっては入浴をやめさせたりする母親である。

もうひとつは〝ガミガミ型の母親〟で、子どもがちょっとのいたずらぐらいで厳しく叱ったり、「おとなしくしなさい！」「静かにしなさい！」と言って、常にガミガミ怒鳴ったりするタイプの母親である。

生まれたときから、こうした母親に育てられると、子どもの性格や、体質まで変わってしまう。気管支喘息などのようなアレルギー疾患の場合、治療をしていても、かえって症状が悪化してしまうケースが多いという。

そういう母親に限って、「私は、一生懸命に育児をしているのに、どうしてうちの子だけが？」と愚痴ったりする。つまり、子どもの病気の原因をつくっているのは子どもではなく、母親の意識や、考え方、子どもへの接し方などが原因していることを指摘している。

子どもの身体的あるいは精神的な病気の多くは、母親の子どもへの接し方に原因があるとして、それを久徳医師は『母原病』と呼んだ。

育児に追われる母親は、こうした自身の育児状況には、なかなか気づかない。焦れば焦るほど、親の感情だけで子どもを責めることになり、ついには深刻な事態を招いてしまう。

それは、自分の体が歪んでいることに気づかず、地面に映った歪んだ影法師ばかりを見て、どうしてわが子（影法師）はこんなに歪んでしまったのだろうかと、嘆き悲しんでいる姿にも似ている。

育児は、子どもを〝育児〟する以前に、親の〝育自〟が求められよう。山本五十六の名言ではないが、「やってみせ、言って聞かせて、させてみて、ほめてやらねば、人は動かじ」である。

その精神で子どもに接するならば、子ども自身も〝育自〟されていく。〝育児〟は〝育自〟であり、同時に親子〝共育〟でもある。


（昭和五十五年十一月記＊一九八〇年）

「彼を知り己を知る」こと

私たちの体を支えているのは、言うまでもなく肉体と精神である。肉体はさまざまな臓器や器官によって構成され、食によって維持されている。精神は心であり気であり、主に脳の働きをさしている。

つまり健康というのは、この二つのバランスによって保たれ、機能している状態をいう。そのためには、何をどう食べ、気の持ち方はどうすればよいのか、ということになるだろう。

しかし、具体論になると、なかなか難しく紛らわしい。たとえば、飲食の問題でも、ある人は水をたくさん飲めと言い、ある人はなるべく少な目にせよと言う。

またある専門家は、牛乳は毎日一～二合飲めと言い、ある雑誌には牛乳なんか飲むものではないと書いてある。また、菜食主義を強く説く人もいれば、野菜よりも動物性蛋白をしっかり摂るように主張する人もいる。

何が正しくて、何が誤りか、一般の私たちは迷う。それぞれの主張を聞くと、どれも正しいように思う。おそらく、一般論としては、どれも正しいのかもしれない。では、自分にとっては、何が正しく何が誤りなのか、判断に苦しむところである。

そこで大事なことは、テレビや雑誌、新聞などで氾濫している健康情報の中で、その情報は一般論なのか、それとも個別論なのか、よく見極めることだ。病気をしている場合は、個々の症状や状態に見合った治療を選択する必要があろう。

それには、自分の健康状態や生活状態をよく知ることだ。孫氏の兵法をかりるならば、「彼を知り己をしれば百戦危うからず」のように、まず自身の健康状態をよく知ったうえで、多くある健康情報の中から取捨選択することが肝要である。何でも彼でも、人がいいといえば、それにすぐ飛びつくことだけはやめたい。

（昭和五十五年十二月記＊一九八〇年）

子どもの自殺を憂う

依然として、殺人や自殺が多い。特に、小・中学生など低年齢層に多くなってきている。こうした事実を目の当たりにしたとき、何が子ども達を追いつめているのだろうかと知りたくなる。

自殺の統計資料によると、自殺原因は「学業不振」や「親子関係の不和」「入試の悩み」などとなっている。昔は「親や奉公先の主人にこっぴどく叱られた」「酷使された」「ひもじい」といった動機が、自殺の原因だったようであるが、時代が違えば原因も異なる。

筆者にも幼い子どもがいるが、やがて小・中・高と成長する過程で「もしわが子が自殺や殺人でもしたら……」と思うと慄然とする。この年代は多感なために、時として自分を見失い、コントロールできなくなるためであろう。

子ども達を自殺から救うには、やはり側にいる親や家族や教師など、周囲にいる大人たちが、子どもの言葉や些細な行動の変化に気を配り、寄り添い、同じ目線で語りかけていくことだろう。子どもの命を救うのは、大人の責任である。


（昭和五十五年一月記＊一九八〇年）

末期（まつご）は畳の上がいい

僕が、人の死に直面したのは、子どもの頃であった。何かにつけ、孫の僕を一番可愛がってくれたのは、近くに住む母方の祖母だった。祖母はいたって健康で、八十を過ぎてもかくしゃくとして野良仕事に精を出していた。

その祖母も、老衰には打ち勝てず、ついにこの世を去った。元気で働いていたころの祖母、病床についたころの祖母、息を引き取ったときの祖母の姿を、子どもながらにずっと見てきた。臨終のとき、「死ぬということはこういうことなんだ」、「人は必ずいつかは死ぬんだ」と、厳粛に死を受け止めた頃を思い出す。

もちろん、祖母の屍（しかばね）を前に、虚無感もあり悲哀感もあり、恐怖感もあった。同時に粛然とする何かが体中に込み上げてきたのを覚えている。しかし、その感情は日が経つにつれて、命の不思議さ、生きる事の尊さ、生かされている事への感謝の気持ちへと変わっていった。

そして何よりも貴重だったことは、祖母の最期を、祖母が日常的に暮らしていた自宅の畳の上で看取ることができたことである。家族や親族に見守られ、「死とは、こういうものだ」と教えるがごとくの実相で、安詳（あんじょう）として永遠の眠りについていったのである。

昨今、人の死はそのほとんどが病院で迎える。それも、家族などに看取られることなく、孤独の最期の時を迎える人が多い。昔を回顧しても仕方がないが、終末期を自宅で過ごせたらいいなと思いながらも、現代医療はなかなかそうはさせてくれない。

祖母のように、元気な時は子どもや孫たちに生き方を教え、その最期には死に方までも見せて人生を閉じることができたらと思う。今日（こんにち）、そんなことは理想にすぎないだろうか。

（昭和五十五年二月記＊一九八〇年）

一〇〇パーセント親のエゴ

「ウチの子、反抗期かしら。親のいうこと聞かなくなったわ！」「最近、物も言わなくなったの。何を考えているか分からない！」と訴える母親が多い。いわゆる、思春期の子どもをもつ母親の悩みである。

しかし、当の子ども達の言い分はこうだ。「大人たちは勝手だ。ボクたちの気持ちを分かってくれていない！」と。成績が悪いとすぐ怒る。「もっと勉強しなさい！」「〇〇君を見習いなさい！」と叱るだけ。また、成績が良くなっても、褒めてくれない。話をしようとすると「今、忙しいの！　後にして」といって、聞いてくれない。悪いところだけをみて、ボクたちを判断している、というのだ。

こうした親と子の行き違いは、言うまでもなく一〇〇パーセントは親のエゴが原因していると言っても過言ではない。子どもは、親の言うことに従って当たり前、という親の傲慢な心根が問題なのである。人は物心がついた頃から、子どもといえども立派な人格を持った人間である。経済的に養われているから、また未成年であるからといって、人格までが否定されるものではない。子どもの目線で寄り添い、真摯に対話し、感情を受け入れ、清浄無垢な子どもの人間性に対し、尊敬の念をもてる親でありたいものである。

（昭和五十五年三月記＊一九八〇年）

競争社会の良し悪し

イギリス社会を「行列の社会」、日本の社会を「ヒジの社会」と言った人がいた。なる程、日本の社会を鑑みると、生まれてから死ぬまで成績、業績、実績、能力、実力と、勝ち負けが問われる競争社会だ。

人を押しのけてでも、有名大学に入り、有名企業に入り、役職が昇進し、名誉と地位と財産を得なければ、一人前の人間でないような雰囲気が、社会に横溢している。まさに、ヒジの力が物をいう社会だ。

先日、わが子たちが、なかなか洋服を着替えようとしなかったので「どちらが早いか競争してごらん」と言ってしまった。当然、兄ちゃんが勝って、下の子は負けた。負けた子は悔しさのあまり、三十分も泣いたりして不機嫌だった。

心の鍛錬の意味では、ある程度の競争意識は必要かもしれない。競争原理が、自身の心身を鍛え、成長させる糧となることも事実である。

しかし、何でも彼でもヒジ鉄を食らわして他人を押しのけ、勝ちさえすれば善しとする煽り方は、いかがなものか。ましてや、子どもであればその純な心を歪めてしまう恐れがある。

勝負を競うスポーツの世界では、相手に勝って一番になることが最大の目的だ。しかし、そこには必ずルールというものがあり、スポーツ精神に裏打ちされている。

これが、一般の社会の場となると、状況は違う。個人であれ、企業であれ、組織であれ、我が方さえ勝って得さえすれば他はどうでもよい、とする弱肉強食的な手法がまかり通っている。

その手法が高じると、やがて陰謀、策略、謀略、賄賂、騙し、欺き、脅しへと発展する。果ては強盗や殺人へとエスカレートすることもある。殺伐たる世の中であるが、それが日本の現代世相の一面でもある。

イギリス社会には、他人の権利をまず尊重して、次に自分の権利を主張するという倫理観があるという。他人に一歩譲ってから自分を主張する謙譲の精神だ。かりに、競争に負けても、順位が下がっても、気にしない心の余裕があるようだ。これは、単に国民性だけだろうか？


（昭和五十五年四月記＊一九八〇年）

冒険家は〝冒険〟しない

植村直己氏と言えば、冒険家として知られている人物である。しかし、当の本人に言わせれば「正直いって、自分では冒険と思ってやったことは一度もない」と言った。

彼の実績は輝かしい。日本人としてエベレスト初登頂、アマゾン川のイカダ下り、日本列島三千キロの徒歩縦断、北極圏一万二千キロの犬橇（いぬぞり）単独走破、そして北極点グリーンランド単独行である。

そのどれを取ってみても、並外れた実績で、凡人のわれわれでは到底できることではない。それを冒険と言わずして、何であろうか？　しかし、氏に言わせれば「少なからず、やれるという見通しをもってやっている」と淡々としている。

そもそも〝冒険〟とは、辞書には「危険をおかし、成功の確かでないことをあえてすること」とある。「やれるという見通しをもってやっている」という植村氏の弁からすると、冒険という言葉の概念とは違う。

西堀栄三郎氏（登山家、化学者、京大教授、第一次南極越冬隊隊長）は植村氏に対して「彼は人目に触れないところで、一人で黙々と驚くほど意欲的に勉強（トレーニング）をしている」とコメントし、彼の実績はその結果によるものであると評した。

そうだとすれば、植村氏本人の言う「少なからず、やれるという見通しをもってやっている」ところまでトレーニングしているからこそ、成就できた偉業であることが理解できよう。

これが、単なる冒険心だけでやったとしたら、おそらく失敗していたであろう。それは「自分では冒険と思ってやったことは一度もない」という植村氏の言葉が雄弁に物語っている。

プロというのは、何事に対しても、ある一定の確信と信念と強靱な精神力でもってそのことに挑む。不可能と分かっていて、不確かなことと知っていて、それを行動に移すような愚か者は、プロとは言わない。

われわれ素人がやる無謀な行為こそが冒険であって、無手勝流で、万が一成功することがあっても、それはまぐれの話である。冒険という言葉は、われわれ凡人だから言える言葉なのだ。

（昭和五十五年五月記＊一九八〇年）

カラスの勝手でしょ！

「カラス　なぜ啼くの　カラスは山に〜」は、言うまでもなく童謡唱歌の『七つの子』の歌い出し文句である。いつ聞いても、ノスタルジックで心に染み入る。特に、山間僻地で育った筆者には、カラスの鳴き声が肌身に染みていて、カラスというと遠い郷里が思い出される。

ところが、最近この歌を子どもたちが替え歌にして歌っている。「カラス　なぜ啼くの　カラスの勝手でしょ！」と。最初、誰がどこで歌い始めたのかは定かではないが、それをテレビ番組の中でタレントが歌い、その影響で子どもたちが覚えたのだろう。

その替え歌を聞いて、愕然とした。本来歌には物語性がある。歌はショートストーリーだ。それを「カラスの勝手でしょ！」と替えてしまったら、物語性が一瞬にして崩れ、歌の価値はなくなってしまうからだ。

替え歌が悪いというのではない。もし替え歌にするなら、最後までストーリー性をもたせた歌詞に替えて欲しい。歌詞はその歌の命であり、歌う人をしてその詩情に自分を重ね、自分だけの世界に酔い痴れるのである。

ところで、カラスは「なぜ啼くの？」それは「カラスの勝手だ」というフレーズには、現代世相のエゴイスティックな側面が見え隠れする。子どもに「なぜ勉強しないの？」と母親が聞けば、「ボクの勝手でしょ！」という返事が返ってきそうだ。

もし「ボクの勝手でしょ！」が、今の時代や社会に対する子ども達のささやかな抵抗感の現れだとすれば、それは誰が悪いの？　親？　子ども？　時代や社会？　それとも……。

（昭和五十五年六月記＊一九八〇年）

死者に遭遇した我が子

普段、懇意にしていた近隣の男性が、先日肝臓がんで亡くなった。五十四歳の若さだった。逝去する三日前、入院先の病院へ見舞いに行ってきたばかりである。

まだ、半年や一年ぐらいは入院されているのかなと思って帰って来たのに、その三日後に不帰の客となってしまった。人間の寿命というものは分からないものだ。

訃報の知らせを聞いた私は、遺体の置かれているご自宅を訪ね、妻と二人で愁傷の辞を述べさせて頂こうと思った。出掛ける間際にふと思い立ち、五歳と七歳になる息子たちも一緒に連れていくことにした。

日頃、死者と対面する機会は滅多にない。大抵は、棺に納められ、葬儀場の祭壇に安置されている。通夜や告別式に参列しても、死者の顔を見られるのは数少ない。

ご自宅にお邪魔すると、座敷に敷かれた布団にはご遺体が置かれ、顔は白い布で覆われていた。弔慰のご挨拶をすると、奥様は丁寧に頭をさげられ、私たち家族四人を迎えて下さった。

焼香をし、手を合わせ、懇ろに死者の成仏を心で念じ、謹んで哀悼の意を表した。妻も、私の後に続き、子ども達と一緒に手を合わせた。幼い掌をぎこちなく顔の前で合わせ、目をつむって神妙に祈る子ども達の心に、死者の存在がどのように映ったのだろうか。

合唱を終えた子ども達は、両手を膝の上に置き、じっと死者の横顔を見入っていた。この場が、普段とは全く違う厳粛な場であることを、子どもの仕草や表情で見て取れた。

親として、人の死という現実はこういうことだ、ということを、実感させたかった。そのことが、やがて成長していく過程で、生きる喜びや命の大切さを知り、生かされている自分や回りの人への感謝の気持ちになっていけば、という思いを胸にそのお宅を後にした。

（昭和五十五年七月記＊一九八〇年）

相手に一歩譲る心

これは、ある夫婦のエピソードである。夫が会社から帰ったら、妻が家に居ない。帰宅したらすぐ夕食にありつけるかと思ったのに、これでは食べられない。「こんな時間に、どこへ行っているのか！」と思うと、腹立たしさが増してきて、なおさら空腹感が増す。

一家の主が帰ったら、すぐ飯が食えるように準備しておくのが妻の勤めだ、と思っていたら、そこへニコニコ顔をして妻が帰って来た。夫は、つい感情をむき出しにして「こんな時間までどこにいた。飯は出来ているのか！」といきなり怒鳴った。

妻は、笑顔を崩さず「あら、ごめんなさい。あなたにおいしい物を食べさせたいと思って、あちこちのお店を探し歩いていたのよ！」と言うと、とたんに夫の表情は和らいだ。

妻の行動が、実際はそうでなかったにしても、笑顔をつくって、夫を大切に思う優しい言葉で答えてあげれば、高ぶっていた感情も和むというものである。

売り言葉に買い言葉で「私だって忙しいのよ！　そういつもあなたの思い通りにはならないわ！」とやり返したら、事は納まらない。人間は感情の動物と言われるが、怒るも笑うも、感情のコントロールでどうにもなるのである。

人間の感情をコントロールする方法に言葉がある。相手を怒らせたり、笑わせたり、悲しくさせたり、希望を持たせたりするのも言葉である。つまりは、言葉の用法が相手の気持ちを左右するのである。

そこで肝心なことは、自分と相手の感情に大きな差があるときは、自分の感情をストレートに言葉にしないことだ。一歩譲り、自分の感情を抑えることは、決して負けたことにはならない。

譲るという度量において、すでに相手の境涯に勝るのである。教養人とはそういうものだ。

（昭和五十五年八月記＊一九八〇年）

子どもの肥満は文明病

病院の待合室で最近気づくことは、肥満体型の子どもが多いことだ。おそらく小学生だろうと思うが、その体格ぶりは中年太りの大人顔負けで、そのまま相撲部屋に入門してもおかしくないほど、立派な体格をしていた。

小児科医の話だと、これまで大人の病気だった成人病（注・後に生活習慣病に）が、最近は子どもにまで増えてきているという。これまで子どもにはなかった高血圧症や糖尿病の患者がいるというから驚きだ。子どもの生活に、どこか狂いが生じてきているとしか考えられない。

小児科医の久徳重盛医師は、「文明が高度に進んだわが国では、子どもの病気の種類がすっかり変ってしまった」といい、こうした特異な病気を〝文明病〟と呼んだ。

この〝文明病〟は、近年とみに大人に多く蔓延しており、同じような生活をしている子どもにも発症することは、当然な成り行きかもしれない。〝文明病〟といえども、それは大人の成人病そのものなのである。

多くの原因は、日常の生活スタイルに起因している。大きな要因は食事の欧米化だ。具体的には、脂肪と動物性たんぱく質、砂糖の摂りすぎである。肉など動物性食品を多く食べると、たんぱく質や脂肪の過剰摂取になる。また砂糖の摂りすぎも成人病の原因となっている。

一方において、ビタミンやミネラル、食物繊維の摂取が少ない。野菜や果物を食べなくなり、ビタミンやミネラル、食物繊維が少ない加工食品ばかりを食べていることが主な原因であろう。

このほか、ファーストフード、コンビニ弁当、スナック菓子、油をたくさん使った料理や肉類などを、日常的に摂取していることが問題だ。その結果、栄養のバランスがくずれ、肥満や糖尿病の発症原因となり、子どもの高血圧や肥満を生み出す結果となっている。


（昭和五十五年十月記＊一九八〇年）

捨て猫に心痛む

人通りが少ない小道を、犬を連れて散歩していたら、どこからともなく子猫の泣き声がしてきた。見ると道路脇の草むらの中で、産まれたばかりの四匹の子猫が、スーパーの紙袋に入れられて捨てられていた。

黒い毛の子猫が二匹、三毛の子猫が二匹、目もまだ開いていない。重なり合うようにして寄り添い、寒さからか産毛を震わせ、口先で母親の乳首を探すような仕草をしながら泣いていた。

お腹が空いているだろうな、母親のそばへ行きたいだろうな、寒いだろうな、このままだと死んでしまうのだろうか、などと思いをめぐらしていたら感傷的になってしまった。

捨てた人を恨んでみたが、どうにもならない。かといって、自分が持ち帰って育てるほどの心の余裕がない。今できることは何かと考えた。近くに生えている草をむしって集め、紙袋の上にかぶせて雨露を凌(しの)げるようにしてあげることが、精一杯の愛情行為だった。

後ろ髪を引かれるような思いで、その場をそっと立ち去った。人の子が平気で捨てられるご時勢だから、猫の子ぐらい当り前というのか。捨て主さんよ、頼むから思い直して、この子猫たちを持ち帰って育てて下さい！　お願いです！


（昭和五十五年十一月記＊一九八〇年）

オシッコの仕方は自由だ

わが家の犬は、オスのくせに何故かオシッコする時、後の片足を上げてやったことがない。普通、オス犬は片足を上げて勇壮に放尿し、メス犬はしおらしく腰をかがめて放尿するのが世間の常識だと思っていた。

もう十年以上も犬を飼っていなかったので、その間に犬の生態でも変わったのだろうかと思ったりしたが、そんなバカなことがある訳がない。

この犬は、子犬の時にもらった犬だから、前の飼い主が躾をしなかったのか、と考えたりしたが、まさかオシッコの仕方まで躾けるという話は聞いたことがない。

犬の散歩をしながら、よその犬を気にして見ていたら、やはり足を上げてやっているのを見かける。わが家の犬はＤＮＡの異常による突然変異なのか？　まったく理解に苦しむ。

もっとも、犬が足を上げてオシッコしようがしまいが、われわれ人間生活に支障はないので、犬の自由にさせている。何も足を上げて放尿しなければならない理由も規則もないのだから……。

ところで、人間はどうなんだろうと考えてみたら、そう言えば、最近男性でも小便を便座に座ってやる人が増えてきていると聞く。犬のことをとやかくは言えない。

人間だって、男性は必ず立って放尿しなければいけない、女性は座ってやらなければいけない、なんて法律があるわけがない。昔からの習慣か、それともＤＮＡによるものなのか、人間様のやることも実に曖昧な話である。

筆者が幼少のころ、田舎のおばさん達は、野良でオシッコする時はみな立ちションだった。当時、田舎の中年女性はみなカルサン（軽衫といって、袴の一種）を履いていたので、オシッコのときは簡単に下ろせて、少し前屈みになって用をたす。それを見ているのは自然だけだ。

オシッコの仕方に決まりはないのだから、犬も人間もみな自由にやればよい。

（昭和五十五年十二月記＊一九八〇年）

健康という概念は

「健康とは何か?」と聞かれれば、「病気ではない状態」と答えるのが尋常である。ここでいう病気とは、主に身体的な疾病をいうことが多い。では、心を病むのは病気でないのかと言えば、心の病気も立派な病気のひとつだ。

それからよく「家庭が病んでいる」とか「社会が病んでいる」といった表現も耳にする。これはどういうことかというと、家庭や社会が健全な状態でないことを意味している。健全でないゆえに、病気なのである。

こうしてみると、病には身体的な病もあれば心の病もあり、社会的な病もある。本来の健康という概念は、広い意味で身体的、精神的、社会的な面における健康なのである。

この概念を謳ったのが、まさにWHO(世界保健機関)憲章なのである。その前文で、健康とは「完全な肉体的、精神的及び社会的福祉の状態であり、単に疾病又は病弱の存在しないことではない」と定義している。

(昭和五十五年一月記＊一九八〇年)

〝しゃれ〟の精神

ユーモアとは、気がきいた滑稽味（こっけいみ）、また上品で笑いを誘うしゃれ、諧謔（かいぎゃく）をいう。このユーモアの語源は、元はといえば、湿気や体液を意味するラテン語の「フモール」に由来していると言われ、中世の医学用語として用いられていた。

古代ギリシャの医聖・ヒポクラテスは、人間の健康は四つの体液（血液、粘液、黄胆汁、黒胆汁）から構成されていて、その調和によって健康が保たれ、バランスが崩れると病気になるという「四体液説」を唱えた。

この四つの体液をフモールといい、その配合如何によって健康か病気かが決まるという。このフモールという生理学用語は、やがて医学をこえ、人間の性格なり気質の特異性をさして言われるようになった。

その後フモールは、美学的な用語の「ユーモア」となり、それを使い始めたのは、ルネッサンス時代の文芸批評家たちであった。

十七世紀に、イギリスで勃興した気質喜劇において、おもしろさ、おかしさ、滑稽さ、特異性などを意味する語意に変遷していったと言われる。

話者の気質が〝しゃれ〟の精神をあらわし「あの人はユーモアのある人だ」と表現されるようになったのである。ユーモアは、風刺や揶揄、またふざけとは違って、矛盾や卑俗を笑いながらも、好意をもった広い心であり、温かな笑いである。ユーモアとは、その人の人格と深くかかわった精神的な表現ともいえる。

（昭和五十五年四月記＊一九八〇年）

五感あって人間らしさ

人間は、五感（視覚・聴覚・触覚・味覚・嗅覚）を通して、外界とつながっている。外界の何かを認識すると、必ずこの五つの感覚器官が情報を取り込み、それを脳に伝えて、体が反応するしくみになっている。

「視覚」は目で見て美しいとか綺麗とか汚いとかを感じ、「聴覚」は耳で言葉を聴いたり、音を聴いたりして感じる。「触覚」は皮膚で暑さ寒さや、ざらざらしているとか、痛いとかを感じ、「味覚」は甘いとか辛いとか、しょっぱいとか美味しいとかを感じる。そして「嗅覚」は良い香りとか、くさい匂いとか、香ばしい香りなどといった、においの感覚のことをいう。

もし人間が、この五感のすべてを閉ざしてしまったら、どうなるだろうか？　何も見えない、何も聴こえない、何の匂いもなければ、触っても感触がない、食べても味がしない……という世界に置かれたら、自分は人間であるという認識さえもできないかもしれない。

赤ちゃんは、五感をフルに使って母親であることを認識するという。五感がまったくなかったら、母親であることさえ認識できなければ、自分と他人の区別もできない。人間であるという実感や、生きているという感覚さえも見出せないかもしれない。

アメリカの教育家ヘレン・ケラーは、高熱で視力・聴力・言語を失ったが、味覚・触覚・嗅覚はあったという。水に触った瞬間に「ウォーター！」という言葉を認識したという話は、あまりにも有名だ。

五感は、それによって感じる感覚の心であって、もし五感がなくなったら人間は人間でなくなってしまうかもしれない。


（昭和五十五年五月記＊一九八〇年）

突然死への恐怖

〝突然死〟という言葉をよく耳にする。字面だけで理解すれば、元気に暮らしていた人が、突然に死ぬことである。前触れもなく、いきなり死が訪れることだから、人生おちおち暮らしていられない。

医療書にも「予期していない突然の病死」とある。つまり、何の前兆もなく、働き盛りの人や健康そうな人が突然に襲われる怖い病気だ。突然死の医学的定義は、発症から死亡までの時間を二十四時間以内と定めている。突然死を、急死または頓死と言ったりすることもある。

では、突然死の原因は何かというと、急性心筋梗塞、狭心症、不整脈、心筋疾患、弁膜症、心不全など、心臓病に関するものが大半である。

このほか脳血管障害、消化器疾患、呼吸器疾患、中枢神経などがあるという。また、睡眠中に起こるポックリ病や、乳幼児急死症候群、原因不明のものもある。

突然死の中で、心臓が原因しているものを心臓突然死といい、急性症状が起きてから一時間以内で死亡することが多いため、瞬間死ともいう。その中で特に多いのが、急性心筋梗塞が原因で起こる突然死だ。

心筋梗塞というのは、心臓の栄養と酸素を送る冠動脈が動脈硬化をおこし、血管の内側が狭くなって、その狭くなった部分に血栓が詰まると、そこから先の血流が途絶えてしまう。そのため心筋は壊死してしまう。

こうした事態が発生すると、三〇分から一時間で致死的な不整脈である心室細動が起こる。心室細動は、心室の筋肉の規則的な動きが失われた状態で、心臓はポンプとしての機能を完全に失う。その結果、脳に血液を送ることができなくなって死に至るのが、心臓突然死のメカニズムだ。

このように冠動脈に異常が起こり、狭心症や心筋梗塞、不整脈などの異常な状態を心臓発作という。心臓発作は、胸に痛みが起こり、呼吸困難になったり、顔色が蒼白になったり、唇、皮膚、爪の色が青黒くなり、冷や汗をかいたりする。

心臓発作を誘発する原因として考えられるものは、喫煙、運動不足、高コレステロールなどがある。運動不足には、ウォーキングなどが有効であるし、コレステロール値が高い場合は、摂取する食事内容を見直す必要がある。

（昭和五十五年六月記＊一九八〇年）

とっぴでおかしな奴

人から聞いた話とはいえ、傑作な話だ。その人の先輩にあたる彼が、大学時代にある美人に恋をした。彼というのは、背は女性よりも低く、小太りの体型だという。彼には悪いが、聞いただけでふられても仕方ない容姿である。案の定、失恋した。

しかし、本人にしてみれば、命がけの恋だったのだ。あまりのショックで、自殺を図ったのだが未遂に終わった。なぜ死にきれなかったのか、その理由を聞くと、これがまた笑うに笑えない話だ。

腹を切ろうとしてカミソリで切ったが、太っていたため、脂肪の部分だけを切っただけで、死にきれなかった。その後、精神的に不安定になり、精神病院へしばらく入院した。

退院してきた彼曰く。「精神病院って、面白いところだな」と。おかしな人は、最初からおかしいのだろうか。何とも、同情したいのだが同情もし難い話で、ただただ苦笑するしかない。

（昭和五十五年一月記＊一九八〇年）

流言飛語にご注意

〝流言飛語〟という言葉がある。これは、根拠のない噂（うわさ）やデマが飛び交うことをいう熟語である。「流言」は根も葉もない噂のことをいい、「飛語」は誰ともなく伝わった根拠のない噂話をいう。

同じような意味をもつ言葉に、「空言」「流説」「風説」「風評」「世評」「デマ」などのほか、「虚誕妄説」「造言飛語」「飛語巷説」「慢語放言」「妄言綺語」「妄誕無稽」「流言流説」などがある。これほど類義語が多い言葉もまれである。日本語というのは、他国語に比べ実に懐が深い国語だ。

流言飛語に関する類語がこれだけ多いということは、裏返せばそれだけ社会の中で、噂やデマが多いということにもなる。

世間には噂やデマが多い。人間は、なぜか他人の噂やデマには、ことさら強い関心を示すものだ。芸能人やタレントや有名人などの噂話には、特に興味をもつ。

結婚、離婚、密会、浮気といったゴシップものが多い。週刊誌の記事の約半分は、こんな話で埋まっていて、流言飛語が多いのが特徴だ。「へーえ、あのタレントがね」と勝手にイメージして、読者は満悦しているのである。

週刊誌などに使われる流言飛語は、あくまでもエンターテイメントとして興味深いが（当事者にとってみれば、災難でもある）、われわれ平民にこの事態が起こると、面白いでは済まされない。職場や仲間、友人、親戚、地域などで、流言飛語が飛び交うようなことになれば、穏やかではない。

流言飛語は、やがて中傷や批判となり、人間関係は壊れて人間不信になり、コミュニケーションもとれなくなる。それを防止するには、①噂話は、他人に絶対他言しない、②疑わしい点があったら、直接本人に確認する、③噂話はその内容よりも、噂をしている人間を見抜く、といったことだろう。流言飛語にご注意！

（昭和五十五年二月記＊一九八〇年）

耳が二つ、口一つの訳

対人関係を良くするも悪くするも〝話し方〟ひとつだ。対話は、言葉のキャッチボールと同じで、テンポよく言葉のやり取りをすることが大事だ。

ところが、中には投げたボールを、なかなか投げ返してくれない人がいる。くどくど同じ事を繰り返したり、話の要領が悪くペラペラと長くしゃべったりすると、聞いている方にいささかストレスがたまる。

自分だけの感情で、一方的にしゃべりまくることだけは避けたい。時によっては感情の吐露も必要な場合もあるが、できる限り冷静に、理性的に会話をする努力が、相互にとって求められる。良いコミュニケーションは、基本的に相手の話を聞くという姿勢が基本だ。

まず、会話の始めは、お互いに伝えたいこと、また聞きたいことをしぼって手短に述べることである。内容によっては、結論から入るのもコツである。その結論に対して、理解が得られず、より具体的に詳しく内容を求められたら、相応に説明すればよい。

理解度の差異や情報量の違い、年齢や性別の違いもあるので、会話する際は常に相手の心を読むことである。人の心の表れは、発する言葉や口調、表情や動作などに現れる。

上手なコミュニケーションの取り方に、〝七つ聞いて三つ話せ〟という格言がある。また人間には耳が二つあり口が一つあることから、相手の話を倍聞いて、自分はその半分喋りなさい、と。そういう思いで会話をすれば、相互にバランスのとれたコミュニケーションができる。

（昭和五十五年五月記＊一九八〇年）

山ほととぎすと初鰹

初夏の候を、江戸中期の俳人・山口素堂は「目には青葉山ほととぎす初鰹」と詠んだ。この季節が来ると、つい口ずさみたくなる一句である。

目に滲み入るような青葉、どこからともなく聴こえてくるほととぎすの澄んだ鳴き声、そして美味なる初鰹に舌鼓したくなる今日この頃である。

幼少のころ、豊かな自然に囲まれて育った筆者にとっては、掛け替えのない環境であった。山野を歩けば、あの燃えるような青葉若葉が大地を覆いつくし、大自然の生命がわが命に迫ってきて圧倒された。この時ほど、自然の懐で癒される時はない。

しかし、それも今となっては遠い過去の夢となった。田舎を離れ、都会で生活するようになって二十余年にもなると、すっかり自然とは縁が切れた。林立するビル群、激しく往来する車の波、そして人、人、人。殺伐とした人工環境に、すっかり都会に飼いならされた犬となった。

自然に触れようとすれば、殺風景な街路樹や公園の木々、小さな庭の植木ぐらいに、わずかの自然のかけらを見るぐらいで、そこに汪溢する命の感動はない。

屈託ない大自然は、もはや遠い存在である。いつの日か、青葉の茂る木陰で、山ほととぎすの声を聞きながら、初鰹を食ってみたい。そんな矮小な夢を抱きつつ、都会のど真ん中で、今日という日を精一杯生きるしかない。


（昭和五十五年六月記＊一九八〇年）

ゴミと宝の違い

屑籠は、不要の物を捨てる入れ物だ。何気無しに、事務所の屑籠をのぞいたら、意外とまだ使えそうな代物が入っていた。芯を替えると使えそうなボールペン、裏面をメモ用紙にすれば使えそうなコピー紙、短くなった鉛筆やゼムピンなどなど、ちょっと工夫し手間をかければ、まだまだ役に立ちそうな物がある。

これが、地域で収集される粗大ごみとなると、結構使えそうなものがゴロゴロしている。テレビ、冷蔵庫、洗濯機、机、椅子、ソファー、ジュータンなど、在るわ在るわ……。ちょっと手入れして磨けば、充分に使える。

同じものでも、その人にとればゴミであっても、他の人にとれば必要な宝である。価値観の相違は、人によって雲泥の差がある。捨ててあっても、自分にとって欲しいものであれば宝だ。いくら高価なものでも、使わなかったらただのゴミである。

しかし、それが物不足状態になると状況は違う。終戦直前に生まれ、戦後のもの不足の時代を生きてきた筆者は、「どんなものでも大事にしろ」と、いつも親にやかましく言われた。食糧不足、もの不足の時代に、捨てるものは何一つもなかった。すべてが宝だった。

一度ついてしまった思考癖は、今になってもなかなか変えられない。金さえあれば何でも手に入る時代なのに、不用なものがあっても捨て切れない。「もったいない」「いつかは使える」という観念の呪縛から、未だに抜け出せないでいる。どうしよう？

（昭和五十五年八月記＊一九八〇年）

〝月々〟の呼称に情緒が

九月の別名を、長月（ながつき）、夜長月（よながつき）、玄月（げんげつ）、寝覚月（ねざめづき）ともいわれる。日本では、旧暦の九月を長月と呼んだが、現在では新暦九月の異称である。由来はいろいろあるが、夜長月が省略されて長月となったという説が最も有力である。

秋の夜が長くなるところから長月と呼んだようである。また、九月は稲の収穫月であるところから、稲刈月（いなかりづき）、稲熟月（いなあがりづき）、穂長月（ほながづき）とも言われる。

このほか、九月の異名として代表的なものには、紅葉月（もみじづき）、色取月（いろどりづき）、晩秋（ばんしゅう）、季秋（きしゅう）、暮秋（ぼしゅう）、菊咲月（きくさづき）、菊月（きくづき）、菊開月（きくさきづき）、寝覚月（ねざめづき）、祝月（いわいづき）、詠月（えいげつ）、小田刈月（おだかりづき）、竹酔月（ちくすいづき）、青女月（せいじょづき）、建戌月（けんじゅつづき）などがあり、このほかにもたくさんある。

ただ、九番目の月を九月と呼ぶより、菊の花に愛着があったら「菊月」といったほうが、はるかに思いが伝わってくる。漢字表記の方が、ひら仮名やかた仮名表記より叙情があって、より季節感が実感できる。

九月に限らず、その他の月の異称もたくさんある。日本の季節は、漢字表記するだけでいくらでも情緒豊かに表現できる。外国語では異称があるであろうか？　多分ないだろう。

（昭和五十五年九月記＊一九八〇年）

人の機微を感じ取る

人との付き合いで大切なことは、機微を感じとることだ。機微とは、表面からでは容易に察せられない、微妙な心の動きや物事の趣を、肌で感じて理解することをいう。人情の機微、人生の機微、心の機微などと言われる。

「いつもよくしゃべる人が、今日は言葉が少ない」「彼の表情にかすかな変化がある」「別れ際、彼女の顔に笑みがこぼれた」など、ちょっとした相手の言葉や仕草が何を意味しているのか、理解に苦しむことがある。言葉や行動で意思表示してくれれば、誤解や邪推をしなくて済むのだが……。しかし、人はそれが分かっていても、その場では言葉にしたくなかったり、行動で示したくなかったりする時が、ままあるものだ。

そのまま時間を経過させてしまうと、友情にひびが入ることもある。そんな時こそ、相手の機微を感じとることができるか、自身に問われているのである。

では、機微はどうすれば感じとれるか。それは、相手の胸中を推量することだ。相手がおかれている状況は？　相手が求めているものは？　相手が考えていることは？　相手の過去の行動は？　その他相手の情報は？　などを勘案して言葉の端はしや動作、表情から読みとることだ。

初めから、色に染めたりワクにはめたりして決めつけてしまうと、見えるものが見えてこない。つまり心が読めないのである。

無私になって、相手への愛情、思いやり、気遣い、優しさなどといったデリカシーが極めて重要になってくる。相手の気持ちを自分のことのように感じて、相手の立場を慮ることが、人情の機微というものだろう。

（昭和五十四年一月記＊一九七九年）

一生の友をつくる

生まれてから今日まで、知り合った人の数は、相当数になるだろう。その中には、一面識だけの人もいれば、何年も付き合っている人もいる。もちろん異性もいれば、同年代の人、年下の人、年上の人、千差万別である。

また、付き合い方の内容で、相手との関係の呼び方も異なる。何かの関係で知り合っただけの「知人」、学生時代の学友のような関係の「友達」「友人」「朋友」などがある。

さらに社会人になったり家庭をもったりすると、共に何かを誓い合った「盟友」であったり、志を同じくする仲間としての「同志」であったりすることもある。

人とのつながり方やその深さによって、同じ友達といっても質が異なる。しかし一方において、こうした友達関係は、生活環境の変化によって希薄になったり、深まったり、また新たな人間関係が生まれたりもする。

小学校や中学校時代に席を並べた友も、高校へ入るとその関係はがらりと変わり、卒業して大学や社会人になれば、また大きく変わってくる。

男性であれば、職場が変われば付き合う相手も変わってくるし、女性であれば結婚して家庭に入ると、独身時代の友達とは遠ざかったり、新しい友達ができたりする。

そして五年ぶり、十年ぶりに旧友と出会っても、かつてのような友達としてのつながりはかなり希薄になっている。それほど、友達関係というのは環境に支配されやすい。つまり、人とのつながりの形というのは、それだけ日常的であり、現実的であるということだ。

昔から「遠い親戚よりも近くの友人」と言われるように、いざという時は、近くの友人の方がはるかに頼りになる。そういう意味で、近くの友人を大事にしたい。

数年に一度会うか会わない親戚よりも、近隣の友が赤の他人であっても、日常的に親交があり、お互いの気心が通じあっていれば、人はその人の関係を大事にする。

つまり、平時から心をどれだけ寄せ合える関係にあるかによって、真の人間関係が生まれよう。人間関係のつながり方とはそういうものだ。その意味では、生活の場にもっとも近い人から、心を開いてつながっていく努力が必要であろう。

中には距離や時間を超えてつながっている真の友人もいる。それは、どういう人かというと、冠婚葬祭の時などに必ず駆けつけてくれたり、お誕生日や結婚記念日、そのたの祝儀など節目節目に訪ねてきてくれたり、声をかけてくれたり、便りをくれたりする人である。

そういう関係は一生の友で、共に喜び、悲しみ、励ましあって、人間感情を共有してくれる人のことである。そんな友達関係を多くつくれる人は幸せである。

（昭和五十四年二月記＊一九七九年）

点と線をつなげて生きる

学校の成績が良かったり、有名高校や一流大学を卒業したりする人について、「それは一つの特殊能力だ」と言った人がいた。確かに優秀な成績や高学歴をもった人、また芸術や芸能、スポーツや技能などに優れた人は、特殊能力をもった人かもしれない。ただ特殊能力は、誰でも一様になれるというものではない。

一芸に秀でた人と言うのは、天性の才能はあるにしても、それを開花させるための努力なり精進は、並外れている。天下の東大に入るのも同じだ。その結果得た学歴や技能や資格が、その人の人生を大きく左右することも事実だ。

では、特殊能力をもった人はすべて幸せかといえば、それはまた話が違う。もちろん、特殊な能力を生かして、自身の生に価値創造を見出し、幸福感を感じている人もいる。

しかし、世の大半の人は、特殊能力をもっているわけではなく、いわば凡人だ。そして、凡人は凡人なりの努力の仕方でもって、人生観をもち、夢と希望と生き甲斐を見出し、生きる喜びを感じている。何が、その人の幸不幸を左右するか、分からない。

小学校の成績が良かった人が、中学や高校に入ってそれほど伸びない人もいる。高校や大学の成績が優秀であった人が、実社会へ出てあまりぱっとしない人もいる。逆に、義務教育だけで終わった人でも、社会へ出て立派に事業を成功させ、社会に貢献している人も少なくない。

誰一人として、決まった人生行路が最初からあるわけではない。努力しては敗北し、敗北を乗り越えてはまた努力する。その積み重ねの中で、人は生き方の術を学んで、生への実感を感得するのである。

人生は点ではなく線なのだ。そのときお金があっても、そのとき学歴や資格や才能があっても、それだけでは意味がない。大事なことは、点と線をつなげ、どう一生を生きるかである。それには不断の努力が求められよう。

努力とは、何があっても今日という日を精一杯生き抜こうとする命の力だ。幸福はその中にしか生まれない。人は外見より中身だ。心の有りようがその人の一生を決める。

（昭和五十四年四月記＊一九七九年）

人は人、自分は自分

「あの人は凡人だ」というと、一昔前だったら、あまり大した人間ではないことを意味した。

昨今は「私は凡人ですから」といわれると、かえってその人の非凡さを感じることがある。この落差はおそらく時代の変化にともなう価値観の相違からくるものだろう。

立身出世の時代は、いかにして社会的に高い地位につき、有名になるかが人間的価値を決めるうえで重要な指標だった。つまり、平凡ではダメで偉人になることを求められたのである。「あの人は出世した。大したものだ」と、他人と比較して親に言われると、「お前も頑張って、あの人のようになれ」と叱咤されているような思いになり、凡人でいることが何か悪いような気になったりする。

しかし、時代の急激な変化とともに、若者達は旧来の固定観念に対してある種の閉塞感を感じてきた。そして、時代に抗して反り身し、新たな価値創造を求めてようとする精神的自由を求めはじめている。

それは、個性という価値の発現でもある。「人は人、自分は自分」という個への意識の高まりである。こうなると、平凡も非凡も関係ない。他との比較も必要ない。

ただ、自己の内面に向けた個への意識を高めることで、自分らしさを表現し、アイデンティティーを求めるのである。その特徴的な現象が、茶髪化、長髪化、ひげやスキンヘッド、男性の女装化などが挙げられる。時に、人から奇異に、また変人に見られたりして、社会や組織から干渉され、忌避され、受け入れられないこともある。

そうした、特異で過度な自己表現でなくても、内発的な個性化現象は、多くの若者達の心をとらえている。「自分は自分らしく生きたい」という自由な精神を獲得しようとしているのである。それは、確たる信念をもった自己実現でなければならない。個の確立には、自己責任が伴う。それは、新たな自己の発見でもある

（昭和五十四年六月記＊一九七九年）

〝優しさ〟という人間愛

〝優しさ〟という言葉は、実に美しく人間味をもった言葉だ。結婚前の若い女性に「どういうタイプの男性が好きですか？」とたずねると、多くの女性が「優しくて、頼れる人」と答える。

優しさを辞書でひくと「素直、情に深い、控え目、慎ましい、おとなしい、優美、穏やか、温順、けなげである、殊勝である、神妙である」といった言葉が並ぶ。人から一番好かれる性格を表わす言葉といえば、この〝優しさ〟なのかもしれない。

これを、ひと昔まえの保守的な見方からすると、正反対である。男は「逞しく積極的で行動的であれ」といい、女は「優しく、慎ましく、控え目に」といった固定観念がずっとあった。もちろん、これが正しい人間像というわけではない。

昨今は、男性の女性化、女性の男性化の傾向が強まり、男女という性の区別が、出産ということを別にすれば、差がなくなってきた。男性がやることを女性がやるようになったり、女性しか

やらなかったことを男性がやったりするようになってきた。

こうした中で、男性はこうあるべきだ、女性はこうあらねばならない、といった旧来の考え方が薄れてきて、性別を超えた人間像が求められるようになったのである。それは、性格や人間性といった内面的な価値の問題ともいえよう。

〝優しさ〟はまさにそのひとつで、女性、男性問わず、この価値観は人間形成のうえでも不可欠な要素といってよい。つまり〝優しさ〟という価値は、性別に関係なく、等しく人間に備わっている普遍的な価値そのものだからである。

優しさの心に触れて、心が和むことはあっても、怒る人はまずいない。この〝優しさ〟は、人に求めることは簡単だが、人にしてあげることはなかなか難しい。

人に対して、素直になり、情けをかけ、親切に振る舞い、気を配って、謙譲・謙遜するわけですから、自らの徳が高くなければ出来る話ではない。〝優しさ〟とは人間愛そのものだ。

（昭和五十四年七月記＊一九七九年）

未知への好奇心

花瓶のお花の水を取りかえていたら、幼稚園に行っている子が「おとうさん、どうしてお花のお水を取り換えるの？」と尋ねてきた。「どうして？」と聞かれれば、「水が古くなると、お花が枯れてしまうから……」と答えようとしたが、一瞬答えをためらった。

「花が枯れてしまから」と言えば、「どうして、枯れるの?」と、聞き返えしてくるにちがいないと思った。そうだ、花を子どもの立場に置き換えて話してあげれば、きっと解ってもらえると思った。

「アッちゃんだって、ノドが乾くと水を飲みたくなるだろう。お花だって水を飲んで生きているんだ。でも、お水が汚れていたら、飲めないだろう。お花だって、きれいな水を飲みたいんだ。だから、きれいなお水と取り換えてあげるの」と言ったら、「ふ〜ん」と頷いていた。

とかく、子どもの質問には手を焼くことがある。これは、物ごとに対する理解力の差からくるものだ。大人にとって当たり前のことでも、子どもにしてみれば未知の世界である。

しかし時として、その未知への好奇心が、平易な質問のようでいて核心をつく難問題であることがしばしばある。

「人は、どうして生きるの?」「幸せって、何?」「宇宙はどこからきたの?」といった類いの質問だ。これは小さな子どもには、ワン・フレーズで答えられるような簡単なテーマではない。

この一見素朴に思える質問に、人類は今なお明解な答えを見出せていない。

しかし、こうした難問題であっても、同じ立場にたって叡智を傾けていけば、「な〜んだ」と頷けるような答えが見出されるかもしれない。

（昭和五十四年十一月記＊一九七九年）

心身医学とは？

日本で、一般的に医学といわれているのは近代西洋医学のことで、明治維新後に漢方医学を廃し、西洋諸国から輸入された医学である。この近代西洋医学は、デカルトの心身二元論が底流をなしているといわれる。

二元論というのは、人間を「心＝精神」と「体＝身体」の二つに分けて考え、人間の身体は魂が宿る機械（＝物質）として捉えたのである。

そして、病気を治すということは、機械を修理するという発想につながっていき、ひいては人間を科学的な対象物として捉えていったのである。

人間を科学的に捉えるということは、すべての人間は同質であり、すべての人間は数値で表せることを考えた。それが今日の医療現場で行われている血液検査、尿検査、心電図検査などの数値化が典型的な例である。

さらに機械の修理という考え方は、「命を延ばす」という生命の量的側面を重視する考えかたになり、今日議論されている末期患者の延命医療につながっていった。

しかし、こうした機械論的な近代西洋医学が発達すると、人間は人格をもった個体であるという考え方が希薄になっていった。

その反省から、人間を心身統一体として捉える「全人医療」また「ホリスティック医学」への方向性が求められるようになったのである。つまり、心と体は一体であるという医療である。やがて、精神分析や行動心理学、脳科学などの研究が進むにつれ、心身相関のメカニズムが次々と解明されてきた。その中で大きな発展を遂げてきたのが「精神身体医学」という分野である。

精神身体医学というのは、文字通り精神と肉体は一体であるという立場で疾患を研究し、治療していこうとする医学のことをいい、「心身医学」とも言われている。心身医学は、主に心身症が対象で、ストレスなどの精神的な因子が病気の発生や経過に影響していると考える。種々の身体的障害は、精神的ストレスによるものであるとするカナダのセリエ博士のストレス学説が、この考えを裏付けている。

(昭和五十四年十一月記＊一九七九年)

老人という文化遺産

最近、老人福祉のあり方が、盛んに論議されるようになった。これは、日本人の平均寿命が世界一になったことにより、高齢化社会を考えるうえで、必然的なことかもしれない。

老後の生活や仕事、健康、介護などについて、政治や行政面での支援、また地域社会でどのような支援の手を差し延べることができるか、老いも若きも一緒になって考えていくことは、大変重要なことである。

ただ、こうした論議が〝老人は弱者である〟という視点だけで論じていたとすれば、少し片手落ちになる。

ボルトマンという生物学者は、「人間生活は、祖先達のつくった文化遺産を受けついでゆくことによって成立する。だから年をとった人は大変重要である」と述べている。

花はしぼんでも、その成熟した実の価値は極めて大きい。お年寄りの残した文化を、有形無形問わず、今の社会にどのようにして活かし、受容し、享受し、継承していくかの論議をすることが重要であろう。その観点から、老人福祉の問題を考えていきたい。


（昭和五十四年十一月記＊一九七九年）

プラス思考へのすすめ

最近の病気の発症原因として、心的要因がクローズアップされてきた。もちろん、細菌やウイルスなどによって起こる感染症の病気も少なくないが、結核のように、かつて戦後の衛生状態が悪かったころの発病率に比べれば、はるかに減ってきている。

これは、抗生剤のような医薬品の開発が功を奏している。ストレプトマイシンやペニシリンなどがそれで、病原菌に対して特効薬のような存在であった。このように、現代医療は感染による病気に対しては一定の成果をあげてきた。

ところが、最近の心的要因でおこる病気には、特効薬のようなものがない。心のひずみやゆがみが原因で起こる病気には、ホルモン系の病気の他に、心臓・血管系の病気、高血圧、胃潰瘍、十二指腸潰瘍などがある。

これらは、いずれも心の働きや精神的なストレスが原因となっている。ストレスに効く薬は、この世の中にはない。成人病（注・後に生活習慣病に）もそうであるが、内因性の病気は、薬や手術などの対症療法で根絶することは、なかなか難しい。

心と体は、二つにして一つである。心が病めば体も病む。したがって、薬や手術をする前に、生き方そのものを見直す必要がある。物ごとに対する受け止め方や考え方、生活の仕方を修正することだ。

セリエ博士のいう「ストレス学説」からしても、ストレスからくる心身の機能変化は避けられない。対処方法としては、すべてをプラス思考する生き方だろう。マイナス思考ほど、ストレスが溜まり、心身に与える影響は大きい。

（昭和五十四年十二月記＊一九七九年）

あなたはどう答えますか？

近所の奥さんと立ち話をした。「市販されている清涼飲料水の中には、体によくない化学物質がたくさん入っていて、多く摂ると、体によくないようですね。特に、子どもはジュース類を好んで飲むから、気をつけないと」

「この間、新聞にも書いてあったわ。最近の子ども達は、ちょっとしたことで骨折したり、すぐにキレたり、肥満になったりする子が多いんですって。ジュース類や加工食品の摂り過ぎが原因ではないかって……。恐いわね。今まで、気にせず子どもに好きなものを与えていたけど、これからは気をつけないとね」

横で聞いていた子どもが、「じゃあ、おとうさん。大人たちは、どうしてそんなジュース作って売ってるんだ？」と怪訝な顔をして聞いてきた。この質問に、あなたはどう答えますか？

（昭和五十四年十二月記＊一九七九年）

余暇時間を賢く過ごす

余暇の時間の過ごし方について、いろいろ議論がある。多忙な現代人にとって、余暇が〝生き甲斐〟につながることもある。労働や家事以外のあまった時間を、どのように過ごすかを考えることは大切なことである。

最近、余暇の時間を利用して文化センターに通い、新たな知識や教養を身につけようという人も増えてきた。また日曜日や休日を利用して、行楽地へ車で出かけ、レジャーを楽しむ人も多くなってきている。

普段、サラリーマンは、会社という組織の中で、心身を緊張させながら働いている。主婦であれば、家事や育児に追われ、心身の緊張は常にある。

余暇というのは、こうした心身の緊張状態とは対極にあるもので、心身の弛緩状態でなければならない。つまり、ストレスからの解放である。自律神経に副交感神経があるように、普段の緊張状態をいかに和らげるかが、余暇のありかたなのかもしれない。

余暇の過ごし方は、人それぞれによって違うが、大事なことは、いかに心身の緊張を緩め、リラックスして過ごすかがポイントになろう。余暇を有効に活用しようと思って、無理な計画をたてたりすると、かえって心身に過度な疲労を強いる結果となる。余暇のあり方は、それぞれの余暇時間の長短にもよるが、緊張と緩和のバランスを考えて、賢明に判断し行動することだ。

普段、緊張状態が続く人ならば、「心身を休める」ことが基本であろう。定年退職し、時間が充分ある人は、適度な緊張感を持たせることも大事。休息とのバランスを考えることである。

高度経済成長時代の〝モーレツ人間〟は、もはや時代にそぐわない。

（昭和五十四年十二月記＊一九七九年）

昔と今の病因は違う

時代の変化とともに、病気の質も変わってきた。戦前から終戦後しばらくは、伝染病が多かった。昔から〝はやり（流行）病〟とか〝疫病〟として恐れられてきた病気である。

細菌やウイルスなどの病原体が、体内に侵入して増殖し、発病する。また、その病原体が他人にも伝染（感染）して同じ病気を引き起こす。

コレラ、赤痢・疫痢、腸チフス、パラチフス、痘瘡、ジフテリア、ペスト、日本脳炎など、伝染病予防法に指定されている病気のほか、結核やインフルエンザ、狂犬病などの感染症も多かった。

中でも、死亡率が高かったのが結核である。結核菌に感染して亡くなる人が、死因の第一位を占めていた。しかし、その後の予防接種やレントゲン診断の普及や、結核治療薬などの開発などによって、昭和二十二年をピークに死亡率は減ってきた。

その他の感染症も、新薬の開発や治療技術の発達で発症率が減ってきた。特に、ペニシリンなどの抗生剤が開発されたことによって、細菌関係の病気は抑えられ、ウイルスについても新薬の開発などで抑制されてきた。

このように体外から侵入してくる病原体については、衛生状態が良くなり、また医学の発達などで食い止めることができるようになったのである。

しかし、これに代わって台頭してきた病気が成人病（注・後に生活習慣病に）と言われるものだ。戦後の経済発達によって、生活が豊かになり、特に食生活が欧米化されてきた。肉食やパン食、乳製品などが食卓を占めるようになり、過食による肥満、運動不足、喫煙、飲酒、ストレスといった要因が複合的に重なり、新たな文明病の発症につながった。

脳出血や脳梗塞、がん、心臓病、高血圧、動脈硬化、糖尿病などといった病気が増加し、特に四十歳以降の成年期、老年期に多く見られることで成人病と呼ばれるようになった。この病気の恐ろしさは、自覚症状がないまま徐々に進行していく特徴がある。

成人病の恐ろしさは、日常の生活習慣、特に食生活の内容によって、体内で病因が作られ、発症する。それに心的要因であるストレスも大きなリスクとなっている。

成人病と言われる病気は、そのまま命の危険性や寿命にも影響するだけに、食を中心とした生活全般のあり方を見直す必要があろう。

（昭和五十四年十二月記＊一九七九年）

犬や猫が、自殺？

草や木は、どこに植えてもそこで養分を吸って成長しようとしている。犬でも猫でも、どこに捨てられようと、そこでエサを探して生きようと努力する。

このように、自然界の生物はどんなに環境が変わろうとも、その環境に順応して生きている。路傍の雑草は、どんなに踏みつけられても、やがて花を咲かせる。

なのに、どうして人間だけが環境に順応できず、自ら命を絶ったり、他人の命を奪ったりするのだろうか？　昨今の若者たちの自殺や殺人は、自然界の動植物には考えられない。

犬や猫が、草や木が自殺したなんて聞いたことがない。自殺することを知らない特殊な能力をもっているのかもしれない。

生きる知恵が一番優れているかのように思える人間が、一番愚かな行為をしている。動物や植物の知恵は、人智をはるかに超えているのかもしれない。

生を受けたら生の尽きるまで、ひたすら前に向かって愚直に生きようとしている生物たちに、人間は学ぶ必要があろう。人間の持っている知恵や知識、能力とはいったい何なんだろうか？

生を与えられた万物にとって、生きることは苦難の連続であり、戦いである。大事なことはそれに負けない心の強さであろう。

艱難辛苦を乗り越えようとする努力に、生き甲斐を感じ、充実した生を覚えるのである。〝愚痴を言っている人間は人生の敗北者だ〟という生き方だけはしたくない。

（昭和五十四年三月記＊一九七九年）

人を褒め称える度量

「自分が他人を発見し、自分も他人から発見してもらうということ。それが生きてゆくうえで一番の喜びだ」と語った人がいた。人間は発見し合ってこそ、真の喜びを感じる動物なのかもしれない。

この発見とは、人の長所を見出すことである。自分の長所は自分でわかるようでいて、意外とわかっていない。思い上がることもあるし、逆に謙遜し過ぎたりすることもある。第三者的な視点が、一番妥当な評価だろう。

ポイントは、他人を見る場合、短所を探すのではなく長所を発見することだ。つまり、その人の良い点を見つけ出して、それを褒めてあげることだ。

自分の悪い点はなかなか自分で見えないが、人の欠点はすぐに見える。同じように、他人から見れば自分の欠点は見透かされていると考えてよい。

人間は、欠点を指摘し合うよりも、長所を褒め称え合った方が、相互に人間的な成長を遂げるうえで重要だ。これは、子ども教育の原点でもある。人間らしさを司る脳は、プラス思考する中で最も輝きを放つという。

（昭和五十三年八月記＊一九七八年）

東西の食文化の違い

ヨーロッパ人は、食事に時間をかけてゆっくり食べる。中でもフランス人は、昼食に二時間はかけて食べるという。スペイン人は三時間ぐらいかけるというから驚きだ。

もちろん同じ国であっても、人によって食事にかける時間は異なるし、三食にかける時間も違うが、おしなべてフランス人、スペイン人、イタリア人は食事に時間をかける。

それに引き換え、日本人の食事時間はどうか？　一食の時間は、せいぜい十分から三十分もあれば充分。これが、高度経済成長期のモーレツ・サラリーマンになると、立ち食いの三分で済ませていた。そして、余った時間を仕事に振り向けていた。仕事が第一で食事は二の次だった。

これが日本人のすべてではないが、一般的にも家庭での食事やレストランでの食事時間は決して長くはない。食べ終わったら、さっさと食卓を離れ、個々に休憩や読書、テレビ、趣味、また仕事に時間を当てる。

ところが、ヨーロッパ人は食べながら、時間をかけて人とゆっくり語り、楽しくコミュニケーションをとる。二時間ずっと食べ続けているわけではない。ほとんどは会話の時間で、話しながら料理を味わうくつろぎの時間なのである。

文化の違いと言えばそれまでだが、それは民族の伝統的な価値観の相違かもしれない。食事に時間をかけ、会話を楽しむヨーロッパ人と、食事はできるだけ早く済ませ、他のことに時間を振り向ける日本人。どちらの方がより人間らしい生き方かは、ここでは問うまい。

それにしても、日本人の〝立ち食い三分〟〝朝食抜きの出社〟〝ダイエットのための食事抜き〟といったお粗末な食習慣だけは、一考を要したい。健康面を考えるならば、食事にかける時間の長短よりも、食事内容の豊かさを求めたい。


（昭和五十三年九月記＊一九七八年）

〝桜梅桃李（おうばいとうり）〟で咲け

女性の真の美しさは、もとよりお化粧や衣服の装いで決まるものではない。とはいっても、女性である以上、ある程度の身だしなみは必要である。しかし、中にはファッションを意識しすぎた、没個性的な女性をしばしば見受ける。

そうした彼女たちは、テレビや雑誌に登場するモデルやタレント、女優、アイドルなどからの影響が強く、それを真似することで気分を高揚させ、酔いしれるのである。しかし客観的には、そこに個性の埋没はあっても魅力的な人間美が見えてこない。

〝桜梅桃李〟という言葉がある。これは、桜は桜らしく、梅は梅らしく、桃は桃らしく、李（すもも）は李らしく咲けばよい、という意味の言葉だ。桜が梅の花を真似して咲いたり、桃が桜の花のように咲いたりしたら、どうなるだろう？　本来の桜の美しさや、梅の美しさがなくなってしまう。

自然はそういうことをしない。真似は、自分自身を否定する行為だ。大自然という賢者は、そんなバカなことを決してしないのである。

桜は桜らしく、梅は梅らしく自分の個性を発揮し、誇らしく、ありのままの姿で咲き薫ればよいのである。太った人は太った人なりに、丸顔の人は丸顔なりに、背の低い人は低いなりに自分らしさを輝かせ、自信と誇りをもって自己主張すればよい。誰にでも、人には真似のできない自分だけの魅力を必ずもっている。

内面の美しさが外面に出たとき、その人の人間的美しさはいや増して輝く。〝桜梅桃李〟とは、そういう人間の生き方を教えてくれる金言なのである。

（昭和五十三年十月記＊一九七八年）

家庭の太陽は主婦

女性の本能は、本来的に平和主義である。破壊や争いを嫌い、平穏と幸福を求める存在だ。ゆえに、女性本能に満たされた社会や家庭であるのが一番望ましい。

その意味で、平和な家庭、幸福な家庭、明るい健康的な家庭は、ひとえに主婦の生き方や考え方によって決まるといってよい。

聡明な主婦ほど生き生きしている。聡明な主婦ほどはつらつとしている。聡明な主婦ほど健康的で笑顔を絶やさない。そして聡明な主婦ほど、すべてに前向きで、決して困難に負けない真の強さを持っている。

そういう女性に会うと、実に気持ちがいいものだ。生きるパワーをもらえる。またあの人の笑顔に会いたい、と心の底からそう思えてくる。人は、特に女性はそういう存在でなければならないと思う。

賢明な主婦は、自分の家庭を他人のそれと比較しない。現在の、今の生活の中に幸せを感じとっている。またそのための努力を惜しまない。勤勉で、辛抱強くて、苦難を他人や環境のせいにしない強さをもっている。

家庭は、一切の生活の基盤であり活力の源泉だ。その家庭の中心者は、主婦をおいて他にない。主婦が輝いてこそ、家庭は円満で幸せ感に満ちる。家庭の太陽は主婦なのだ。

（昭和五十三年十一月記＊一九七八年）

自律という生き方

自分なりの考え方や意見、また判断力をもっている人は、見識の人である。「あなたはどう考えますか?」と聞かれて、「私はこう思います」と素直に言える人は、日頃から物事に強い関心を持ち、自律心をもって生きている人といえよう。

時として、社会の出来事や政治のあり方は、私たちの生活や生き方までを左右する。身近なところで、いくらでも理不尽なことや不合理なことが日常茶飯事に起きる。

現代人の考え方や生き方はそれぞれ違う。自分のことしか考えないエゴイスティックな人もいれば、他人を思いやり、譲りあって、協調性を尊ぶ人もいる。中には周りに全く感知しない人もいる。みな自由であっていい。ただ自律心だけは失ってはならない。

いくら自由だからといって、野放途な自由はありえない。人格をもった人間である以上、そこには人権というものがある。その人権を相互に守り、尊重しあってこそ、人間は人間らしく生きられるのである。その掟こそ法律であり、社会の決め事なのだ。これを守って、はじめて自由の本義があり、自律した人間の生き方なのだ。


（昭和五十三年十二月記＊一九七八年）

今を精一杯生きる

三歳と五歳になるわが子が、夏休みに横浜から遊びにきていた小学生の甥っ子や姪っ子たちに連れられて、近くの公園にセミ捕りにでかけた。

子どもたちにとって、夏の暑さは関係なかった。元気に飛びまわり、はしゃぎまわる。公園では、セミたちの大合唱が始まっていた。さすがに子どもたちの声もかき消されそうだ。

セミは、絵本でしか見たことのないわが子にとって、一度本物を見せてやりたかった。捕らえようと、必死で網をあちこちに振りまわしたが、なかなか捕まえられない。

そうこうしているうちに、甥っ子はさすがに手慣れたもので、すぐに三匹ほど捕まえてきた。わが子たちの前に、セミが入った籠を突き出すようにして「ほら、セミだよ。見てごらん」というと、一瞬怖そうな顔をして後退りしたが、すぐに近寄ってきて、興味深そうに籠の中を覗き込んだ。

「セミはね、卵から幼虫になるまで一年もかかるんだよ。そして土の中にもぐって、木の根から養分をもらい、そこで六年間もじっと耐えて生きてきたんだよ」と話しても、それに頷くでもなく、ただセミをじっと見ていた。

「地上にはい出てきて、そして大きくなってからはね、たったの一〜二週間しか生きられないの。だから、いま一生懸命に鳴いているんだ」というと、視線をちらっとずらしてこちらを見た。

「このセミもね、もうすぐ死んでしまうんだ。可哀想だから、逃がしてやろうか」というと、首を縦にわずかに振った。甥っ子は「逃がしてあげていいよ」と、快く言ってくれた。

籠を開けると、セミは勢いよく羽ばたいて飛び出し、仲間たちのいる公園の木々の中へ消えていった。その様子をじっと見ていた子どもたちの顔は、清々しかった。

セミの鳴き声は、自然が奏でる生命の響きだ。どのセミも、力のかぎり、命のかぎり鳴いている。どんなに暑かろうが、誰が聞いていようがいまいが、ひたすら声をふりしぼって、今という一瞬を生きている。一〜二週間の命なんて、セミにとっては関係ないことかもしれない。

人間の命が、八十歳、百歳であっても、セミの一〜二週間の命に比べれば、もっと短いかもしれない。ならば、人間はもっと今という一瞬を、精一杯生きねばならない。

（昭和五十二年八月記＊一九七七年）

第六章　〈ドイツ文学編〉

魅するドイツ古典主義文学

ゲーテ文学にみる自己形成思想

ドイツ教養小説の系譜

ドイツ文学には、「教養小説」または「発展小説」とよばれるジャンルがある。この概念のもとに考慮される作品は数多くあるが、その典型として挙げられるのが、ヨハン・ヴォルフガング・フォン・ゲーテの『ヴィルヘルム・マイスターの修業時代』であろう。

この種の作品を時系列でみると、中世叙事詩で知られるエッシェンバハの『パルチヴァル』(一二〇〇～一二一〇年頃)に鼻祖をなし、グリンメルスハウゼン『阿呆物語』(一六六九年)、ヴィーラント『マーガトン物語』(一七六六～七年)、そしてゲーテの『ヴィルヘルム・マイスターの修業時代』(一七九六年)でその頂点に達した。

その後、シュレーゲルの『ルチンデ』(一七九九年)、ノヴァーリスの『青い花』(一八〇〇年)、メーリケの『画家ノルテン』(一八三二年)、ケラーの『緑のハインリヒ』(一八五三年)、そして二十世紀に入って、ヘッセの『デーミアン』(一九一九年)、トーマス・マンの『魔の山』(一九二四年)に至っている。

ただ、これらの作品の系譜は明確に固定されたものではない。自然発生的に、漠然と文学史上に常識化されたものと思われるが、研究者によってその論は異にする。しかし、この文学形態は、一般にドイツ文学の本質をなすものとして是認されていることも事実である。

なぜ、このような文学形態が生まれたのか、教養（発展）小説なる文学の特性は何か、ドイツ文学の本質とは何か、非常に興味深いところである。それに迫るには、広くヨーロッパの思想的また歴史的背景、つまりは思想、哲学、宗教、さらには民族性といったあらゆる角度から論究しなければならないだろう。

この精神史的また形態論的研究はさておき、ここでは教養（発展）小説の模範ともなっているゲーテの作品に触れながら、ドイツ古典主義文学の特性の一端を考察してみたい。

魂の発展過程を描写した『マイスターの修業時代』

教養（発展）小説といわれる形態の作品は、一般に主人公をしてその人物の人間形成、自己形成に主眼がおかれ、生の一定の段階や教養に向かう一人の人間の魂の発展過程を描写するところに特徴がある。人間の発展過程を描く手法は、本来ドイツ民族の持つ内面的な啓発と昂揚への精神風土からきているものと考えられる。

それが端的に表出されたのが、『ヴィルヘルム・マイスターの修業時代』である。ゲーテは、約三十年を費やしてこの作品を書き上げた。この大長篇小説は『ファウスト』に並ぶ労作で、古典主義時代の代表作品でもある。

主人公ヴィルヘルムは、富裕な商人の息子として生まれ、自己の真実の生活の実現を演劇の世界に求めて旅の劇団に加わった。だが、そこにあるさまざまな人間関係に幻滅し、失望して遂に劇団を離れる。そして、真の生き方を求めて旅に出るのである。

ヴィルヘルムは、一見目的を持たない無性格者のように、広く人生を手さぐり歩く。失敗もすれば迷いもあり、誤りもする。人に接し、愛しもすれば憎しみもする素朴な青年である。

その末に到達した知恵は「人間は生きている限りは、生き生きとしているがよい。どこにいても、自分のできる限りのことをして、働け。活動的で、人に喜ばれ、自分の現在を明朗なものにせよ」だった。

こうして、ヴィルヘルムは自分の好きな演劇の世界を脱したのを機として、より広い社会に身をおき、完全な一個の人間となる土台を獲得するのである。彼は決して名誉や地位や金銭を求めるのではなく、人生そのもの、全人格を求めるのである。

この作品は、伝奇や冒険、風俗や生活、また筋の面白さなどに視点をおいて描いたものではない。それらの要素は含まれても、あくまでも主人公の自己発展、人間形成に重点を置いた作品である。このドイツ的特色は、フランスのバルザックの長篇小説と比較すると解る。

このような人間の教養と形成の過程を描こうとする意欲は、ドイツ文学に限らず、他の国々の文学にも見られる。フランスのロマン・ロランの書いた『ジャン・クリストフ』などもこれと類似する作品で、教養小説的ロマンとして是認できよう。この教養、発展の理念は、ある意味で普遍的なものであり、内的精神の要求でもある。

ゲーテはそれを作品のコアとした。「一口でいうと、現に今あるがままのぼく自身をつくりあげていくausbildenが、おぼろげながら幼年時代からのぼくの願いであり、目的でもあった」と語っている。その知恵が、主人公・ヴィルヘルムをして、積極的な人間形成の道を歩ませていったのである。

元来、ドイツ人は自己実現という意識が非常に強い。これはドイツ民族のもつ生来のもので、文学にかぎらず社会生活全般にみられる。それは、時代を溯ってドイツの起原に発する。あの有名なカール大帝が、全西ヨーロッパを支配していたころ、多くの民族からなるゲルマン人の中で、ドイツ人の先祖の間に〝ドイツ〟という意識が生まれてきた。他民族に対して〝自分たちの〟という自覚的意識なのである。

ドイツという言葉の語源には〝民族の〟という意味があるといわれる。よその民族ではなく、自分たちの民族を指したのである。このように、多民族が集まったゲルマン族の中にあって、「ドイツ」という言葉が発生し、それが今日のドイツ民族へと直系していったのである。

ゲルマン（germanisch）という言葉は、もとは外部であるローマ帝国の人達がこの多民族に対してつけた名称とも言われる。

この自分たちの民族という意識が、ドイツ人の本質的民族性であり、それがあらゆる面に反映し、文学の面においても自己実現の課題となった。その試みが、この教養小説的な表現形態となって、ドイツ文学の主流となったのでる。

こうした民族性と、先駆的歴史的条件をふまえて生み出されたのが『ヴィルヘルム・マイスターの修業時代』で、ゲーテの才能をしてこの文学形態の成就をみたのである。

ゲーテの内面的傾向性は精神風土に

ドイツ文学の特殊性は、ひと言でいうと内面的傾向性にある。ドイツ国は、地形的にも内陸に位置し、海洋を通しての他との接触の機縁が少ない。明るく快活な南方の国々とは違って、暗く、じめじめとした北方的な気候風土の中に位置し、自ずと内面に沈潜せざるを得ない面がある。

そこから、あの意欲的で情熱的な命のほとばしりが、文化の面で表出されてきた。文学におけるゲーテ、哲学のカントやニーチェ、音楽のベートーベン、そこには共通した生への躍動感と叡智が光っている。『マイスターの修業時代』における人間形成や生成への意欲もこの精神的傾向性と軌を一にするものである。

ドイツ文学には、社会性が少なく思索性に富んでいると言われる所以がここにある。風雅や趣、情緒を伝統的特徴とする日本文学とは対照的で、常に緊張と対極をはらんでいるのがドイツ文学である。

この作品における教養理念も、ゲーテの精神的天賦によるもので、自らの生を至高ならしめる力となっている。主人公・ヴィルヘルムの自己発展は、そのままゲーテ自身の教養への強い意欲となり、ゲーテ作品全体を貫くモチーフとなっている。

彼はいう。「我存在の金字塔、その基盤はすでに置かれ基礎づけられているが、それをできるだけ空高くそびえ立たせようというこの熱望は、ほかのすべてに勝るもので、一瞬時の忘却をも許さない」と。これほどまでに自己に厳しく、人間的形成を熱望した作家は希有であろう。

真実を忠実に、詩人として書いた自叙伝『詩と真実』

自ら歩いた道を意識的に作品に投影しようと試みたのが、自叙伝『詩と真実』である。この作品を貫くものも、やはり形成・発展の教養理念である。本来備わっている天分に嗜好や個性などが加わって、内外の力に対応して活動していくのが、ゲーテの着眼である。

彼は、あくまでも現実的な自我を重視した。それは形姿を具えた人間としての自我であって、形而上学的な自我ではない。

ゲーテは『詩と真実』を書くにあたって、「自分の生涯を支配した真実を伝えたいと思うが、後年になってみると、回想すなわち想像力をはたらかせることなしにそれを伝えることは不可能である。したがってある程度、詩才というものを発揮せざるを得ない。そこでわたくしは、語り手と物語とに属するすべてを〝詩〟という言葉で理解した」と述べている。

真実に対してはあくまでも忠実に、しかも詩人としてそれを書いた、というのが偽らざる心境である。平板的な事実の再現ではなく、事実の核心をとらえて、その意義を明らかにするための詩的要素を加えてこそ、はじめて高次の真実を著すことができるとした。

彼のこの思想の根本には、やはり人道主義、また人本主義がある。ある作家は「ゲーテは、なかなかの正直者といわなければならない」と評した。これもゲーテの人間中心主義の思想を述べたものと思われる。そこから発する強靱な意志力、教養への激しい情熱は、単に作家・芸術家としてのゲーテに止めておかなかった。

若干、二十六歳で政治に参加し、その後枢密顧問官から内閣首席の地位まで昇進している。一方、自然を愛する彼は自然科学の研究にも力を入れた。地質、鉱物、植物、動物に関する研究をはじめ、人間の解剖学、さらには光学、色彩学、物理学、化学などの分野にも介入している。愛もゲーテにとって切り離し難い要素だった。

誠実で、正直者のゲーテは、嘘をついたり、ごまかしたりすることを嫌った。思いあがりを戒め、忘恩を戒めた。「忘恩はつねに一つの弱点である。有為な人間が忘恩的であったのを私はまだ見たことがない」と。「高ぶらない人間は、本人が信じているよりも遙かに大した人物である」という。

また、ゲーテは「勤勉であることは、人間の第一の使命である」といい、仕事に励む彼は「時間こそ私の財産、私の耕地は時間である」と時間を尊重した。この辛抱強い人間ゲーテ、平和や愛を求めてやまない人間ゲーテ、謙遜で自己省察を怠らない人間ゲーテを支えていたものは、人間の自律という近代的人間中心主義の思想である。

あの高い調子で歌った詩『神性』は、ドイツ古典主義における近代精神の象徴として特筆すべき作品であろう。

自然や生命現象の中にイデーをみる

ここで、ゲーテの〝神観〟について少し触れおこう。「いったい、外部から世界を動かす神とは何だろう。指さきで星々をおどらす神とは何だろう。神は真実、世界を内部から動かすのだ。神は自分のなかに自然をいれ、自然のなかに自分をいれる。だから、神のなかに生きるもの、神のなかに存在し作用するもの、一切が神の秘密と神の真実をやどさねばならない」と『箴言と省察』で述べている。

これは、神と世界は同一であるという宗教観であり哲学観である。神を自然の外に求めず、自然のなかに求めようとした。神はすべての事物の中にあり、すべての事物は神の中にあるという確信は、カントが自然神学を極端なまでに排斥して道徳神学を唱えたものとは対極にある。自然に神を観て、神に自然を観ようとしたゲーテの神観は汎神論といえよう。これは、スピノザやシェリングなどの思想にも通ずる。

ゲーテ自身も「自然探究者としては汎神論者。詩人・芸術家としては多神論者。実践道徳家としては一神論者」とも述べている。こうした考え方は、彼の書物のそここに見られる。トーマス・マンも「すべての苦悩には神的なところがある」と指摘したように、ゲーテの苦悩する心境を垣間みる思いがする。

ゲーテのいう神は、天地創造の神とはまったく異にしている。自然や生命現象の内にイデー(Idee＝理念・真の実在)をみることで、永遠の心理としている。

「生命の単位は、分離したり結合したり、普遍にかえったり特殊になったり、変化したり固定したりするのが、根本の性質である。現われては消え凝固しては溶解し、集まっては散り、伸びては縮むことをくり返す。しかも、このような作用は、同じ時間に同時に行われ、無数のものが、一刻を争って押しあいへしあいするのだ。発生と消滅、創造と破壊、誕生と死、——それが夥しく重なりあい、夥しく入りみだれている。そのため、いかなる特殊なものでも、地上において生起するかぎり、結局は一般者の比喩として、出現するのみである」

彼は、自然の諸現象を、生命の単位として捉えた。そこに永遠に変わらぬイデーを観ている。「イデーは、たえず現象としてあらわれるものである。故に、諸々の現象の法則として存在するものである」という彼のイデー論には鋭い洞察がある。カント哲学の根本が二元論であるのに対し、ゲーテのそれは根源的一元観に立っている。

二元の思考である精神と肉体、存在と価値、我と神といった二元的背離の相を、人間の魂の真底まで感ぜせしめたのはキリスト教であった。人はその根本において二元的であり、背離と対立がその根本的形式であることを、ルネサンス以後も明らかに自覚してきた。

近代に至ってこの二元的思考は際立った。経験においては主観と客観が、社会生活においては社会と個人が、科学において機械的因果観と目的価値観が対立した。このように精神と自然、主観と客観、実在と現象の二元をその根底に置くことで、厳密な学的体系をきずき上げてきたのが、カントである。

この二元観とは著しく対照的なのがゲーテ思想である。彼は自然と精神、客観的原理と主観的原理の統一を、現象そのものの内に求めたのである。すなわち、自然は、そのあるがままの、見ゆるままの実在であり、精神的に産まれかつ形づくられたものである。自然は、精神的な自然であり、精神はそれ自体自然的なものである、というのがゲーテの哲学観である。

ゲーテは、四歳のころから宗教教育を受けていた。これについては自伝でも述べている。ゲーテが愛読した本のひとつに聖書がある。この一書が、生涯にわたってゲーテの想像力に大いなる刺激を与えたことは言うまでもない。

彼は教会にも通ったが、当時の乾いた道徳的な教会的新教に対しては強い不満を持っていた。しかし、少年時代から母親の熱心な宗教教育が、その後のゲーテの人生観に大きな影響を与えたことも確かだ。

彼の全生涯をかけて書き上げた大作『ファウスト』をはじめ、『マイスターの修業時代』『若きウェルテルの悩み』『親和力』など、数多くの優れた作品が生まれた背景には、一書を根幹とした人間の強さを感じる。

「ゲーテをはじめ、多数の西洋の大文豪たちは、ほとんど、聖書を源泉とし基盤としての大文学の確立であった」と、ある作家は指摘する。ゲーテの神観や宗教観が、キリスト教の教養そのものではなかったにしても、ひとつの思想や哲学、宗教をもつことは、崇高な人格形成においては必需なことである。

激しい時代の変化と、目覚ましい科学技術の進歩の渦中で人間性の疎外が危ぶまれる今日、ゲーテの真摯な人間探求は、時代をこえて光彩を放つ普遍的価値といえよう。

（昭和四十四年五月記＊一九六九年）

自伝文学の白眉『詩と真実』
――ヨハン・ヴォルフガング・フォン・ゲーテ――

詩的作業で真実に迫る

ゲーテが晩年に書いた自伝に『詩と真実』がある。六十二歳の時に起稿し、死の直前の八十二歳の時に完成した長編である。途中、戦争などのブランクもあったが、二十年もの長期にわたる執筆で、四部二十章で約千ページにものぼる大作だ。

この書の正式タイトルは『わが生涯より』で、『詩と真実』は副題である。『わが生涯より』という表題が示すように、彼は生まれてから八十年にも及ぶ生涯のすべてを、克明に記述している。

しかし、この作品はただ単にゲーテの人生の生活記録を再現したものではない。副題にもあるように、あくまでも自身の年代記を赤裸々につづることで、叙事詩的な要素を加えながら、真実の核心に迫ろうとしている。

自分の経験したことや体験したことを、現象的な事実として鋭く見極め、それを詩的な作業でもって、より高次な真実へ昇華しようという試みである。つまり、自分という個性的な真実を、人間という普遍的な真実へ高めようというものでもある。

ゲーテは、日常の自分というものを厳しくみつめつつ、人間の生活や社会の営み、さらには時代の流れの中で、自分に対応する内的、外的なむすびつきに自己を位置づけながら、行動に移していった。

ゲーテも人間であって、人生に悩んだ。個々の悩みを自己の内に受けとめ、それを作品の中に押し込むことによって世に問うた。『ゲッツ』や『若きウェルテルの悩み』は、いわばゲーテの自己告白の断片でもある。

またゲーテは、一人の人間に対して最大の興味と関心をもって生きた。相手が平凡な市民であっても、自身の大情熱でもってその個性に迫っていった。その行為が、同時に自らの生成や発展を促す契機ともなっていった。このすさまじいほどの人間愛、個性愛が、彼をして人間の英知ともいうべき真実へと迫っていったのである。

人間は、他人について書き語ることは容易であっても、自分の真実について偽りなく書き伝えることは難しい。たとえば、日記を書くにおいても、それが思うにまかせないのは、日記が自己告白の断片であるからである。

自身の日常を書いて、それを人に見せ伝えようとなると、どうしてもそこに事実とは異なる虚構が生じる。現実という意識がそうさせるのかもしれない。そこに真実の自己告白はうまれてこない。

ゲーテは、自己形成を人一倍熱望した作家であった。それを可能にしたのがこの『詩と真実』と言えよう。その自伝的手法は、自ら叙事詩人になることで、青春時代からのさまざまな発展過程を晩歳において一望することであった。

つまり、晩歳は「全体」を意味し、それを「詩」と位置づけ、また一望する青春時代のさまざまな時代や社会は「個別」を意味して、それを「真実」とした。こうした自己形成へのアプローチは、「古いもの」と「新しいもの」、「青春」と「老年」、「過去」と「現在」が渾然一体となる瞬間をもって、自身の精神の成長発展としたのである。

『詩と真実』が、自伝文学の白眉と言われる所以がここにあるのである。魂の記録という意味で、これを凌駕するものはないだろう。

（昭和五十二年十一月記＊一九七七年）

芸術による美的教育思想
――フリードリヒ・フォン・シラー――

教育の理想像を古代ギリシャ人にみる

偉大な文豪は、時に偉大な教育思想家でもある。一七五九年に生まれたドイツ古典主義の詩人、シラーもその一人である。彼の「芸術による教育」思想は、人間の人格的形成を芸術の機能に見出した陶冶思想として知られている。

この美的教育論の総括的探求を試みたのは、近代に入って彼が初めてであり、この意味でシラーの教育史的存在意義は大きい。

シラーの生きた時代というのは新人文主義の時代であった。これまでの啓蒙主義思想の時代にみる合理主義・主知主義の文化や教育は、もはや新しい時代精神の要請するところではなかった。

新しい世界観や新しい人生観が、新しい芸術創造において探求されはじめていた。この文化の創造は、同時にその文化の本質と相容れる人格をも要求していた。それが新人文主義の時代で、今日のヒューマニズムの淵源ともいえる。

既成の文化や芸術をはるかに凌駕した高尚な文化創造、この変革を可能にする唯一の手段を教育に求めたのである。すなわち、新時代の文化をつくる人格形成が絶対の要請であり、もっとも優先されなければならない条件のひとつであったといえる。

シラーをはじめとする新人文主義派の人々は、この課題をいっさいの思索の対象とし、教育の目標を人間の調和的な発展においた。その理想像を、彼らは古代ギリシャ人に師表をおいた。

そこにおいて求められるべき人間像は、かつて人間がそうであったところのものであり、また人間がなるべきところのものであると考えたのである。

古代ギリシャ人に、人間の理想像を見たのは、ローマ人やルネサンスの人々であった。そして、再びシラーを始め新人文主義派の人々によって、その調和的人間像を教育的側面から追求され始めたのである。

人間性の蘇生——、それは、芸術による教育以外に不可能であるとするのが、シラーの教育思想の出発である。

これまで、西欧の教育史をひもといてみると、中世の高等教育の過程からは、芸術は一般国民にとって修学に値するものではないとして、多くは除外されていた。

イギリスの政治思想家ロックも、詩芸術を教育内容からはずしていたし「エミール」で知られるルソーにおいてさえも芸術による教育は考えていなかった。

この人間教育を、芸術の道徳的観点から考察したのは、シラー以前にもあったが、しかしなんといっても芸術そのものに教育的機能を発見し、美的教育の概念を包括的かつ原理的に捉えて、その教育効果を実証しようと試みたのはシラーが初めてといえよう。

この美的教育論が、中世と近世という時代を画する時代的意義をもつだけに、シラーの存在意義は大きい。

勤勉は人間に唯一の価値を与える

さて、シラーの説く美的教育論とはいかなるものか、この教育論に発展するまでの背景を少しみてみよう。

シラーといえども、突如この芸術による教育の確立をなしえたのではない。青年期における内的外的な刺激が、若きシラーの思想を次第に醸成していった。

青年シラーに対する父親の教育は厳格であった。「人間は、自己に打ち勝ってはじめて、どれほど多くのことをなし得るかを、お前たちは父親の例から学びとりなさい」と。

この親の厳しい教育が、次第に青年シラーをして、いかなる苦難や障害にも耐えるだけの力を得て、常に人間として上昇と発展の意欲を強固なものにしていったのである。

シラーの、詩人としての人間に対する信念は固いものがあった。「優れた詩人である以前に、より高貴な個性をもつことが何よりも重要なことである。詩人が、われわれ人間に与えることのできるすべては、詩人の個性である。それが故に、この個性こそ世界と未来において提示せられるべき、価値あるものでなければならない。したがって、この詩人の個性をいっそう高貴あるものにするためにも、最も純粋にして最も輝かしき人間性の回復こそが、詩人にとって先ずなすべき最も重要な仕事である」と。詩人としてあるべき姿を考え、厳しく自己を律し自己に迫っていったのである。

彼は、単なる詩人になるための詩人的人間であることを極度に嫌った。本来の高貴ある人間としての存在になるべく人間性を強く求めていた詩人である。こうした生への強い内的欲求が、自己を厳格にしていったのかもしれない。

彼は言う。「なんの目標も希望もない酔生夢死の瞬間をわたしは恐れる。不断の努力、これがわたくしの魂の要素だ」と。同じようにケルナーに宛てた手紙にも「勤勉こそ重大な問題であるといえる。人間にその唯一の価値を与えるものとして……」。

この若きシラーの不断の厳しい自己形成への意欲が、どれほど強靱なものであったかは、ゲーテさえも驚きの念をもって称賛していることからも理解できる。

精神と肉体は一つのものとしての〝中間力〟

シラーの哲学への接近は、カール・オイゲン公の「軍人養成所」入所がその端緒だった。彼はこの時十六歳である。ライプニッツ・ヴォルフの啓蒙哲学に近づき、アベールやシャフツベリーの思想に感化されたのもこのころである。

哲学においては、後に述べるカント哲学の影響が大きいが、このころ享受した哲学や思想もシラーの美的教育論への素地となっていた。

シラーは、一七七九年に「生理学の哲学」と題する卒業論文を発表した。この中で「精神」と「肉体」の関係を興味深く論じている。

これまでの哲学者や思想家が、常にその最大課題として提示してきた二元的原理である「心と物質」という二者対立概念、すなわち唯心論的世界観や唯物論的世界観は、シラーにとってもはや満足する思想ではなかった。

事物に対する人間の認識は、外界の物質的印象に基づくものである、とするこれまでの哲学者の思考に留まろうとしない。シラーは、さらに次のように問い詰めていった。

「物質はいかにして精神に働きかけることができるのか？」「精神と物質、この二元の中間にあって両者を結びつけている力は何か？」。こうしてシラーは、精神と物質の相互間に作用する力を〝中間力〟と名付けたのである。これがシラーの卒業論文の主題であった。

翌一七八〇年、第二回卒業論文においてもさらにこの〝中間力〟論はいっそう深みを増し、その論理も明解になってきている。

「肉体の活動は精神の活動に対応している。それはちょうど同調子の二つの弦楽器が並列しているように、精神も肉体も並列したものである。つまり、一方の絃が音を出せば他方の絃もそれに同調して音を出す。この不思議な共感作用である〝中間力〟が、人間の異質的原理ともいえる精神と肉体を一つのものにしている。従って、人間の精神と肉体は本来別々なものではなく、両実体は極めて緊密な融合状態にある。よって人間の動物的性質と精神的性質の融合が完全性なのである」とした。

この、シラーの精神と肉体に関する哲学的思考で注目できる点は、これまで西欧哲学が「心と物質」を相容れない二元的原理として捉えてきたのに対し、それはまったく切り離しては考えられない相関性が二者の間にある、としたことである。それがいかなる実体かを解明するために、仮にそれを〝中間力〟と呼んだのであろう。

シラーの試行錯誤した結論が、両実体の緊密な融合状態にあるとした点、さらにはこの調和ある融合状態にこそ人間の完全性があると把握した点は、シラーの独創的な見解といえよう。

一劇作家シラーが、これほどまでに特異な哲学的思考に至ったのも、ひとつは彼の人間に対する深い洞察であり、もうひとつは彼の生活環境における厳しい現実が、彼をして哲学的人間に追いやったその知恵の産物ともいる。

シラーは、人間形成の目的をこの物心二者の緊密な融合状態においた。人間の心と身体を結ぶ不思議な感応の働き、そこにおいて生き生きとした心の活動が、どれほど自然の事物に生命の感動を与えるものであるか、シラーはこの心と体の完全性に人間の理想像を見たのである。

後に展開される「美的教育論」はこの考えが根本となっている。その理想原理としての「美」こそ、この完全性にあり、その「美」の実現方法こそ芸術による教育以外にないとしたのである。これがシラーの美的教育論の根幹をなす思想である。

演劇は人間を教化するもの

第二回卒業論文は、病人の肉体的病苦の超克という視点で進められているのが特徴的である。

したがって、〝中間力〟理論は、いわば彼の生活苦や病苦からの体験的、経験的な実践論であって、決して机上の空論ではない。

論文を構成するファクターは、そのまま彼の生活力であり、人生知であり、自己との戦いの中から生まれてきた叡智でもある。シラーという人間は、生きることに本当に苦しんだ人間の一人といえよう。

しばしば指摘されるシラーの〝自己への厳しさ〟は、自己教養の根本理念として、若きシラー自身の人間形成の根幹をなしているといえる。

さて、人間がより人間的存在となる過程において、すなわち人間の感性的道徳的状態から理知的道徳的状態へ上昇発展する段階で、彼がもっとも重視したのは「美」である。

これがいわゆる媒介方途としての「美」である。教育における美や芸術の意義を問題にしたのも、この兵学院時代であった。美や芸術に対する考え方に、論理性と発展性を持たせてくるのは、彼の卒業後における演劇論文においてである。

シラーは『群盗』を世に発表したことで、演劇の大衆に及ぼす影響の大きさを身にしみて感じていた。「演劇が、その最も著しい影響力を有する芸術であるのは、感覚的演出のためである」と、その序において述べている。

また、シラーは論文『現代ドイツ劇壇について』（一七八二年）において、「演劇は、人間を教化するものでなくてはならない。道徳性へ働きかけるものでなくてはならない」とし、演劇は教化的効果をもたらす芸術であると捉えていた。

〝中間力〟理念が、再び論理的に展開するのは、卒業して四年後に発表した『ひとつの道徳的施設として見た舞台』（一七八四年）という論文においてであった。ここで彼は、中間的状態をいっそう深く考察している。

官能にも理知にも偏しない均衡のとれた中間的能力を「美への感情」とした。この中間力について、シラーが着眼したのは演劇の舞台である。演劇は、もっとも高尚な娯楽と理知および精神的教養が合致する場であるとし、舞台における道徳的効果を主張した。

こうして兵学院時代から卒業四、五年の間に発表された論文は、すべて「人間の美的教育」論に発展するための伏線であり萠芽であったといえる。

真・徳・美を開発することが教育

やがてシラーの美に対する根本理念は、長詩『芸術家』（一七八九年）において確立した。古代ギリシャの世界に範を求め、人間性を形づくる真・徳・美を開発することが教育であるとした。その関係性を「真と徳とが美の中に包含されている」とし、美に導くことが人間性開発のもっとも良い方法であると考えた。

シラーは説く。人間性開発の究極の目的は〝徳〟にあり、この徳は絶対であり真理であり理想である。徳は、人間形成の根本的な Urbild（原理、原型、理想像）なのである。この Urbild の表象こそ芸術であるとした。

つまり、人間のより完全なる道義の獲得は、芸術で表象化された美によってはじめて可能となる。そしてその美は、自然のあらゆる真理を包囲するものであるがゆえに、芸術家はわれわれ一般にこの芸術の美を手段として真理を開眼させ、より高次な道義性へと人間を教育するものでなければならない、というのが『芸術家』で説くシラーの芸術家論である。この論文は「美的教育論」の基本的先駆性をもったものといえよう。

この根本思想に立脚して、次の論理へと展開する。それは、すべての精神文化は美の感情から出発し、すべての文化の究極目的は、芸術の最高の完成にあると結論した。

捷(か)ち得たる勝利に陶酔して
称揚すべき手（芸術）を忘るる勿れ！
この手（芸術）こそは、荒寥たる生の岸べに
見棄てられて泣き悲しめる孤児「人間」を
無情なる「偶然」の獲物たりし汝人間を見出し、
早くより汝の若き心を
ひそかに来るべき精神の尊厳に向け
汚れたる情欲を

傷み易き汝の胸より払ったのだ。

芸術こそは遊戯のうちに、気高き義務を教へ、
汝の青春を導き、崇高なる道徳の秘密を
解くに易き謎もて汝に悟らしめ、
成人の後に再びわが手に迎うべく、
愛児の汝を他人の腕に委ねしなり。

おお、頽廃せる欲望を抱きて
芸術の賤婢の手に堕する勿れ！
蜂は精勤によって汝を教訓し、
蚕は器用によって汝の導師となろう
汝は、汝の知識を秀逸なる精神に伝えるのだ。
おお人間よ、芸術は唯だ汝のものだ。

（詩抄『芸術家』より　木村謹治訳）

この詩からは、哲学的内容を秘めた美的世界観が伝わってくる。それは、彼の哲学論文『人間

の美的教育に関する書簡』と同じ観点に立って書かれたものであり、「芸術」に対する深い洞察の表れである。芸術のもつ高尚性を、シラーは高らかに謳いあげたといえる。

シラーの思案の根本には、常に芸術がある。自然や人生、宗教や歴史などにも深い関心を寄せてはいるが、著述した論文の多くは芸術に関しての考察がほとんどと言ってよい。

特に、演劇芸術や悲劇芸術においては、彼独自の特色ある芸術理論を展開している。そして、年を追って発表する論文の内容も一層深められている。芸術が人生に与えるもの、働きかけるものについて、彼は深く思索していたのである。それがあの〝人間の美的教育〟なる概念となって結晶していったのである。

カント哲学と響き合うシラーの美学論

シラーが、カント哲学に親しみをもち研究していたことはよく知られている。彼が、これまで予感的にもっていた人間の生き方や理想が、カント哲学に触れることによって一層堅固なものになっていった。

「世界文学において、哲学と芸術がこれほどまでに幸福な握手をした例は稀であろう」とまでいわれるほど、シラーとカントの思想的関係には興味深いものがあった。シラーの美的教育論は、カントとの哲学との関連性を知ることによってより明確になってくる。

それを、次の二つの視点からである。

一、カント美学とシラーの関係

二、カント倫理学とシラーの関係

まず、第一のカント美学とシラーの関係であるが、カント美学における道徳的なものと美的なもののあいまいな関係性を、シラーは徹底的に明らかにした。つまり、道徳に対する美の領域に独自性をもたせ、真や善に対する美の純粋性を明確にしたのである。

このことは、『悲劇的題材による快感の原因について』（一七九一年）と、翌年発表した『悲劇芸術について』（一七九二年）の論文で明らかにしている。

はじめシラーは、芸術の目的は道徳的教化にあると考えていたが、やがて芸術の目的は快感にあると認識するに至り、「自由な快感」を規定した。

この快感はさらに「詩的な遊び」にまで発展する。〝詩的〟であるということは、理性的なものと感性的なものが均衡状態であることを意味し、それを〝美による美への教育〟とした。

この美学的論理は、全くシラー独自のものである。それは、カント美学に触れることによって、シラーの美学論が一層確実なものになっていった。ただ、彼自身が註釈しているように、単にカント美学の継承でないことも知らねばならない。

第二のカント倫理学との関係においては、まずシラーの道徳に関する見解を明らかにしておこう。結論から言えば、シラーの道徳観は厳粛主義者（道徳的意志の動機として幸福や快楽の要求を認めないカント倫理学の立場）と一致するものであり、その立法においても感情の要求を却けるというのが基本的立場である。

これは、先に述べた独自の美学論とはちがい、この倫理学の面においては、徹頭徹尾カントの倫理学に同調している点である。自己の世界で思索した倫理学が、いみじくもカントのそれと一致し、その思想の正しさをシラーは強調した。

これは、彼がアウグステンブルグ公に宛てた手紙の一節に「わたくしの道徳論の根本的視点は、すべてカント的と考える。――このことをわたくしは告白するものである」ことで理解できる。

「美しい魂」は人間のあるべき理想像

さて、シラーの倫理観を問うとき、しばしば「美しい魂」が問題になる。そもそもこの理念はゲーテに始まるもので、その理論的解明をしたのがカントとシラーであった。

『優美と尊厳について』の中でシラーは次のように論じている。「美しい魂とは、道徳的感情があらゆる感情を完全に自分のものとし、心の望むまま、感情の趣くまま、しかも意志の命令とはまったく矛盾しない境地である」と。

シラーは、この境地に人間すべての人格的形成の理想を見出し、人間の高貴な教養理念としてこれを捉えた。命令や規律に支配されない、純粋な衝動のままに行動し、後悔や罪の意識にとらわれない、理性と本能、義務と天性の調和、この融合一致の境地をもって「美しい魂」としたのである。

ただ、先にあげた『優美と尊厳について』の中の道徳という言葉の概念は、道徳性そのものを意味するのではなく、美学的概念の道徳美を論じているのである。

よって「美しき魂」は、単なる道徳の原理原則を主張しているのではない。人間全体のあるべき理想像として、また人間育成の理念として捉えていることに注目しなければならない。

こうした美的な側面と道徳的な側面での関係性を、シラーはどのように考えていたのか？　その優位性、並列性、また従属性がしばしば論じられてきたが、どうやらシラーは両者の相互促進による関連を考えていたようである。

「真に美しい魂」とは、この美的陶冶と道徳的陶冶の一致した性格美、その性格美の育成をめざすところにシラーの美的教育の本義があった。

シラーは、生来から教育者的衝動と本性をもちあわせていた人間であった。強く自己形成を望むがゆえに自己に厳格であり、民族や人類の教育を考えるがゆえに、芸術や文化や歴史に深い関心をよせていた。芸術における教育的機能の発見は、シラーの生涯のモチーフとなってあらゆる思索の基本をなしている。

さらに美的教育論の美についてには、多分にシラーの考えていた美なるものは、手段としての美と、目的としての美の二面性をもっていた。つまり、人間の感情的道徳的状態から知的道徳的状態へ上昇発展するための媒介方途としての美と、他方は完全なる人間性の理想として捉えた美の二面である。

この美をもって、人間の教育思想としたシラーは、自らその教養理念の典型として自覚的に生きた人間といえよう。

日本の芸術教育運動にも影響

シラーの「芸術による教育」思想は、その後の人々や教育界に大きな影響を与えた。あの道徳的啓蒙的のみにとどまっていた芸術を、自由に開放ならしめ、高い地位に置いた。そして、芸術によって人間の教育的機能を認め、透徹した陶冶思想を確立したのである。

人間性の回復を高らかに掲げた教育理念は、啓蒙主義時代への挑戦であった。その先頭に立ったシラーこそが、近代初頭における教育革命家である。

この功績と存在が、二十世紀はじめのドイツ芸術教育運動に強く影響した。美的教育思想の再生運動とまでいわれるゆえんも、シラーの「芸術による教育」理念の普遍性と崇高さによるものと思われる。

シラーの影響は日本にもあった。ドイツ芸術教育運動が盛んなころ、明治時代の教育学者である小西重直博士がドイツに渡っていた。最高潮に達していた芸術教育運動が、日本の小西博士に与えた影響は大きい。

帰朝した小西博士は、日本に美的教育を紹介し、自ら日本の芸術教育運動の先頭に立った。以来、日本にも美的教育論が教育学者によって論議されはじめた。日本の芸術教育運動は、ドイツより一足おくれて大正時代にその頂点に達したのである。

ともあれ「教育」という問題、それが西洋においても日本においても、「人間」を対象にした人間教育ということには変わりはない。その肝要は、人間教育の根本をなす哲学的、思想的価値基準が問われるのである。

（昭和四十五年十月記＊一九七〇年）

人間とは何かを探求し続けて

――ヘルマン・カール・ヘッセ――

命の底から噴出する〝生〟への叫び

ヘッセの作品に親しみを感じる人は多い。読者は、本を手にするたびに詩人のもつ魅力にとりつかれていく。作品全体に流れる甘美な哀愁が、多くの読者の心をとらえているのであろう。現代社会の混沌とした現状と、枯渇した人間関係の中にあって自身をみつめようとしたとき、ヘッセの作品は時として強烈な光輝を放って、われわれの胸に迫ってくるものがある。

『車輪の下』『デミアン』『内面への道』、そして『荒野の狼』などは、読むたびごとに、同じ作品でも放つ光彩が違う。「人間とは何か?」「人間はどう生きるべきか?」「精神とは何か?」「自然とは何か?」「秩序とは?」「破壊とは?」「混沌とは?」、そして「死とは何か?」を、読者の心に容赦なく問いかけてくる。

西欧というキリスト文明社会の中で、二度の大戦を背景に生きた一人の人間として、作家として、また詩人としての生き様が、作品を通して身幹に伝わってくる。

精神史的に、また思想史的にも複雑に交叉する西欧文明の中で、ヘッセが求め続けたのは「人間の人間たらしめる真の生き方とは何か?」だった。さまざまな職を経験し、病苦や辛苦をなめ、命の奥低から噴出する生への叫びを原体験として、それを文学的に形象化したのである。

二元の対立と融合に人間性を試みる

ヘッセの作品は、しばしば二元性が提示される。自然と精神、混沌と秩序、無意識と意識、父と母、西欧と東洋、魂と肉体、善良と悪徳、富と貧、明と暗、陽と陰……といったように、これらの二元を対立させ、分裂させ、そして融合宥和の可能性を試みたのである。

それが、もっとも顕著に表れているのが『荒野の狼』（一九二七年）と『ナルチスとゴルトムント』〈『知と愛』〉（一九三〇年）であろう。

もとより、この二元性の思想は西欧思想の根幹をなすもので、ヘッセに限ったことではない。ドイツ精神史を繙(ひもと)くと解るように、二元性の定義と追究、その対立方法は一貫してドイツ精神の中核をなしている。哲学のニーチェが、文学のゲーテが追究した最大課題でもある。

このヘッセの二元性が、フリッツ・シュトリヒの指摘する「近代文明の生んだ必然の対立である」とすれば、文明の発展は常に対立をもって成就するという史観なのかもしれない。

人間は、肉体としては一個の存在にしかすぎないが、魂としてはさまざまな段階や可能性、混沌や遺伝をもった多種の〝我〟から構成されている存在でもある。このように多様性をもった存在が、近代の人間であるとする。

これを人格的に統一することは不可能であるとして、ヘッセはこれらの多様を二つのものに単純化した。人間のもつ多種多様な本質を、一種の芸術的様式化をもって試みたのが、自然としての母なる魂（Seele）と、父なる精神（Geist）の世界である。

このふたつの世界は、結ばれるべき運命をもちながらも、ときには遠く隔たり、ときには激しく対立し、悩み、苦しみ、いがみ合い、そして互いに歩み寄ることができる世界でもある。

ここにおいて、無意識も混沌も共に自然につながり、意識と秩序は精神につながるのである。それは、ニーチェの表白したディオニソスとアポロの対立でもある。

秩序への反発が「詩人になりたい」欲求へ

詩人・ヘッセの文学的出発は自然からであった。生地のカルフ（ドイツ南部）は、小さな町で、牧歌的な生活を送るのに向いていた。だが生家は、プロテスタント神学とシュヴァーベンの敬虔主義が汪溢した繊細な環境に置かれていた。その精神文化の強い雰囲気の中に育ちながらも、やがて彼はこの世界から身を振り切って、自己自身の道へ踏み出していったのである。

世間一般の市民的な生活を避け、時代精神を検討する中で、彼は公のドイツ国家に対する反感意識を深め、反市民性とロマン主義気質を次第に帯びていった。

それはといえば、当時のドイツ社会に起きた一連の危機的事件が機縁となって、ヘッセを一気に内面への道へと追いやったのである。

彼の作品には、この文化批評的な気質が当初から強く、次第にその姿勢が広範な領域に及んでいく。外部からの抑圧的なものや、命令的なものに対して強い反発を示すようになった。既成の秩序が、無意識のうちに自身の生への意欲を抑圧すると、彼はやがて抵抗、孤独、自由、漂泊への憧れへと自身を誘引し、ついには「詩人になりたい」という欲求の自覚に至るのである。しかし、彼を取りまく既存の秩序は彼を呼吸困難に陥れ、宥和することを許さなかった。彼は哀愁と孤独を彷徨した。この内なるものと外なるものの分裂が、ヘッセの生涯を貫くモチーフとなっていったのである。

だが、「詩人になりたい」とする自覚的意思がさらに拡大すると、自己のおかれた苦難の状態を、単に心理的な側面や社会的な面から分析することだけでは不充分だった。自身の体験に光をあて、それを生き生きと表現することで、体験に隠されている意味を把握しようとする手法が、彼が意図する文学的形態化へとつながっていったのである。市民文化を拒否して、母なる魂の懐へ、自然へ、そして大地へ回帰するのである。その思いを表白したのが、初期の作品『ヘルマン・ラウシャー』（一九〇一年）や『ペーター・カーメンチント』（『郷愁』一九〇四年）である。

特に『ペーター・カーメンチント』は、青年の発展期における苦しみを軸に描き、全篇が青春の憂鬱と疑惑に満ちている。何かを求めている不安――、その深い人間の孤独をヘッセは綴るのである。

自然を理解しようとしても、単純に思い込めるものではない。しかし、なおも探求し理解しようと努力すると、そこにはただ謎だけが残る。自己の核心をなす本質を誰が知り得ようか。

自分もまた何も知り得るものではない、と言い切ってみると、不思議にもわが人生に強い手応えを感じて、人生が深く自身に拘りをもってくる。こうして彼の憂愁は、次第に高貴なものへと昇華し、純化していったのである。

ともあれ、この『ペーター・カーメンチント』は、ヘッセの率直な自己告白の書であって、常に人間の形成と発展という問題をはらんだドイツ教養小説の系譜をなすものである。

これらの作品を世に発表することによって、自身のうちの違和感が消滅し、世間とも宥和した幸福感が彼をつつむ。しかし、この自然はヘッセをそこに長く安住させることを許さなかった。

詩人があこがれた自然は、ついには恐るべき脅威を発現して、秩序を打ち壊し、世界中を混乱のどん底に陥れようとしていた。野蛮と破壊と非情神の支配を、ヘッセは目の当たりにするのである。それがあの第一次世界大戦だった。ヘッセの精神への志向はここから始まった。

「おお友よ、その調子をやめよ!」と叫ぶ

一九一四年七月、第一次大戦が勃発すると、市民は戦争に熱狂し、愛国の感激に浸っていた。

さらに、詩人や芸術家や学者たちまでが、愛国心をかきたてる戦線に参画していったのである。平和をことのほか愛するヘッセにとって、本来、自由と平等と愛を叫ぶべき文化人が、憎しみや怒りを煽り、非人間的な戦争に荷担している事実を知ると、何とも耐えがたい深痛の境地におかれたのである。

ついに彼は胸奥から叫んだ。「おお友よ、その調子をやめよ！」「自分はドイツ人でドイツを否定する最後の人間だ。戦線の兵士に武器を捨てろとは言わない。しかし、文化にたずさわるものは、決して血迷ってはならない。分別と勇気を持とう。これ以上、ヨーロッパの未来の基礎を動揺させてはならない。戦争を征服することこそが、われわれに与えられた最も高貴な目標である」と訴えたのである。

これに対し、ジャーナリズムはいっせいに彼を売国奴として非難した。しかし、ヘッセは屈しなかった。大戦が終わった直後の『愛の道』で訴えた。

「われわれがその愛の道を生き通すとき、敗北の苦痛を忘れ、勝利者となるだろう……、われわれは過去の指導者の理想がまやかしであったことを悟った。われわれはもはや、金銭と大砲を持ち、金銭と大砲に支配される強い国民になろうとは思わぬ。人道と理性と善意は、より良い道ではないだろうか。われわれは敗北を通し、古い指導者を振り落として、自主性を取りもどした。どんなに困難でも、誠実さと愛の道を歩み通そう。それによってこそ、ドイツが世界に対して失ったもの、信頼と愛を回復することができるだろう」と。

だが、彼の訴えもむなしく、戦争という破局の道は第二次世界大戦へと突入していった。これによって、彼の政治に対する愛の試みは失敗した。彼は、ヨーロッパへの不信を機に、やがて人類のすべてを、民族のすべてを預かれる理想の地を求めていったのである。

「われわれは、その国の最も高貴な具現をアジアに求めています。わたしの愛するロランよ、あなたは、私に希望と価値とを授け与えることができる数少ないうちの一人です」と、当時親交のあったロマン・ロランに宛てて書を送ったのである。

彼は再び宥和を失い、孤独に陥り、内省的になっていった。自己自身の苦しみの責任を外部にではなく、自身の内部に求めた。戦争に熱中する彼等に対して、反省を求め、世界の狂暴を非難する権利のなにものをも、自分は持ち合わせていないことを自覚したのである。

母なる自然、生新な精神秩序を求めて

ヘッセは、自身の内部の混乱を整理することから始めた。まず、自分の素質を体系的に精神分析した。あらゆる価値判断から脱却し、外見的美も道徳もかなぐり捨てて、自身のあるがままの姿を求めた。

それは、母なる自然、無意識の深淵をとことんくぐり抜けることによって、その中から生新な精神秩序が生まれ、上昇するであろうことを期待したのである。その変革の情況を最もよく表白

しているのが、一九一九年に発表した『デミアン』である。

大戦後の若い世代が、この作品を好んで読んだ理由も、そこには自分たちの運命、不安、疑惑が語られていたからであろう。「人間とは何か?」という問いが新しい切迫感をもって提示されていたのである。

「実際に生きる人間とは何か、このことを今日の人達は昔ほど知っていない。その一人ひとりの人間、それは貴重な一回だけの自然の試みであるのに、多くの人間が弾丸に当たって死んでいく……。今、人間とは何かを知っている人は少ないが、それを感じようとしている人は多い。わたしは、敢えて自分とは何かを知っているとは言わない。深く求めようとしている人間である。

それを、私は星の上や書物の中に探し求めようとは思わない。私は、私の体中を流れている血が語っているその声に耳を傾けたい。決して私の話は快い感じを与えるものではない。……無意味と混乱の、狂気と夢の味がするであろう。自己を偽らない人間ならば、誰でも自分の生活がそうであるように……」。その後の作品のいたるところで追究される根本命題は、この時に得たものといえる。

ヘッセは、また〝我意〟の強い人間であった。随筆集『観察』の中で表明しているように、この我意はヘッセの生き方の基調ともなっている。彼は我意であること、即ちわがままであることを美徳と考えた。

徳とは服従であり、わがままも服従である。しかし誰に服従するか、何に従順であるかが問題である。それは外部の権威や法律に従順することをさすのではない。己自身の心の中の法則、無条件に神聖な己の中にある掟に従うことが、唯一の尊び愛する徳であり服従である、とする。

このことは「人によって与え求められた道も、のろわれた道も心にとめず、ただ内なる心の命令にのみに服する」と『放浪』（一九二〇年）で表白したのである。

だが、その体験的実証のきわめて難しいことも告白している。「わたしは、己の中から出てきたところのものを、そのままを生きて見たいと望んだに過ぎない。それがどうしてこれほどに困難であったか」と『デミアン』のとびらで謳っている。

「だが、すべての人間の生活は、自己自身への道である……。いかなる人間も、これまで完全に自己自身ではなかった。しかし、その一人ひとりがまた自己自身になろうと努力している」。人間の普遍的要求を、ほかならぬ彼自身が実証しようとして、あえてその苦難の渦中に飛び込んでいったのである。

人間性の回復を東洋思想に渇望

ヘッセの中期の作品に『シッダールタ』（一九二二年）がある。これは彼の東洋に対する心を結晶した作品である。

プロテスタントの牧師の子として生まれながらも、祖父母や父母を通して、東洋の思想や宗教、文化や自然、風俗などに深い関心を寄せた。東方の精神を汲みとろうと、敬虔的批判精神をもって、老子や孔子を学び、禅や易を摂取している。この『シッダールタ』は、インドの精神や文化を詩的直感に訴えて表現化した作品ともいえる。

時代が、第一次大戦後ということもあって、リズミカルな文体の中にも、たるみのない、調子の張った高いものである。『シッダールタ』では、あの大戦による西欧民族の個性の崩壊を予感させるもので、彼等の心の不安定さを実によく象徴している。

戦争という悲惨で残酷で、非人間的な魔の所為が、ヘッセの生命それ自体を荒廃化させていった。そして、既存の西欧的秩序や精神、思想に矛盾と行き詰まりを感じたことが、東洋思想への傾倒へと結びついていったのである。

それは論理的必然性というよりも、本来的必然性であったと言うべきであろう。生命の尊厳、人間性の回復を重視する東洋の仏教思想に眼を向け、その発祥の地であるインドに着眼したことは注目に値する。

ヘッセは『内面への道』で告白している。「少年時代から、神聖で慣れ親しんだインド精神の世界が、ふたたび私にとって真の故郷となることができた」と、安堵している。

しかし、作品がインド思想を軸として展開しているものの、そこにはゲーテ的汎神論やロマン主義における神秘的体験、敬虔主義への沈潜、さらにはドストエフスキーの混沌、ニーチェの永遠回帰や超人思想が激しく渦を巻いているところをみると、やはり西欧的キリスト教思想からの脱却は容易でない。苦悶する詩人・ヘッセの人生が垣間見える。

〝知〟と〝愛〟の融合調和を謳う

ヘッセが人生の基調としている〝我意〟の思想は、ギリシャの叙情詩人ピンダロスが淵源となっている。神秘主義のシレシウス、古典主義の代表ゲーテ、ロマン主義の精粋ノヴァーリス、さらに実存主義の源流ニーチェ、そしてヘッセへと通ずるもので、人文主義的体験の一環をなしている思想だ。

ヘッセが若いころからニーチェやゲーテに傾倒し、『ツァラトゥストラ』や『ウェルテル』に共感したのも、ニーチェやゲーテがピンダロスの「汝の存在するところのものになれ」との叫びに共鳴していたからに違いない。

彼は自らの道を歩むためにも、単に先人の精神をそのまま受容することをきらい、時代の要求する精神の回復を、自身の人生の最大事とした。そのために、彼は自己の性格を分析し解体することから始めた。

残忍な自然の力のすべてを露呈し、混沌を見きわめ、内に潜む暗い力がはたして父なる精神に転化できるかどうかを、『荒野の狼』（一九二七年）と『ナルチスとゴルトムント』（『知と愛』一九三〇年）で試みたのである。前者が、暗く陰惨で不協和音に満ちたものであれば、後者は明るい甘美な旋律を帯びた美しい作品となっていて、対象的な位置にある。

時代の危機を背景にした『荒野の狼』は、一人の主人公・ハラーにふたつの相容れぬ性格をもたせて分裂させ、苦悶し、相克させたのも、しかるべき目的のためであった。次の戦い（第二次世界大戦）にむけて、準備する狂気した人間の心を、あますところなく剔り出すことにあった。「そのためにも、自分は荒野の狼にならざるを得ない」と自白している。

暗黒と混乱に身を投じ、邪悪と戦う。そして、存在の意味を失った人間、すなわち羊の群のように動く人間に、また従順と妥協と惰性に生きる人間に、真の人間生活の意味と価値を与えようとしたのである。

ヘッセはここにおいても、対立する二元の世界の融和と、自由で明朗な精神への到達の可能性を暗示した。より深い人間への道を、この作品に吹き込んだのである。

他方『ナルチスとゴルトムント』は、二人の人物を登場させることによって、ふたつの魂を各々にゆだねている点では、前者の試みとは大部異にしている。

ただ、精神に奉仕する学者（知に生きる人間）と、美に奉仕する芸術家（愛に生きる人間）という二原理の対立においては全く変わらない。

知と愛が、精神と感覚が、哲学者と芸術家が、互いに思慕し合い、反発し合い、啓発し合って融合調和するさまは、時として高い香気を漂わせ、精彩を放っている。そしてむせるようなエロティークさで描くあたり、『ファウスト』の変奏曲ともいえる。

次第に「ファシズムの暴力が支配的になるにつれて、トーマス・マンは敢然とファシズム攻撃にたちあがり、カロッサはドイツにとどまって非常な善意と勇気を保持しているときに、ヘッセの念頭を去来したものはなんであったろうか。自然が、混沌が、ふたたび精神を、秩序を破壊しようとするのを見て、このように精神をいくたびとなく自然の力がくずそうとするのはなぜなのか、それに対して精神はどうすればよいのか、という問題にふたたび直面した彼は、精神をおしすすめる立場を捨てず、現実に発言するかわりに、自然と混沌を受容してなお屈しない強力な総合的精神を、しずかに作品のなかに形成していった」(『現代ドイツ文学』登張正実著)のが、不朽の大作『ガラス玉遊戯』(一九四三年)である。

二度の世界大戦を経験し、内面への道をさすらい、孤独に耐え、危険に生きることを辞さなかったヘッセ。どこまでも平和を求め、人間が人間たらんとする存在とは何かを、八十五年の生涯を費やして探求した結果が、ケラー賞(一九三六年)、ゲーテ賞(四六年)、ノーベル賞(同)、ラーベ賞(五〇年)として輝いたのである。こうして、ヘルマン・ヘッセの文名は、世界文学史上において不朽なものとなったのである。

(昭和四十五年四月記*一九七〇年)

革命的な政治詩人
――クリスティアン・ヨハン・ハインリヒ・ハイネ――

自由と人間愛を求め

『ドイツ冬物語』（一八四四年）は、『アッタ・トロル』（一八四三年）と双璧をなすハイネの代表的長編叙事詩である。

友人に宛てた手紙に「世に知られている政治的な喧嘩好きの詩よりもはるかに高い政治を呼吸している」と書いているように、政治的風刺の強い作品としても知られている。

それは、ドイツの封建的絶対主義にたいする挑戦の政治詩であり、革命的民主主義を芸術的に表現しようとした傾向詩として読むことができる。

『アッタ・トロル』では、人間から逃れたクマのアッタ・トロルが、仲間に人間社会のありさまを語っている。そして、随所でドイツの政治や文学について風刺している。

同様に『ドイツ冬物語』においても、反動的なドイツの状況を痛烈に批判したもので、ロマンチックな思いと鋭い風刺が混然と溶け合い、ラディカルな傾向詩となっている。

ハイネは、死後の世界や天国の幸福を決して求めない。ひたすら地上の幸福、民衆の幸福を願った。それは精神的、思想的、理論的闘争だけで遂行されるものではなく、実践的行動においてこそ成就されるものであると主張した。

ナポレオンの背後にいつも赤い服を着た男がいたように、またソクラテスには悪魔がいつもつき従っていたように、ハイネの陰にも常に無気味な人影がいて囁くのである。

「あなたが心で考えたことをわたしは実行するのです。――キラキラ光る首斬り斧をもって、たえずあなたの後からついていくのです。わたしはあなたの思想の行為です」と。ハイネは革命家に必要な「思想の行為」を、自分の影にたとえてこう表現したのである。

ドイツ人の実践行動に対する等閑視を彼は辛らつに皮肉る一方で、夢想性をもムチ打った。国境でプロイセンの税関吏が彼のトランクを検査しようとした時、彼はこう言い放った。

トランクの中を探すおまえたち、馬鹿者よ！
多くの本はおれの頭の中にある。
おれはおまえたちに請けあってもよいが、
おれの頭は、
没収すべき本のさえずりうたう鳥の巣だ。

これは、ハイネの頭と心の中に蓄積され、発展する革命的な社会的政治思想を堅持した一節といえる。

こうして彼は、プロイセンの封建的軍国主義や国際的愛国主義に対し、激しく攻撃的姿勢をとった。その描写は非常に巧みで、軽妙にして力強さがあった。

また彼は、アーヘンに駐留する軍隊を見て「動きは相変らず直角で気取っている。その顔は凍りついた高慢ちきだ。でも騎兵のつけている鋼鉄のとんがり兜はおもしろい」と揶揄した。

ただ心配なのは、雷雨が起こることだ。
こんなとんがりだと、
そのロマンチックな頭の上に、
天の最新式の電光が落ちやすいということだ。

こうして、プロイセンに対し軽蔑と憎悪を声高く叫んだ。ハイネはドイツに革命が呼び起こされるであろうことを予想し、封建的なプロイセン打倒を強く望んでいたのである。

彼は自分の思想と行動に強い誇りをもっていた。革命家だと自負していた同志たちが、時にハイネに対して変節者だ、離反者だといって非難していた。その彼らが、今や革命思想を捨て、羊のようにおとなしくなってプロイセンの要職についている。

自分は十五年の亡命生活をおくり、民主主義思想を堅く奉持し、革命的政治詩人として、また社会主義的文明批評家として、プロイセンに対峙していることを世に訴え続けたのである。

さらに、詩人ヘルヴェークが、最初はプロイセン王に愛されていたが、やがて憲兵に捕えられて国外に追放されたことを想起し、厳しく王に警告するのである。

生きている詩人を侮辱してはならない。
かれらは炎と武器とを持っている。
それは詩人が創造した
ジュピターの電光よりもおそろしいのだ。

詩人の叫びほど強く正しいものはない。これを国家権力でもって不当に弾圧し、侮辱し、追放すると、やがて革命という電撃を呼ぶであろうと警告した。
ハイネのいう「炎」とは、ほかならぬ革命的詩人の情熱をいい、「武器」はそのペンを意味するのである。
ハイネの革命的思想とは反封建であり、反絶対であり、反キリスト・ゲルマンなのである。横暴で醜い特権意識を、ヒューマニスティックな人間愛と自由でもって糾弾したのである
『ドイツ冬物語』は、革命的政治詩人としての彼が、強靱な生命力でもって謳い上げた典型的な革命文学なのである。しかし、一九三三年の五月、彼の著書は、ナチス・ドイツの街頭で焚書の刑に処せられた。

（昭和四十五年四月記＊一九七〇年）

著者紹介

中島公男（なかじま・きみお）

1943 年長野県生まれ。早稲田大学卒業。同大学院文学研究科でドイツ文学を研究。専攻はドイツ文学。退学後学習塾講師。情報誌編集長。看護専門学校非常勤講師。米国 PWU 医学博士。現在、文芸評論家。作家。日本文藝家協会会員。日本ペンクラブ会員。中部ペンクラブ会員。日本統合医療学会会員。日本ホリスティック医学協会会員。医療ジャーナリスト。フリーランスライター。編集プロダクション代表。

● 健康・医療の著述

1974 年より健康と医療に関する情報誌の編集に携わる。独学で現代医学・医療の基本を学ぶなかで、代替医療や予防医学、さらには東西医学の融合と全人的医療への志向を強める。そうしたコンセプトをもとに取材・執筆を続け、健康情報誌を発行。同誌編集長。著書に『もしかしてあなたも糖尿病』『恐怖の脳梗塞と心筋梗塞！元凶は血栓にある』など 20 冊ほど出版。健康講演会講師。

● 看護専門学校非常勤講師

県立・私立看護専門学校で非常勤講師として、20 年間教鞭を執る。「文学」「哲学」「論理学」を講義。文学を通して人間の生き方、哲学を通して人間とは何か、論理学を通して論証のための思考の形式・法則などを学ぶ授業を実施。

●文学活動

1973 年から文芸同人誌『文芸世紀』で文芸評論を執筆し文学活動開始。1978 年に『文芸東海』を創刊し主宰。小説・文芸評論・ドイツ文学論・詩・随筆などを連載執筆。出版社の月刊誌にドイツ文学論を発表。同人誌『弥』の参与として原稿執筆。

● 医療ライター

精神科医より精神医学の原稿依頼があり、各種精神疾患に関する診断・予防・治療全般にわたる原稿を 400 字詰原稿用紙で約 2,500 枚執筆。その他、大手出版社の月刊雑誌等に医療や健康に関する原稿を連載執筆。

瞬間(とき)よ止まれ！
——わが精神の行跡

二〇二〇年七月二六日初版第一刷印刷
二〇二〇年八月　七日初版第一刷発行
定価（本体一八〇〇円＋税）
著　者　中島公男
発行者　百瀬精一
発行所　鳥　影　社
長野県諏訪市四賀二二九—一（編集室）
電話　〇二六六—五三—二九〇三
東京都新宿区西新宿三—五—一二—7F
電話　〇三—五九四八—六四七〇
印刷　シナノ印刷
乱丁・落丁はお取り替えいたします

ISBN 978-4-86265-821-0 C0095
日本音楽著作権協会（出）許諾
第二〇〇五三〇〇-〇〇一号